나의 이력서

나의 이력서

마광수 지음

서 시 (序詩)

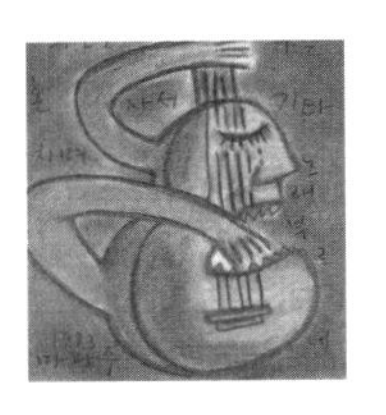

황 혼

스러져가는 것은 아름답다
나는 황혼을 바라보며 내 삶을 반추하고 있다

무엇이 그리 그리워 헐레벌떡 달려왔던가
무엇이 그리 보람돼 열심히 살아왔던가

어차피 이 나라에서의 인생엔 기대를 걸지 말았어야 할 것을
어차피 이 나라에서의 자유엔 희망을 두지 말았어야 할 것을

아니 어느 나라든 인생은 그저 먹고 자고의 반복인 것을
아니 어느 별이든 생명은 그 자체가 이미 슬픈 것을

자식을 낳기 싫으면 사랑조차 하지 말았어야 할 것을
죽은 뒤의 일에 미련을 두지 않는다면 글조차 쓰지 말았어야 할 것을

황혼처럼 활활 불타게 세상에 불이나 지르고 죽을까
황혼처럼 멋지게 놈들을 타당탕 쏘아 죽이고 죽을까

아아 그래봤자 어차피 세상은 징그럽게 거듭될 것을
그래봤자 어차피 놈들도 징그럽게 되살아날 것을

스러져가는 것은 아름답다
나는 황혼을 바라보며 어떻게 스러져가야 아름다울지 생각하고 있다

2013년 3월
馬光洙

- 차 례 -

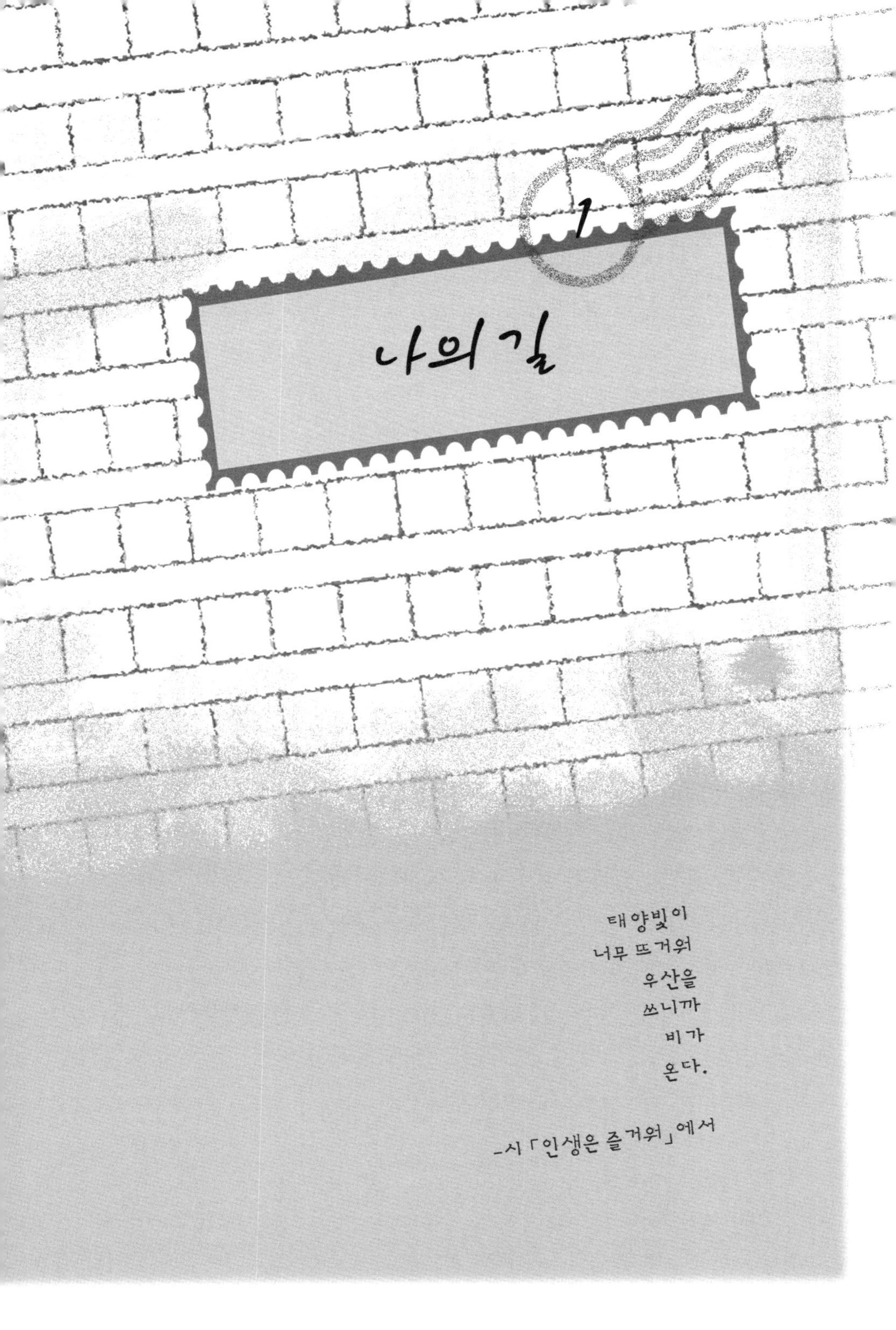
1
나의 길
태양빛이
너무 뜨거워
우산을
쓰니까
비가
온다.
–시 「인생은 즐거워」 에서

나의 길
— 영원한 철부지로 남고 싶다

어렸을 때부터 나는 '현실'보다는 '꿈' 안에서 사는 쪽이었다. 몸이 허약하다 보니 자연 행동력이 부족하게 되었고, 육체적 열등감을 정신적 공상이나 백일몽으로 보상받으려 했는지도 모른다. 그래서 초등학교 때도 주로 책에 묻혀 지냈고, 그림을 그리거나 붓글씨를 쓰며 무료한 시간을 때워 나갔다. 그 이후 고등학교 때까지 나는 주로 문학 · 미술 · 연극에 심취했다. 나는 아주 말라깽이인데도 불구하고 이상하게 목소리만은 커서, 연기하는 것이 퍽 재미있었다.

지금 나는 학교 선생이 되어 일종의 일인극(一人劇)을 하는 것을 직업으로 삼고 있고, 입으로 떠드는 것을 다시 글로 쓰고 있는데, 내 육체적 조건에 생업(生業)이 맞아 들어간 것 같아 다행이라는 생각이 든다. 하고 있는 일이 '본능의 대리배설' 작용을 해주면서 동시에 호구지책도 될 수 있다면, 이 풍진(風塵) 세상을 그럭저럭 연명해 나갈 수 있다고 생각하기 때문이다.

지금까지 나는 마음만이라도 야(野)하게 살려고 노력해 왔다. '야한 마음'이란 어린아이처럼 본능에 솔직할 수 있는 마음이요, 별다른 관념적 선입관이 없는 '텅 빈 마음'이다. 나는 예수가 말한 대로, '마음이 가난한 자가 복을 받는다'고 믿었고, 불교에서 말하는 '공즉시색(空卽是色)'의 이치를 믿었다. 나는 공즉시색을 '마음이 공(空)해야만 색(色)이 생긴다'는 뜻으로 풀어, 죽은 뒤의 천당이나 극락에서가 아니라 현실 안에서도 어느 정도 '천국의 상태'가 가능하다고 믿었다. 그래서 나는 그때그때 닥쳐오는 본능적 욕구에 따라서 살려고 노력했고, 원대한 이상이나 포부, 또는 형이상학적 잡념이나 이데올로기에 빠지지 않으려고 애썼다.

대학원에 진학하게 된 것도 대학교수라는 직업이 내게 가장 적합하고 편한 직업이 될 것 같아서(대인관계에 서툴러도 되고, 입으로 실컷 배설할 수 있어서 좋고, 또 명예욕도 적당히 충족시켜 주므로) 그랬던 것이지, 위대한 학자나 스승이 되고자 했던 것은 아니었다. 글을 쓰게 된 것도 마찬가지다. 그때그때 복받치는 우울감과 고독감을 풀어 버리려고 썼지, 미리부터 야심 있게 계획을 세워 차근차근 습작을 하거나 하지는 않았다.

얼마 전(1990)에 나는 장편소설 『권태』와 『광마일기』를 출간했는데, 소설로는 내가 처음으로 써본 것이다. 소설로 실컷 울화를 풀어 버리고 싶던 차에 마침 잡지사에서 연재 청탁을 하길래 한번 들입다 써본 것이지, 오래 전부터 구상해 왔던 것은 아니었다.

예수는 '내일 무엇을 마실까 무엇을 입을까 염려하지 말라'고 했는데, 나는 될 수 있는 대로 그렇게 살려고 애쓰고 있다. 말하자면 '순간의 욕구'에 충실하면서, 능동적으로 계획을 세워 설쳐대지 않고, 가만히 마음을 비우고 앉아 어떤 계기가 마련되기를 수동적으로 기다리는 것이다. 발표행위든 연애행위든, 요행히 기회가 주어지면 좋고 안 주어진다고 해도 하는 수 없다.

하지만 나는 지금까지의 경험으로 보아 야(野)한 기도, 즉 당장의 본능적 욕구(주로 식욕과 성욕에 관련된 것, 글 쓰는 것은 두 쪽에 다 관련이 있다)에 솔직한 소망은 언제나 이루어진다고 본다.

우리가 이타주의적(利他主義的) 시혜의식(施惠意識)이나 정신우월주의에 빠져들지만 않는다면, 그럭저럭 이 세상은 재미있는 세상이 될 수도 있는 것이다.

물론 그렇다고 나의 쾌락을 위해 남을 해치기까지 하는 지독한 이기주의자가 되라는 말은 아니다. 어디까지나 '남'보다는 '나'로부터 출발하자는 말이다. 석가 역시 '천상천하유아독존(天上天下唯我獨尊)'이라고 하여 '나'로부터 출발했고, 예수는 현실의 아버지를 부정하고 자신이 하느님의 아들이라고 선언함으로써 가족관계의 좁은 울타리로부터의 탈출을 시도했다.

조국이나 부모, 또는 동포나 이웃에 대한 참된 사랑을 실천하기 위해서는 우선 '나 자신의 욕망'에 충실할 수 있어야만 한다. '나와 너'가 서로 찐득찐득한 유착관계로 맺어져 있을 때, 그리고 개인적 욕망이 그럴 듯한 대의명분이나 이데올로기로 위장될 때, 개인이든 사회든 걷잡을 수 없는 변태적인 형태의 소용돌이 속으로 휘말려 들어갈 수밖에 없는 것이다.

어찌 보면 인생은 어차피 허무한 것이고 부질없는 것이다. 그러므로 특별히 악을 써봤자 결국 남는 것은 씁쓸한 절망감뿐이라고 생각한다. 죽음에 대한 공포는 내세에 대한 공연한 기대심리로 이어져 광신(狂信)을 낳는다.

유한한 육체의 본성에 대한 부정은 편협하고 가학적인 성품과 신경질적 적개심을 가져온다. 그래서 나는 학문이나 예술 역시 '대리배설'에 불과할 뿐 '직접배설'은 못 된다고 생각한다.

학문이나 예술보다는 '사랑'이 더 재미있고 쾌락을 준다. 허망한 인생살이에 있어 순간적으로라도 짬짬이 사랑의 정열을 불태우는 것이, 그래도 그 중 재미있게 삶을 살아나가는 방법이라고 믿고 있는 것이다. 물론 '사랑' 이전에 '식욕'이 충족되어야 한다는 것을 전제로 하고서 말이다.

그런데 내가 불혹의 나이에 들어서면서부터, 나는 그런 순간적인 사랑조차 제대로 불태우기가 어렵다는 생각에 빠져들게 되었다. 우선 육체적인 노쇠현상과 함께, 경직된 사회분위기나 사람들이 갖고 있는 편협한 사랑관(觀)이 장애물이 되기 때문이다.

그래서 뼈저린 외로움을 지탱해 나가려다 보니 나는 자연히 더 발악적인 '대리배설'을 필요로 하게 되었다. 그래서 나는 요즘 딱딱한 이론보다는 창작에 더 몰두하고 싶다는 생각에 사로잡혀 있다.

작년(1989) 봄에 나는 우연히 첫 수필집을 냈고, 그것을 계기로 꽤 많은 원고청탁을 받았다. 그래서 요즘 이리저리 미친놈처럼 붓을 휘둘러대고 있다. 시(詩)는 아무래도 변비증 걸린 사람이 끙끙거리며 누는 배설행위 같아서, 나는 최근 시원한 설사 같은 쾌감을 주는 소설 등의 산문에 집착하고 있다.

지금(1990) 세 번째 소설인 『즐거운 사라』를 끝냈고, 네 번째 장편소설인 『자궁 속으로』를 쓰고 있다. 에세이집 『사랑받지 못하여』와 『왜 나는 순수한 민주주의에 몰두하지 못할까』도 나왔고, 시나리오도 한 편 썼다. 얼마 전에는 이외수 · 이목일 · 이두식씨와 함께 '에로틱 아트전(展)'을 열어 그림에도 다시 손을 대기 시작했다.

내가 갑자기 돈이나 명예에 욕심을 내어 미친놈처럼 붓을 휘둘러대고 있는 것은 절대로 아니다. 대리배설이 필요했던 차에 내게 대리배설 할 기회가 주어졌기 때문이다.

생각해 보니 나는 언제나 '벼락공부'와 '직관력'에만 의지하여 지금까지 근근이 버텨왔다. 그런데 그만하면 실컷 대리배설할 수 있는 기회가 마흔 살 가까운 나이에 찾아와 주었다는 것이 썩 다행스런 일이라는 생각이 든다.

만약 더 이른 나이에 내가 글로써 설사를 했더라면 별로 오래갈 수 없었을 것 같다. 직관력도 중요하지만 아무래도 직접 · 간접경험이 필요하기 때문이다. 지금까지 나는 별다른 사회활동을 하지 않고 죽 학교 연구실에만 묻혀 있을 수 있었기 때문에 꽤 잡다한 독서를 할 수 있었고, 이런저런 정신적 방황을 겪을 수 있었다.

요즘은 내가 늙어간다는 것이 좀 겁이 나기도 하고, 아직도 철부지 어린애처럼 칭얼칭얼 사랑 얘기만 하고 있다는 것이 조금 창피하게 느껴지기도 한다. 하지만 어쩐지 내가 영원한 철부지 소년으로 머물고 말 것 같은 예감이 들어, 이른바 의젓하고 늠름한 인물이 되는 건 단념하기로 했다.

나는 오직 솔직한 '순간의 연소'만을 위해서 살아가려고 한다. 될 수 있는 한 나는 학교에서 학생들에게 좋은 선생이기보다는 좋은 친구이고 싶고, 문학은 물론 다양한 예술 장르를 통해 남의 눈치를 보지 않고 이런저런 가지각색의 똥을 누는 '푸근한 배설꾼'이고 싶다.

(1990)

내가 가졌던 꿈

어렸을 때부터 나는 '원대한 포부(꿈)' 같은 걸 가져본 적이 없었다. 중 · 고등학교 때, 그 지겨운 아침 조회 시간마다 교장선생님은 자주 "젊은이들이여, 야망을 가져라"고 훈계했지만 나는 그런 말이 그저 공허한 메아리로만 들릴 뿐이었다.

그 뒤에 대학에 진학하고 나서도, 나는 어떤 '꿈'을 갖고서 그것을 실행하기 위해 차근차근 애써본 적이 없다. 그저 그때그때마다 일종의 '벼락치기'로 상황에 대응해나갔을 뿐이다.

물론 자잘한 꿈, 정말 꿈 축에도 못 드는 '공상' 비슷한 걸 가져본 적은 많다. 초등학교에 다닐 때는 미국이나 유럽으로 이민 가서 살고 싶다는 공상적인 꿈을 가졌다. 그때 우리나라는 너무나 가난한 나라였기 때문에, 특히 미국에 대한 동경이 남달랐다. 친미 정책을 써서 그런지 지금까지도 이해하지 못하고 있는 '성탄절'이 국가공휴일로 지정돼 있어서('부처님 오신 날'은 없었다), 크리스마스 때가 되면 교실마다 예쁜 크리스마스 트리를 만들어 놓았다. 그리고 미국에서 보내온 구호물자(분유, 흑설탕 등)를 가끔 나눠주기도 했다.

내가 초등학교 5학년 때, 한국 최초로 세계일주 여행을 다녀온 김찬삼 씨가 쓴 『세계일주 무전여행기』가 나왔는데, 나는 그 책을 구해서 읽고 정말 한국을 떠나고픈 충동을 느꼈다. 그건 아마 나 혼자만의 생각은 아니었으리라.

그러다가 중학교에 들어가자마자(1963) 캐나다의 여류작가 루시 몽고메리가 쓴 『빨간 머리 앤』이 처음으로 번역돼 나와 그걸 아주 감동 깊게 읽었는데, 그 이후로 나의 '꿈'은 미국이 아니라 캐나다, 그것도 소설 『빨간 머리 앤』에 나오는 프린스 에드워드 섬의 '아봔리' 마을로 가서 평생을 사는 것으로 바뀌었다.

그저 이 정도가 내가 어렸을 때 가졌던 '꿈'에 속하는 것들이다. 장차 무슨 직업을 갖겠다든지, 크게 출세하여 ○○이 되어 보겠다든지 하는 꿈은 없었다. 그러니까 그건 꿈이 아니라 그저 '공상' 정도에 속할 것이다.

초등학교와 중고등학교에 다닐 때 내가 가장 소질을 보였던 것은 문학과 미술이었다. 미술대회에 나가서 여러 번 상을 탔고, 문학 콩쿨에 응모해 가지고 큰 상을 여러 번 받았다.

지금 기억에 미술로 제일 큰 상을 받은 것은 초등학교 4학년 때 조선일보사에서 주최한 <전국 아동 미술 콩쿨>에서 전부 8명만 뽑는 '특선'으로 당선된 것이다. 신문 지면에 그림이랑 사진이 커다랗게 실릴 만큼 당시로서는 큰 대회였다.

그리고 중 · 고등학교 때는 내가 매월 구독했던 청소년 문예교양잡지 <학원>에서 1년에 한 번 실시하는 '학원 문학상'에서 시부 1등으로 뽑힌 것과, 연세대학교에서 주최한 '전국 고교생 문학 백일장'에 나가 시부 장원으로 뽑힌 일이다. 산문으로는 내가 쓴 콩트 「개미」가 고교 1학년 때 '학원 문학상'에서 가작으로 뽑혔다. 다행히 그 원고를 내가 보관하고 있어, 2008년에 낸 내 단편소설집 『발랄한 라라』에 수록해 넣었다.

그리고 연세대 백일장에서 시부 장원으로 뽑힌 시 「일과(日課)」와 '학원 문학상'을 받은 시 「나이테」는 내 시집 『가자, 장미여관으로』에 들어 있다.

그러면서도 나는 딱히 문학가로 성공해 보겠다거나 미술가로 성공해 보겠다는 '꿈'이 없었다. 소설 『의사 지바고』를 고등학교 때 읽고서, 의사이자 시인인 '지바고'의 캐릭터에 반해가지고, 대학을 의과대로 가서, 지바고처럼 의사를 하면서 시를 써보겠다는 공상을 해본 적은 있다. 나는 수학에 꽤 자신이 있었기 때문에, 이과 공부를 해야 하는 의과대학에 들어갈 수도 있다는 생각을 품었다.

그렇게 청소년 시절을 보내면서 나는 미친 듯이 독서를 하고 있었다. '세계문학전집'을 중고등학교 시절에 다 독파할 만큼이나 나는 독서광이었다. 그래서 나는 진학 목표를 '국문학과'로 정했던 것이다. 사실 '국문학과'는 이론을 가르치는 곳이지 창작을 가르치는 과(科)는 아닌데도, 문학가 지망생이 갈 곳은 국문학과밖에 없었다.

하지만 대학에 진학하고 나서도 나는 차근차근 습작을 해보거나 하지는 않았다. 그저 막연히 시인이 되고 싶다는 생각뿐이었다. 나는 대학 시절 4년 동안 연애하느라 바빴고, 동아리 활동하느라 바빴다. 연애는 3명의 여인들과 했다. 동아리 활동은 여러 군데서 했다. 농촌 봉사 동아리에 들어 매년 여름방학과 겨울방학 때 농촌봉사를 갔고, 연극 동아리에 들어 대학원에 진학한 이후까지도 봄, 가을로 연극 활동을 했다(그때 내가 맡은 건 목소리가 유난히 커서 그런지 늘 캐스트, 그것도 주인공 역이었다). 또 교지를 편집하기도 하고 교내 방송 PD로도 일했다. 그러니 언제 습작할 시간이 있었겠는가.

대학 졸업 후 무슨 직업을 갖겠다는 포부나 꿈도 없었다. 처음엔 막연히 매스컴에 진출해 보면 좋겠다는 생각을 했는데, 그때도 문과대학생 대다수는 신문이나 방송 일을 꿈꾸고 있었기 때문이다.

그러나 3학년쯤 되어 생각해 보니 몸이 허약한 나로서는 험한 기자생활이 아무래도 벅찰 것 같았다. 그래서 그냥 선생이나 하자, 하고 교직과정을 이수했는데, 대학을 졸업할 때쯤 되자 욕심이 커져가지고 대학교수를 지망하게 된 것이다.

방학기간이 길고, 정규 시간에 출퇴근을 하지 않아도 되는 대학교수란 직업은 내가 보기에 너무나 '편한' 직업이었다. 또 그때는 '교수 재임용 제도' 같은 것도 없어서 한 번 교수가 되면 그야말로 철밥통이었다. 그래서 결국 나는 대학원 석사과정 입학시험에 응시하게 된 것이다. '위대한 학자'가 돼보겠다는 식의 포부 같은 건 절대 없었다. 그저 나는 '욕심'을 부려봤을 따름이다.

다만 나는 그동안 고생하신 홀어머니에게 대학 졸업 후 곧장 취직하여 월급봉투를 가져다드리지 못하는 게 미안하게 생각되긴 했다. 하지만 학부 4년 동안 전액 장학금을 지급받아 다녔고, 대학원에 진학하더라도 조교 일을 보면 학비 문제는 해결되기에 그냥 밀고 나가기로 했다.

군대 문제는 내가 홀어머니의 외아들이라 6개월간 방위병으로 근무하면 되었다. 군 생활은 석사과정을 졸업한 이듬해에 했고, 그 다음에 곧장 박사학위 과정에 입학했다.

그러다가 어찌어찌하여 나는 28살이 되던 1979년에 홍익대학교 전임교수가 되었고, 33살이 되던 1984년에 연세대 교수로 오게 되었다. 그저 운이 좋았을 뿐이지, 내가 이를 빠드득 빠드득 갈며 '꿈'을 이루려고 애썼기 때문은 아니라고 생각한다.

인생을 살아오면서 내가 절실하게 깨달은 게 있다면, 모든 것이 거꾸로 돌아간다는 것이다. 쉽게 예를 든다면 남인수 씨가 부른 명가요 <청춘 고백>에 나오는 가사처럼 "좋다 할 땐 뿌리치고, 싫다 하면 부여잡는" 것이 바로 '행운'이라는 것이다.

(2011)

창조적 불복종

나는 '창조적 불복종'이라는 말을 일종의 화두로 삼고서 지금까지 여러 장르의 글쓰기를 해왔다. 다시 말하자면 '새로운 창조'란 반드시 기존의 패러다임에 대한 반항과 불복종에서 나온다는 뜻이다.

문화사적(文化史的)으로 보면 새로운 창조를 시도한 사람들은 기존의 진리나 윤리 등에 대해 '삐딱한 눈길'을 보낸 사람들이다.

예수는 "진리가 너희를 자유케 하리라"라고 말했지만, 나는 거꾸로 "자유가 너희를 진리케 하리라"라고 말하고 싶다. 고정불변의 진리란 존재하지 않기 때문이다. 자유롭고 유연성 있는 사고방식을 갖고서 모든 것들을 대할 수 있어야만 진리를 발견할 수 있다. 아니, 고정불변의 '진리'라는 것 자체가 존재하지 않을지도 모른다. 이는 우리가 과학발달의 역사를 주의깊게 관찰해 보면 금세 알 수 있는 사실이다.

"권태는 변태를 낳고 변태는 창조를 낳는다"는 말도 내가 늘상 되뇌이는 말이다. 내 첫 번째 장편소설 제목이 『권태』였을 만큼, 나는 권태가 모든 새로운 창조의 원동력이 된다고 생각했다. '권태'를 단지 '게으름'에 따른 '심심함' 정도의 뜻으로 이해하지 않고 '새로운 창조의 원동력'이라고 본 것이다. 그러니까 기존의 패러다임에 '반항'하면서 '권태'를 느낄 수 있을 때 새로운 창조가 이루어진다고 생각해왔다는 얘기다.

역사상 많은 '반항인'들이 있었다. 그들은 기존의 진리나 윤리, 또는 학설에 권태를 느낀 사람들이었다. 문학으로 보면 '사디즘'이란 말을 낳게 한 변태 작가 사드가 있었고, 과학으로 보면 천동설에 반항하여 지동설을 주장한 갈릴레이나, 신의 창조설에 반항하여 진화론을 주장한 다윈이 있었다. 그들은 모두 당대에 호된 비난과 비판을 받았고, 심지어 단죄되기도 했다.

노예제도에 반기를 든 스파르타쿠스도 '불복종'을 한 사람이었고, 고루한 성도덕에 반기를 든 프로이트도 '불복종'을 한 사람이었다. 그들이 구체적 행동이나 학설로 반기를 든 것은 단지 심통맞은 '쌩떼'를 부린 게 아니라, 스스로의 확고한 결단에 따른 것이다. 그런 '창조적 불복종자'들이 있었기에 인류의 역사는 진보해나갈 수 있었다.

석가모니도 힌두교에 반기를 든 반항인이었고 예수도 유대교에 반기를 든 반항인이었다. 그들의 새로운 '창조'가 있었기에 종교사 역시 발전해나갈 수 있었다. 특히 예수의 반항과 불복종은 그가 십자가에 매달려 고통스럽게 죽어갈 정도의 심한 처벌을 받았다. 보통 용기 가지고서는 어림도 없는 반항이다.

그런 확고한 불복종과 반항은 어떤 정신에서 가능했을까? 나는 그것이 '야한 정신', 곧 '야인(野人) 정신'이 있었기에 가능했다고 본다. 내가 평생 지껄여댄 '야하다'라는 말은 바로 그런 '야인 정신'을 가리키는 말이었다. 나는 '야하다'의 어원이 '野하다'라고 생각했다.

내가 그 악명(?) 높은 「나는 야한 여자가 좋다」라는 시를 발표한 게 28살 때인 1979년이다. 발표한 문학잡지는 계간지 <문학과 지성>이었다. 나는 그때 그 제목(또는 말)이 나중에 가서 그토록 엄청난 파급효과를 가져올지 정말 몰랐다. 그 시는 지금도 인터넷의 바다 속을 떠나니며 수시로 모습을 드러내고 있다. 세대가 바뀌어도 그 말은 항상 새로운 패러다임 역할을 하고 있는 셈이다. 그 시 한 편만 갖고서 긴 평론을 쓴 비평가들도 많다.

발표되고 나서 한동안 잠자고 있던 그 작품이 폭발적인 반응을 불러일으킨 건 1989년 1월에 낸 내 첫 에세이집 『나는 야한 여자가 좋다』 때문이었다. 잡다한 에세이들을 주워 담아 책 한 권을 묶고 나서, 제목을 붙이려고 이리저리 고심하다가 불쑥 생각이 나 에세이집 제목으로 채택된 게 바로 그 시의 제목이었다. 그 수필집을 낸 뒤, 나는 내가 근무하고 있던 연세대학교에서 '교수들의 품위를 실추시켰다'는 죄목으로 징계까지 받았고, 『마광수의 야한 여자론(論) 비판』이란 제목의 단행본까지 나왔다.

그 뒤로 내가 줄곧 주장해온 '야한 정신'이란, '과거보다 미래에, 도덕보다 본능에, 질서보다 자유에, 정신보다 육체에, 전체보다 개인에, 절제보다 쾌락에' 가치를 매기는 정신을 말한다. 그래야만 '새로운 창조'가 가능하다고 믿기 때문이다.

'야한 여자 소동' 이후로도 나는 많이 두들겨 맞았다. 1992년 10월에는 내가 써서 출간한 소설 『즐거운 사라』가 외설이라는 이유로 구속영장도 없이 '긴급 체포'를 당해 감옥소로 갔고, 대법원까지 간 긴 재판을 통해 결국 유죄판결을 받았다. 그리고 그날로 나는 연세대 교수직에서 해임되어 실업자 백수가 되었다.

『즐거운 사라』는 한참 후에 또 한 번 두들겨 맞았는데, 2007년 4월에 그 소설을 어느 독자가 내 인터넷 홈페이지에 전부 올리는 바람에, 불구속 기소가 되어 또 다시 유죄판결을 받은 것이다. 그래서 나는 '전과 2범(犯)'이 되었고, 정년퇴임 이후에도 연금을 못 받는 신세가 되고 말았다.

'사라 사건'이 일어난 뒤에도 또 나를 디립다 까는 책이 한 권 나왔는데, 책 제목은 『사라는 결코 즐겁지 않았다』였다. 그 책에 대한 반박문을 쓰라는 원고청탁을 월간지 <신동아>에서 해와, 나는 『그래도 사라는 즐겁다』는 제목으로 장문의 논문(?)을 쓰기도 하였다. 줄여 말해서 '야한' '사라'가 나를 되게 골탕 먹인 셈이다. 세월이 지나고 나서 보니 꼭 한편의 코미디같이 느껴진다.

나는 내가 문학에서 새로운 '창조'를 해냈다고는 결코 생각하지 않는다. 내가 겪은 일련의 사건들은 오직 '한국'이기 때문에 가능했던 사건들이었다. 유럽이나 일본 같으면 아무런 화젯거리도 못 될 작품이 한국에서만은 그토록 큰 풍파를 일으킨 것이다. 그래서 나는 지금도 내가 한국에서 태어난 것을 억울해하고 있다.

내가 '한국적 상황'에서 새롭게 창조해낸 것이 있다면, 그것은 '성문학'에 대한 이론과 창작을 처음으로 시작했다는 것이다. 에세이집 『나는 야한 여자가 좋다』와 시집 『가자, 장미여관으로』, 그리고 장편소설 『권태』가 거의 동시에 출간되었는데, 그 이후로 20여 년이 지나도록 '젊은 마광수', 다시 말해서 '제2의 마광수'는 나오지 않고 있다.

그래서 내가 새로 소설이나 시집을 내면 거의 모두가 <19금(禁)>이 된다. 그러니 출판사들이 나를 좋아할 리 없다. 문단에서 '왕따'이기 때문에 빽줄도 없다. 학계에서도 마찬가지다.

2000년에는 1998년에 어렵게 복권이 되어 연세대에 복직한 지 2년 만에 학과 동료 교수들에게 집단 따돌림을 당해 '재임용 탈락'이 될 뻔했고(다행히 학교 본부에서 나를 봐주는 바람에 살아났다), 그 여파로 격심한 배신감에 의한 지독한 우울증에 걸려 3년 반이나 휴직해야 했다. 별 볼일 없는 '창조'를 한 것 때문에 파란만장한 인생을 살았으니 그건 참 억울한 일이다.

지금(2011) 내 나이 60. 인생의 종반기, 아니 종반기의 문턱에 접어들었다. 더 비약적이고 기발한 '변태'를 '창조'해내고 나서 죽어야만 여한이 없을 터인데, 한국이라는 사회 여건이 그걸 허락하지 않으니 억울하고 안타까워서 미치고 환장할 지경이다.

문학은 국가별 언어라는 장벽이 있어 쉽게 국제화가 될 수 없다. 미술이나 음악은 세계가 공통 언어를 사용하기 때문에 한국이라는 여건을 조금 벗어날 수 있다.

그래서 나는 40살 때 첫 미술전시회를 가진 이후로 지금까지 여러 번의 개인전을 열었는데, 역시 아마추어 대접밖에 못 받고 있다. 그래서 대학에 진학할 때 국문학과가 아니라 미술대학에 진학했더라면 어땠을까 하는 생각을 자꾸 해보게 된다.

쓰다 보니까 내 신세타령을 너무 많이 늘어놔 가지고 '창조'라는 거창한 제목과는 좀 동떨어진 글이 되고 만 것 같다. 하지만 이것 한 가지만은 자신 있게 얘기할 수 있을 것 같다. 내가 나이를 더 먹더라도 절대로 '나이값'만은 하지 않겠다는 것이다. 다시 말해서 마음만은 언제까지나 '야한 정신'을 유지해나가겠다는 것이다. 일단 '나이값'을 하게 되면 새로운 모색과 실험과 창조와는 담을 쌓게 되기 때문이다.

한국의 글쟁이들은 특히나 더 빨리 늙는다. 쉽게 변절하고 쉽게 타협한다. 오죽하면 내가 "한국에서는 요절하지 않으면 변절한다"라는 말을 자주 떠들어댔겠는가. 내가 가장 좋아하는 선배 시인인 윤동주조차도, 그가 요절하지 않았더라면 추하게 변절하지 않았을까, 하는 의구심이 생길 정도니까 말이다.

(2011)

태어남과 살아감에 대하여

나는 타의에 의해서 이 세상에 태어났다. 더 정확한 원인을 얘기하자면 부모가 한 섹스의 부산물로 태어났다.

그래서 나는 고통만 존재하는 이 풍진(風塵) 세상에 태어난 것을 늘 억울해 했다. 내가 태어나자고 자원한 것도 아닌데 뜬금없이 세상에 내던져져 갖은 고생을 하고 있으니 말이다.

내가 태어난 날은 1951년 4월 14일. 한국전쟁 중 1·4 후퇴로 이리저리 쫓겨 다니다가 어느 이름 모를 시골 객지에서 어머니는 나를 의사나 산파의 도움도 없이 그냥 낳았다. 그래서 나는 한창 전쟁통이라 어머니의 뱃속에 있을 때부터 못 먹었고, 세상에 나온 뒤에도 어머니가 영양부족이라 젖이 전혀 안 나와 모유 한 방울 얻어먹지 못하고 억지로 겨우겨우 자라났다.

어머니는 나를 임신했을 때 태몽(胎夢)으로 별 꿈을 꾸었다. 맑은 밤하늘에 다른 별들은 하나도 없고, 오직 북극성만 외로이 빛나고 있었다고 한다. 많은 사람들이 태몽을 꾸지만 태몽치고는 희소한 태몽이 아니었나 싶다.

나의 태몽은 내가 평생을 문장가(文章家)로 살아나가게 된다는 것을 예지해 준 듯도 하다. 당나라 때의 시인 이백(李白)이 모친의 태중(胎中)에 있을 때, 이백의 모친은 태몽으로 샛별, 즉 태백성(太白星)을 꾸고서 이백을 낳았다고 한다. 그래서 이백(李白)의 아호가 '태백(太白)'이 된 것이다.

어두운 밤하늘을 밝혀주는 북극성은 찬란한 빛을 갖고 있지만, 홀로 떠 있어 무척이나 외로울 것이다. 나는 태몽에서부터 벌써 처복(妻福)이 없는 것을 암시받았다고 볼 수 있다.

처복뿐만 아니라 '여복(女福)' 자체가 없는 내가, 한평생 '야한 여자' 타령을 하고 있다는 것은 퍽이나 아이러니컬한 일이다.

내가 세상에 태어나자 어머니는 나를 보고 징그러운 생각이 들었다고 한다. 뱃속에서 이미 너무 여위어 있어서 말라비틀어진 원숭이 새끼 같은 모습이었기 때문이란다.

모유가 안 나오니 우유라도 먹여야 할 텐데 난리 때라 우유를 구할 도리가 없었다. 그래서 내가 먹고 자란 것은 좁쌀 미음뿐이었다.

더군다나 산후 조리를 제대로 못했기 때문에 어머니는 그 이후로 평생 산후병에 시달렸다. 그래서 내가 태어난 4월이 되면 어머니는 늘 온몸이 더 쑤시고 아프다고 호소하면서 "널 낳고 나서부터 이렇게 아프다"는 말을 내가 어렸을 때부터 자주 되풀이하곤 했다.

그럴 때마다 나는 마음속으로, "흥, 내가 뭐 낳아달라고 부탁이라도 했나? 왜 아픈 탓을 나에게 돌리는 거야?"하고 중얼거리면서 인생살이 자체가 귀찮고 힘들다고 생각하며 투덜거렸다.

어렸을 때부터 나는 많은 병에 시달렸다. 다 뱃속에서, 그리고 어려서 못 먹고 자랐기 때문이다. 초등학교 때는 당시로는 고치기가 그리 쉽지 않았던 병인 폐병을 앓기도 했다. 또 황달, 축농증, 치질, 위장병 등을 달고 살았고, 특히 이(齒)가 약해서 자주 아파 치과에 늘 드나들어야만 했다.

태어난 게 억울하다는 생각을 물론 어머니한테 직접 드러내서 말하지는 못했다. 내가 무척이나 마음이 약한 체질이기 때문이다.

2000년에 일어났던 이른바 연세대 국문학과 교수들의 집단 따돌림으로 '교수 재임용 탈락 소동' 때도, 나는 나의 교수 재임용 탈락 상신을 주동한, 가장 믿고 사귀었던 후배이자 친구인 K교수(그때 학과장직을 맡고 있었다)와 R교수에게 실컷 욕지거리를 한 번 퍼부어주지도 못했다. 그네들은 나한테 "야, 너 나가."라고 말하며 깡패처럼 굴었는데도 말이다. 마음이 약한 내 성격 때문이었다.

그 대신 나는 금세 급작스런 정신적 쇼크에 따른 '외상성(外傷性) 우울증'에 걸려 거의 인사불성 상태로 정신병원에 입원하기까지 했던 것이다.

학교 당국에서 나를 봐주어(연구 실적물이 많았으므로. 나를 집단 따돌림했던 교수들은 내 업적물의 '질'이 형편없다는 이유를 갖다 댔다) 그 사건은 유야무야 됐지만, 나는 깊은 배신감에 의한 외상성(外傷性) 우울증 때문에 3년 6개월 동안을 휴직상태로 보내야 했다. 그렇게 마음이 약하니 어찌 내가 어머니한테 '낳은 죄'에 대해 따지고 들 수 있었겠는가.

내가 세상에 태어나서 억울하다는 생각은 평생토록 갔고 지금도 변함이 없다. 그래서 나는 결혼을 했을 때도 이혼하기까지 4년간(별거 기간 1년 포함) 절대적으로 피임을 했고, 결혼 전 많은 여자들과 연애를 할 때도 줄곧 오럴 섹스로만 일관했다. 오직 임신시키는 게 두려웠기 때문이다.

나는 아주 늦은 나이에 가서야 나를 이 세상에 내보낸 부모에 대한 원망을 담은 솔직한 시를 한 편 써서 발표했다. 1997년, 그러니까 내가 46살 때 쓴 「낳은 죄」라는 짧은 시가 그것이다.

부모들은 다 죽어 마땅해
'낳은 죄'를 저질렀으니까
자식한테 미리 동의를 구하지 않고
무조건 자식을 낳았으니까
부모들은 다 죽어 마땅해
정말 대역죄(大逆罪)인
'낳은 죄'를 저질렀으니까

그러나 그 이전에 아주 젊었을 때도 나는 '효도(孝道)'라는 윤리에 반발하는 「효도에」라는 시를, 훨씬 부드러운 어조였을망정 대담하게 써서 발표했다. 27살 때 쓴 시 「효도에」의 전문(全文)은 이렇다.

어머니, 전 효도라는 말이 싫어요.
제가 태어나고 싶어서 나왔나요? 어머니가
저를 낳으시고 싶어서 낳으셨나요.

'낳아주신 은혜' '길러주신 은혜'
이런 이야기를 전 듣고 싶지 않아요.
어머니와 전 어쩌다가 만나게 된 거지요.
그저 무슨 인연으로, 이상한 관계에서
우린 함께 살게 된 거지요. 이건
제가 어머니를 싫어한다는 얘기가 아니에요.
제 생을 저주하여 당신에게 핑계 대겠다는 말이 아니에요.
전 재미있게도, 또 슬프게도 살 수 있어요.
다만 제 스스로의 운명으로 하여, 제 목숨 때문으로 하여
전 죽을 수도 살 수도 있어요.
전 당신에게 빚은 없어요 은혜도 없어요.
우리는 서로가 어쩌다 얽혀 들어간 사이일 뿐,
한쪽이 한쪽을 얽은 건 아니니까요.
아, 어머니, 섭섭하게 생각하지 말아주세요.
"난 널 기르느라 이렇게 늙었다, 고생했다"
이런 말씀일랑 말아주세요.
어차피 저도 또 늙어 자식을 낳아
서로가 서로에 얽혀 살아가게 마련일 테니까요.
그러나 어머니, 전 어머니를 사랑해요.
모든 동정으로, 연민으로
이 세상 모든 살아가는 생명들에 대한 애정으로
진정 어머닐 사랑해요, 사랑해요.
어차피 우린
참 야릇한 인연으로 만났잖아요?

위의 시를 쓸 때만 해도 나는 '사랑해요'를 남발해가며 아양을 부리고 있다. 그리고 나도 결국 세상 풍속에 굴복하여 자식을 낳게 될 거라고 예측하고 있다.

그러나 나는 얼마 후에 가서는 절대로 평생 동안 자식을 안 낳겠다고 스스로 다짐하게 되었다. 그런 심정을 나는 그때 집에서 기르고 있던 개에 대한 느낌을 빌려 「업(業)」이라는 제목의 시로 발표했다. 내가 28살 때였다.

개를 한 마리 기르기 시작하면서부터
자식 낳고 싶은 생각이 더 없어져버렸다
기르고 싶어서 기르지도 않은 개
어쩌다 굴러들어온 개 한 마리를 향해 쏟는
이 정성, 이 사랑이 나는 싫다.
그러나 개는 더욱 예뻐만 보이고 그지없이 사랑스럽다
계속 솟구쳐 나오는 이 동정, 이 애착은 뭐냐
한 생명에 대한 이 집착은 뭐냐
개 한 마리에 쏟는 사랑이 이리도 큰데
내 피를 타고난 자식에겐 얼마나 더할까
그 관계, 그 인연에 대한 연연함으로 하여
한 목숨을 내질러 논 죄로 하여
나는 또 얼마나 평범하게 늙어갈 것인가
하루 종일 나만을 기다리며 권태롭게 지내던 개가
어쩌다 집안의 쥐라도 잡는 스포츠를 벌이면 나는 기뻐진다
내 개가 심심함을 달랠 것 같아서 기뻐진다

피 흘리며 죽어가는 불쌍한 쥐새끼보다도
나는 그 개가 내 개이기 때문에, 어쨌든
나와 인연을 맺은 생명이기 때문에
더 사랑스럽다
하긴 소가 제일 불쌍한 짐승이라지만
내 개에게 쇠고기라도 줄 수 있는 날은 참 기쁘다
그러니 이 사랑, 이 애착이 내 자식 새끼에겐 오죽 더해질까
자식은 낳지 말아야지, 자신 없는 다짐일지는 모르지만
정말 자식은 낳지 말아야지
모든 사랑, 모든 인연, 모든 관계들로부터 탈출할 수 있게 되도록
이를 악물어 봐야지
적어도, 나 때문에, 내 성욕 때문에
내 고독 때문에, 내 무료함 때문에
한 생명을 이 땅 위에 떨어뜨려 놓지는 말아야지

위의 시의 내용대로 나는 '자식 안 낳기'를 실천했다. 지금 나이가 되도록 그렇게 일관되게(다시 말해서 변절하지 않고) 실천한 것에 대해 나는 큰 자부심을 느낀다.

나는 어려서부터 인생살이에 대해 "인간은 태어나서, 고생하다, 죽는다."는 명제를 가슴 깊이 간직하고 있었다. 그런 비극적 인생관을 가지고 있었기 때문에, 이데올로기든 종교든 사상이든, 그 어떤 것이라도 인간에게 '허망한 희망'을 주는 것은 다 거부할 수 있었다.

그러면서 나는 차츰 일종의 '쾌락주의'를 원칙으로 삼고 살아가게 되었는데, 어차피 고생하다 죽을 바에야 조금이라도 더 쾌락을 맛보다

죽는 게 낫다는 생각에서였다.

나는 '희망'이 '절망'보다 더 두려운 것이라는 걸 직관으로 알 수 있었다. 희망이 무너질 때 사람들은 더 급격한 절망(이를테면 돌연한 자살 같은)의 나락으로 굴러 떨어지기 때문이다. 그래서 나는 되도록 희망을 가지지 않으려고 노력했다.

학교에 다닐 때도 나는 악착같이 공부하지 않았고, 문학작품을 창작할 때도, 글을 쓰는 순간에 맛보는 카타르시스(대리배설)의 쾌감을 얻으면 그만이었다.

그래서인지 문학을 지망하고서 등단 절차를 거칠 때도 악착같이 덤벼들지를 않았다.

나는 처음엔 최소의 노동량으로 대리배설의 쾌감을 맛볼 수 있는, 다시 말해서 원고 분량이 적은 시를 지망했다. 그리고 신춘문예에 응모하기도 하고 유명 문예지에 투고하기도 했는데, 낙방의 고배를 마시더라도 전혀 억울함을 느낀다거나 좌절하지는 않았다. 그저 때가(즉 기회가) 오면 되겠지……, 하는 생각뿐이었다. 그러다가 되면 좋고 안 되면 그만인 것이다.

나는 많은 편수의 시를 습작해 본 적이 없다. 그저 가끔 영감이 떠오를 때마다 메모처럼 긁적거려 두곤 했는데, 내 시가 아무래도 야한 내용이 많은 것이라서 신춘문예 같은 데서 당선되기는 어려웠다.

그러다가 1977년 26살 때 대학 은사인 박두진 선생의 추천 형식으로 〈현대문학〉지(誌)를 통해 데뷔하게 되었다. 그렇다고 해서 내가 일주일에 한 편씩 시를 써가지고 박 선생한테 가서 지도를 받는 식으로 문하생으로서의 절차를 밟은 것도 아니었다. 내 주변의 문학하는 친구들 중엔 그런 식으로 차근차근 시 창작 수업을 밟는 이들이 많았다. 하지만 나는 그런 과정이 아주 귀찮게 여겨져서 실천하지를 못했다.

그러다가 한 번에 10편의 작품을 박 선생께 보여드려 가지고 단번에 추천을 받게 된 것이다. 내 시의 내용은 당시로서는 상당히 야한 편에 드는 것이었고, 박두진 선생은 철저한 기독교인인데다가 청교도적 윤리를 강조하는 분이어서 별 기대를 하지 않고 갔다. 그런데 박 선생은 의외로 내 시가 퍽 개성적이고 당돌해서 좋다고 하시며 선뜻 추천을 해 주는 것이었다.

그런 점에서 보면 박두진 선생은 자기 시의 스타일만을 제자에게 강요하지 않는 훌륭한(다시 말해서 편협하지 않은) 시인이자 스승이었다.

다만 아쉬운 것은 그분이 평생토록 쓴 시들에는 좋은 작품이 별로 없었다는 것이다. 「해」나 「도봉」, 「묘지송(墓地頌)」 등 초기시 몇 편을 제외하고는 온통 신앙 고백 투의 기독교 시 일색이다. 문학창작에 종교가 얼마나 나쁜 훼방꾼인지를 나는 박두진 선생의 시를 통해서 알게 되었다.

내가 소설이 쓰고 싶어진 것은 30대 중반의 나이가 되고부터였다. 시만 가지고는 마음속의 울화와 욕구를 마음껏 설사시킬 수 없었기 때문이다. 시는 아무래도 '함축미'를 생명으로 하는 것이라서, 변비증 걸린 사람이 낑낑대면서 누는 아주 감질 나는 된똥 같은 것이다. 그래서 나는 소설을 통해서 억압된 감정의 시원한 설사를 해보고 싶었다.

하지만 그 나이에 쪽팔리게시리 신춘문예나 유명 문예지 신인 공모에 투고해 볼 수는 없는 일이었다. 그래서 나는 그저 기회가 되면 어떻게 한 번 써봐야지……, 하는 생각으로 세월을 흘려보내고 있었다. 그런데 뜻밖에도 1989년에 소설(그것도 단편이 아닌 장편으로!)을 쓸 수 있는 기회를 우연히 잡을 수 있었던 것이다. 38세 때의 일이다.

1989년 1월에 나는 첫 에세이집 『나는 야한 여자가 좋다』를, 그것도 우연한 계기로 출판하게 되었는데, 그 책이 꽤 많이 팔리고 화제(더 정확히 말하자면 논란과 물의)의 중심이 되었다.

그러자 몇 달 후 유명 문예지인 〈문학사상〉에서 내게 장편소설을 한 편 연재해보지 않겠냐는 제의를 해왔다. 그래서 나는 이게 웬 떡이냐 하는 심정으로 겁도 없이 200자 원고지로 2,000매 가까이나 되는 첫 장편소설 『권태』를 1989년 5월호부터 연재하게 됐던 것이다.

첫 회분 원고 마감 기일이 박두하여, 소설 전체의 플롯이나 줄거리도 확정해 놓지 않고서 무작정 써내려갔던 기억이 아직도 생생하다. 쓰다보면 어떻게 저절로 굴러가겠지……, 하는 생각에서였다. '인생살이'에 대한 나의 태도는 언제나 이렇듯 "그때그때 가서 벼락치기로 한다"는 것이었다.

아무튼 나는 문학창작을 할 때도 순간적인 카타르시스(대리배설)의 쾌락을 맛보려고 했고, 그 '창작의 순간'이란 것도 어떤 계기를 맞아 '우연히' 이루어진다고 생각했다. 말하자면 악착같이 애써가며 '훌륭한 작품'을 생산해내려고 애쓰지 않았다는 얘기다. 인생 만사(萬事)가, 모두 계획한대로 차근차근 노력하는 데서 이루어지는 것은 아니라고 생각했기 때문이다. 나는 쾌락주의자이기도 하면서 다른 한편으로는 허무주의자였다.

대학 교수직을 평생의 생업(生業)으로 지망하여 대학원에 진학할 때도 나는 '학자로서의 원대한 포부' 같은 걸 가져본 적이 없다. 그저 대학교수라는 직업이 나같이 허약하고 게으른 체질에 딱 맞는, 가장 편한 직업이라고 생각해서 대학원에 진학하여 석 · 박사 학위를 땄을 뿐이다.

방학이 있다는 점에서, 그리고 대학교의 방학기간은 초·중·고등학교의 방학기간보다 훨씬 길다는 점에서, 대학교수라는 직업은 내게 가장 편한 직업으로 보였다. 이것 역시 쾌락주의자로서의 내 생각이 반영된 결정이었다고 볼 수 있다.

나는 고등학교 때부터 대학교 학부 및 대학원 시절까지 한 해도 빼놓지 않고 아마추어 연극 활동을 했는데, 목소리가 커서 그런지 늘 캐스트, 그것도 주역으로만 출연했다. 그때마다 무대 위에 섰을 때의 '노출증적(的) 쾌감'이 상당하다는 것을 알게 되었다. 학교 선생이 하는 강의도 일종의 '일인극(一人劇)' 형태를 띠게 되는데, 그런 점이 더욱 나의 장래 지망을 '선생'으로 이끌어갔다. 그리고 이왕이면 더 편하게 쾌감을 얻어 보자는 욕심에서, 중·고교 교사보다는 대학 교수를 나의 평생 직업으로 꿈꾸게 했다.

나의 교수생활은 그리 평탄치가 못했다. 『나는 야한 여자가 좋다』라는 책을 냈을 때는(1989) 교수들의 품위를 실추시켰다는 이유로 징계를 받았고, 『즐거운 사라』라는 소설을 냈을 때는(1992) 소설이 야하다는 이유로 역사상 유례가 없는 '긴급 체포'까지 당하면서 감옥소로 가게 되는 바람에 교수직에서 잘리기도 했다. 그리고 국문학과 동료교수들에게 집단 따돌림을 당해(2000) 심한 우울증을 앓을 때는 3년 6개월 동안이나 휴직을 하게도 되었다.

또 나는 실형 선고를 받은 전과자라서 정년퇴직 후에도 연금을 못 받는다. 남들보다 조금 먼저 교수가 된 대가를 나는 혹독하게 치른 셈이다. 인생이라는 긴 코스의 마라톤 경기를 하는 도중에, 나는 장애물을 너무나 많이 만났다. 지금 생각해 볼 때 꽤나 거친 스포츠 경기를 즐긴 것 같은 생각이 든다. 다 팔자소관이려니 한다.

내 경험을 밑바탕 삼아 인생의 후배들에게 건방지게 조언을 하라고 한다면, 나는 내가 만들어 낸 사자성어(四字成語)로 '이허수명(以虛受命)'이라는 글귀를 들려주고 싶다. 마음을 텅 비우고 천명(天命)을 받아들인다는 뜻이다. 그 '천명(天命)'이 기독교의 여호와 신(神)이든, 불교의 부처님이든, 아니면 그저 막연히 '하늘의 뜻'이든, 그건 아무래도 상관없다. 나는 종교가 없는 사람이기 때문에, 나한테는 그저 광범위한 의미로서의 '자연(自然)'쯤 되겠다.

여러 시련을 겪을 때마다 내가 다행스럽다고 생각한 것은, 그래도 어쨌든 세월은 강물과 같이 쉼 없이 흘러간다는 사실이었다. 어느 노래 제목대로 그야말로 "세월이 약이겠지요"였던 것이다.

모든 고통은 세월이 다 알아서 해결해 준다. 설사 암 같은 불치병에 걸려 극심한 고통을 받는다고 해도, 그것 역시 '세월'이 해결해 준다. 얼마 후 진정한 휴식으로서의 '죽음'이 찾아와주기 때문이다.

내가 보기에 죽음은 '영원한 잠'이다. 윤회니 내세니 천국과 지옥이니 하는 개념을 나는 절대로 믿지 않는다. 죽으면 모든 것이 끝난다. 길몽도 악몽도 없는 잠, 절대로 가위 눌리지 않는 잠, 그런 잠을 영원히 잘 수 있다는 것은 얼마나 다행스러운 일인가?

잠자는 시간 없이 계속 노동만 한다고 생각해 보라, 정말 끔찍하지 않은가? 세상에 태어난 것이 억울한 만큼, 죽음은 우리에게 크나큰 선물이 되는 것이다. 죽음 중에서도 긴 병 앓지 않고 졸지에 죽어버리는 것, 그런 급사(急死)는 정말 너무나 고마운 선물이 된다.

한 인간이 삶을 살아가면서 가장 큰 통과의례로 겪는 것은 '결혼'이다. 물론 요즘엔 '독신자 문화'가 생겨나 결혼은 필수과목이 아니라 선택과목 정도로 되었다. 그렇지만 내가 결혼 할 때(1985)만 해도 사회풍속은 결혼을 필수과목으로 인정, 아니 강요하고 있었다.

문득 내가 대학에 다닐 때 유행했던 노래 가사가 떠오른다. 김상희 씨가 부른 〈단벌 신사〉라는 제목의 노래인데, 노래 도중에 "단벌 신사, 우리 애인은 서른한 살 노총각님……"이라는 가사가 나온다. 서른한 살밖에 안 된 남자를 '노총각'으로 취급했다는 사실이 요즘 시속(時俗)으로는 정말 믿어지지 않는다.

나는 결혼을 만 34살 때 했는데, 당시로서는 퍽 늦은 결혼이었다. 대개 서른 살 이전에 장가가야 하는 걸로 되어 있었기 때문이다. 여자의 경우엔 25살만 넘어도 자칫 '노처녀' 소리를 얻어듣기 쉬웠다. 요즘보다는 평균 수명이 10여년 정도 짧았기 때문에 더 그랬던 것 같기도 하다.

그런 세간의 풍습 때문에, 나는 서른 살 이후로 "직장도 안정돼 있는데 왜 아직도 결혼을 하지 않고 있느냐?"는 소리를 참으로 많이 들었다. 사실 나는 인생관 자체가 허무주의자라서 2세(二世)의 출산을 주된 목적으로 삼는 결혼이 탐탁하게 여겨지지 않았다. 그래서 설사 결혼을 하더라도 자식만큼은 낳지 않아야 한다고 생각했다.

그러던 내가 34살 되던 해 12월 연말에 급작스럽게 결혼을 하게 된 까닭은, 그때까지 내가 오랫동안 정신적으로(!) 사모해왔던 여자가, 더 이상 노처녀 소리를 듣기 싫다는 이유로 해를 넘기기 전에 결혼을 해버리자고 종용했기 때문이다. 그 여자는 나보다 한 살 어렸는데도, 주변 사람들로부터 지긋지긋하게 노처녀 소리를 얻어들은 모양이었다.

그래서 내가 결혼 후 최소 3년간은 임신을 하지 말기로 약속하자고 다짐을 두고 나서 우리는 12월 중순에 부랴부랴 결혼식을 올렸다.

결혼하고 나서 딱 6개월 동안 행복했다. 그토록 오랫동안 사모하고 흠모하고 연모했던 여자가 내 마누라가 되어 있으니 행복하지 않을 리 있겠는가?

하지만 그 이후로는 내겐 결혼생활이 '지옥'이었다. 마누라한테 싫증을 느껴서도 아니고 흔히들 말하는 성격 차이나 성적(性的) 차이 때문만도 아니었다. 나는 다만 결혼이 주는 구속감에 진저리를 치게 되었고 '자유'가 사무치게 그리웠던 것이다.

그래서 우리는 이러저러한 복잡한 절차를 거쳐 1990년 1월에 합의이혼을 하게 되었다. 자식이 없었기 때문에 별 후유증 같은 것도 없어 다행이었다.

세월이 강물처럼 쉬임없이 흘러가게 되면 옛날이 반드시 그리워지게 된다. 그렇지만 내게 있어 전(前) 마누라만은 해당사항이 못 되었다. 결혼할 때까지는 거의 10년 가까이 연모해 마지않던 여자를, 단지 결혼이라는 '감옥'을 거쳤다는 이유로 나는 절대로 그리워하지 않게 된 것이다. 내가 생각해봐도 정말 신기한 일이다. 아마 그래서 "결혼은 사랑의 무덤"이라는 말이 나왔으리라.

짧은 결혼 생활이 내게 안겨 준 소득이 있다면, 별거하는 1년 기간 동안 내가 아주 긴 장편 소설 한 편을 탈고하여 출판하게 되었다는 것이다. 그 소설의 제목은 『권태』였다.

사람의 삶은 세 가지 요소로 구성된다. '일'과 '사랑(또는 결혼)'과 '놀이(또는 취미활동)'가 그것이다. 세 가지를 다 만족시키면 그 사람의 삶은 이른바 '성공적인 삶'이 된다.

그런데 나는 '일(교수생활)'에서 풍파가 많았고 '결혼'에서도 풍파가 많았다. 그래서 나머지 하나 남은 '놀이'가 앞으로의 내 삶에 즐거운 쾌락을 선물해 주기를 바라는 심정이 되었다.

나의 '놀이', 즉 취미활동으로 첫 번째로 꼽을 수 있는 것은 단연 '미술(그림 그리기)'이다.

올해(2011)만 해도 나는 다섯 번의 미술 전시회(초대전)를 가졌다. 개인전이 세 번이고 2인전이 한 번, 3인전이 한 번이다. 아마추어 화가에 불과한 나로서는 감지덕지할만한 경사였다. 그림은 팔리면 좋고, 안 팔려도 그만이었다.

미술은 문학에 비해 그렇게 쩨쩨하지가 않다. 문학은 '문법'이란 게 있어 형식의 지배를 받지만 미술은 미술의 문법이란 게 없어 그냥 즉흥적으로 그려도 된다. 언젠가 예술가들의 평균 수명을 조사한 통계자료를 보니까, 제일 오래 장수하는 예술가가 미술가였고 제일 단명한 예술가가 소설가였다. 작가는 문법이나 어법(語法)에 일일이 신경 써야 하므로 스트레스가 많아 빨리 늙고 빨리 죽는다.

게다가 문학에서는 도무지 '반복적 재탕'이 허용되지 않는다. 그런데 미술에서는 똑같은 소재를 가지고 그저 조금씩만 변형시켜 재탕해 먹어도 전혀 욕을 얻어먹지 않는다. 그러니 미술가가 제일 장수할 수밖에 없다. 물론 에곤 쉴레나 모딜리아니나 고흐같이 단명(短命)한 사람들도 가끔씩 있었지만 말이다.

살아서도 유명했고(그래서 돈도 많이 벌었고) 죽어서도 유명한(말하자면 제일 부러운 아티스트인) 샤갈은 98세까지나 살았다.

…… 글쎄 …… 그저 취미 활동으로 미술을 하는 내게도 그런 '건강의 공식(公式)'이 적용될 수 있을까? 하긴 그저 오래 사는 게 아니라

'건강하게' 오래 살아야겠지만 말이다. 사람들이 보통 피우는 담배보다 훨씬 더 독한 담배를 하루에 3갑씩 자학적으로 피워대는 나로서는, 아무리 생각해봐도 취미활동으로서의 그림 그리기가 건강이나 장수에 별 영향을 미칠 것 같지가 않다.

인생의 종반기에 접어들어 있는 내가 지금까지의 삶에서 결론 내릴 수 있는 게 있다면 그것은 한 마디로 "인생은 더러워"쯤 되겠다. 그 더럽고 고생스러운 인생을 죽음 이후까지 연장시켜 보려고 아등바등 애쓰는 종교인(특히 기독교)들이 나는 오히려 측은해 보인다. 설사 영생(永生)이 찾아와 준다고 해봤자, 그리고 그것이 천국이나 극락에서의 삶이라고 해봤자, 뭐 그리 대단한 쾌락을 누릴 수 있을 것인가.

그러므로 지금 현재 구차한 삶에 대해 내가 갖고 있는 생각은 "죽지 못해 산다"이다. 나는 젊은 시절부터 일찍 용감하게 자살하는 이들이 부러웠다. 그래서 28살(1979) 때에는 「자살자(自殺者)를 위하여」라는 시를 써서 발표하기도 했다.

우리는 태어나고 싶어서 태어난 것은 아니다
그러니 죽을 권리라도 있어야 한다
자살하는 이를 비웃지 마라
그의 좌절을 비웃지 마라
참아라 참아라 하지 마라
이 땅에 태어난 행복,
열심히 살아야 하는 의무를 말하지 마라

바람이 부는 것은 바람이 불고 싶기 때문
우리를 위하여 부는 것은 아니다
비가 오는 것은 비가 오고 싶기 때문
우리를 위하여 오는 것은 아니다
천둥, 벼락이 치는 것은 치고 싶기 때문
우리를 괴롭히려고 치는 것은 아니다
바닷속 물고기들이 헤엄치는 것은 헤엄치고 싶기 때문
우리에게 잡아먹히려고,
우리의 생명을 연장시키려고
헤엄치는 것은 아니다

자살자(自殺者)를 비웃지 마라
그의 용기 없음을 비웃지 마라
그는 가장 솔직한 자
그는 가장 자비로운 자
스스로의 생명을 스스로 책임 맡은 자
가장 비겁하지 않은 자
가장 양심이 살아 있는 자

(2011)

狂馬는
날아오르고
싶다
마광수
1996年 2月

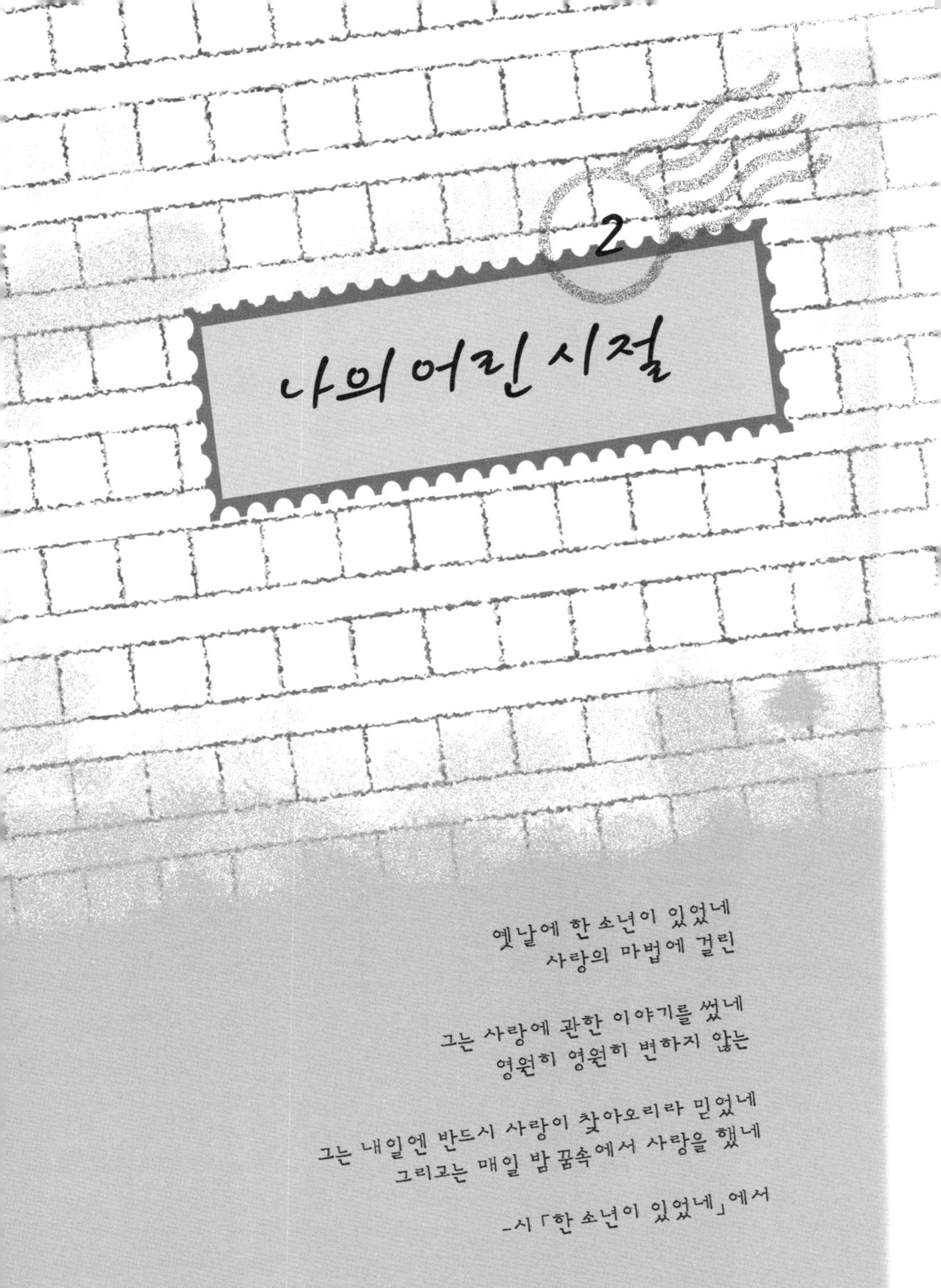

2 나의 어린 시절

옛날에 한 소년이 있었네
사랑의 마법에 걸린

그는 사랑에 관한 이야기를 썼네
영원히 영원히 변하지 않는

그는 내일엔 반드시 사랑이 찾아오리라 믿었네
그리고는 매일 밤 꿈속에서 사랑을 했네

–시 「한 소년이 있었네」에서

나의 어린 시절

나의 어린 시절을 생각할 때 가장 먼저 떠오르는 것은 강원도 두메 산골의 수려한 경치와 맑은 공기이다.

나는 1951년 1 · 4 후퇴 때, 서울을 피해 가다가 우연히 정착한 경기도의 발안이란 곳에서 태어났다. 어머니는 산파도 없이 나를 낳았는데, 낳아놓고 보니 전쟁통이라 너무 못 먹어서 그런지 깡마르고 배배 틀린 원숭이 새끼 같은 형상을 하고 있어, 징그러운 생각까지 들었다고 한다. 그 뒤로 나는 아버지가 전쟁 전엔 취미로 했던 사진을 생존의 수단으로 삼게 되어 군속사진사가 되는 바람에, 군부대를 따라 이리저리 이동하며 지낼 수밖에 없었다.

처음엔 경기도 일동, 이동 근처에서 지내다가 그 뒤로 일곱 살이 될 때까지 주로 강원도의 최전선 부근을 맴돌았다. 일동이나 이동에서 살

때는 너무 어렸을 때라 별로 기억에 남는 게 없고, 강원도의 화천, 인제, 양구 등지에서 지냈던 일들이 지금까지도 간헐적으로 떠오른다. 초등학교에 입학한 것은 화천에서였고, 아버지가 안전사고로 사망하여, 1학년 말쯤에 서울로 전학하고서 지금까지 줄곧 서울에서 살아오고 있다.

내 기억 속에 가장 아름다운 풍경으로 남아 있는 것은 인제의 경치이다. 인제는 내설악이 가까운 곳인 데다 최전방에 속했기 때문에 인적이 드물었다. 내가 살던 곳은 강가에 집이 한두 채쯤밖에 없었던 걸로 기억되는데, 집 앞은 잡초가 무성한 들판이었고, 멀리 높고 험준한 산맥이 바라보였다. 우리는 초가집 한 채의 방 하나를 세내어 살고 있었는데, 밤이면 산에서는 산짐승들이 울부짖는 소리가 들려오고 강에서는 물 흐르는 소리만이 들려오는 아주 외진 곳이었다.

그때 시골에서는 군대에 붙어서 먹고 지내는 사람들이 꽤 많았다. 우리 집도 그랬고, 우리가 세를 든 집 주인 내외도 군인들에게 술을 팔면서 연명해 나가고 있었다. 그때는 밀주가 허락되던 시절이라 쌀로 술을 담아 동동주나 막걸리 따위를 만들어 주로 사병들한테 팔았다. 안주를 시켜 먹는 군인은 거의 없었고 대개 서비스로 내는 김치 한두 쪽이 안주 역할을 하였다.

어머니는 밥을 지을 때도 야전용 반합에다 지었고, 반찬 중에서 제일 맛있는 것은 모두 다 아버지가 군부대에서 사진 값 대신 받아온 통조림들이었다. 주로 미군들이 두고 간 시레이션이 많았는데, 워낙 못 먹던 시절이라 어쩌다 시레이션 한 상자가 생기면 뛸 듯이 기뻐했던 것이 생각난다. 내가 아파서 보채거나 공연히 떼를 쓸 때면, 아버지는 "내가 꼭 시레이션 한 상자 얻어올 테니까 제발 울지 마라"고 말했을 정도였다. 김치찌개를 끓일 때도 시레이션에서 나온 햄을 썰어 넣으면 맛이 일품이었다.

간식으로 먹은 것은 주로 건빵. 건빵을 콩기름에다 튀기면 아주 맛이 좋았다. 또 어머니는 건빵을 잘게 부수어 그것으로 반죽을 한 다음 튀김요리 비슷한 것도 만들어줬는데, 상당히 맛이 있었다. 또 내가 껌 대신 자주 씹었던 것은 수수깡이었다. 수수깡의 껍질을 벗기고 단물을 빨아 먹으면 아주 감칠맛이 났다.

산골이라 나물도 많았다. 어머니가 도라지나 더덕, 질경이 등을 캐러 갈 때 나도 같이 따라가 실컷 자연의 품에 안겨보곤 했다. 머루 · 다래도 많아 보존을 위해 따다가 상당 기간 묵혀두면 꿀같이 단맛이 되곤 했다. 익모초가 무성한 들판, 흰 조약돌들이 지천으로 깔려 있는 강변, 그 강을 따라 흘러가는 맑디맑은 물……. 이런 것들이 아직도 내 머릿속에는 고스란히 입력돼 있다. 어른들이 강으로 가 된장을 푼 어항을 이용하여 작은 민물고기들을 잡는 광경을 지켜보던 기억도 난다.

화천에서 다닌 초등학교의 초라한 학교 건물은 초가지붕으로 되어 있었다. 집에서 원체 멀리 떨어져 있어서 비가 조금만 많이 와도 통학이 불가능했다. 학교로 가는 길 중간에 작은 강이 하나 있었고 그 강엔 외나무다리 하나만 얹혀 있었는데, 비가 와 강물이 불면 다리가 떠내려가곤 했기 때문에 학교를 쉬게 되는 일이 많았다.

또 곳곳에 뱀도 많아 겁 많은 나를 괴롭혔다. 어떤 때는 짓궂은 동네 아이들이 뱀을 막대기에 꿰어 흔들면서 쫓아와 나를 혼내줬기 때문에 내가 까무라쳐버린 일도 있었다.

그러다가 나는 1학년 말 때쯤 해서 서울로 이사 오게 되었다. 새로

청계초등학교에 편입해 들어가니 나는 영락없는 '촌놈'이었다. 시골에서는 반에서 1등만 했는데, 서울로 전학 오니 꼴등이 되고 말았다. 서울 애들은 왜 또 그리 성질이 사나운지……. 나는 매일 골목대장에게 얻어맞기 일쑤였고 항상 '왕따'에다 '어벙한 바보'였다.

그렇게 몇 달을 지내다가 나는 드디어 서울 생활에 적응하게 되었는데, 내가 재미를 붙인 건 역시 다른 아이들처럼 '만화 보기'였고 그 다음엔 '그림 그리기'였다. 원래 소질이 있어서 그런지 교내는 물론이고 교외의 전국아동미술대회 같은 곳에도 나가 상을 타곤 하였다. 이런 어릴 적부터의 취미가 나를 지금까지 아마추어 화가로 만들어, 내가 쓴 책의 표지화나 삽화를 그리게 하고 또 미술전시회도 몇 번 가지게 했는지도 모른다.

내가 다니던 청계초등학교는 바로 명동 입구에 있었는데, 그야말로 서울의 최고 중심부였다. 그래서 나는 친구들과 어울려 명동공원(안타깝게도 나중에 없어지고 말았다)에 가서 제기를 차거나 술래잡기 놀이를 하기도 하고 또 어떤 때는 명동에서 가까운 남산까지 올라가 놀기도 했다. 그래서 그런지 나는 지금도 남산에 대한 유별난 애착을 갖고 있다.

내가 어릴 때는 남산을 반드시 걸어서 올라갔는데, 약수터에서 마시는 청정한 물의 맛은 일품이었다. 또 꼭대기에 올라가 거기 설치돼 있는 망원경으로 서울 거리를 내려다보면 내가 사는 집(중구 수하동)까지 또렷하게 보였다. 그도 그럴 것이, 그때 서울에서 제일 높은 고층건물이 겨우 8층밖에 안 되는 반도호텔이었던 까닭이다.

아무튼 서울에서의 내 어린 시절은 화려한 도심에서의 생활이었던 까닭에 시골에서의 생활과는 정반대로 무척이나 야한 '눈요깃거리'가 많았던 생활이었다. 명동 거리에는 최신 유행의 옷을 입고 걸어가는 섹시한 아가씨들이 줄을 이었고, 밤에는 으리번쩍한 네온사인 사이로 수많은 카페와 바(bar)들이 문전성시를 이루고 있었다. 그때 나는 어린 나이에도 젊은 멋쟁이 아가씨들의 매니큐어를 바른 긴 손톱에 저절로 눈이 가곤 했는데, 아마 타고날 때부터 야한 탐미적 취향을 물려받고 태어난 모양이다.

또 한 가지 어렸을 때의 기억으로 지금도 신기하게 생각되는 것은, 내가 나도 그게 뭔지 모르고 동성애 비슷한 걸 했던 일이다. 2학년 때쯤부터 난 어느 남자 친구의 꼬임에 넘어가 자주 '뽀뽀 놀이'를 했던 것이다. 그때 나는 '여자처럼 예쁘다'는 소리를 자주 얻어듣곤 했는데, 아마 그 친구가 나의 미모(?)에 홀려 그런 짓을 하도록 유도했던 모양이었다.

아무튼 그땐 그야말로 정겹고 포근한 '서울'이었다. 지금에 비해 인구가 엄청나게 적었으므로 거리는 늘 한산했고, 청계천에도 상류에는 맑은 물이 흘러내렸다(청계천은 내가 초등학교 4학년 때부터 복개공사를 시작했다).

아, 명동 한복판에서 딱지치기를 하거나 제기차기를 하며 놀았던 내 어린 시절의 서울, 그 수더분했던 서울이 그립다.

(2007)

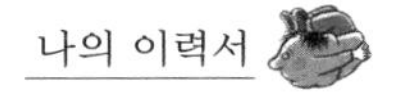

초등학교 여자 동창생의 편지

수필은 역시 그 독서층이 대단히 넓은 것 같다. 시집이나 평론집을 냈을 때는 별로 읽히지를 않았는데, 우연한 기회에 『나는 야한 여자가 좋다』라는 수필집을 발간하고 보니 꽤 많은 독자들이 내 글을 읽어 주었다. 내용을 안 보고 신문광고나 책 제목만 본 사람 중에는 일부러 선정적인 제목을 붙여 독자들의 눈길을 끌어모으려고 한 것 같다고 나무라는 이도 많았지만, 일단 책을 읽고 난 뒤에는 그 내용에 공감하게 되었다는 말들을 많이 해주었다.

요즘엔 편지나 전화로 상담을 요청해 오는 분들이 많다. 내가 아직은 인생이 무언지 완전히 알 수 없는 나이(38)이고, 또 현재의 내 처지나 주변상황이 꽤 찌뿌둥하고 우울한 형편인 만큼 그런 편지나 전화에 대답을 주기는 퍽 계면쩍고 곤혹스럽다.

아무튼 요즘 그나마 기쁜 일이 있다면, 책을 보고 나서 나의 옛 학교 동창들이 전화나 편지를 해주는 일이다. 먹고살기에 바빠서 일 년에 한두 번 전화하는 것조차 어려운 게 보통인데, 특별히 편지까지 보내주면 훈훈한 우정을 느낄 수 있어 정말 흐뭇한 기분에 젖어들게 된다. 특히 그것이 여자 친구일 경우에는 더욱 그렇다.

최근에 나는 초등학교 여자 동창생의 편지를 받았다. 내가 다닌 청계초등학교는 을지로 1가에 있었던지라 서울 토박이들이 많았는데, 졸업한 지 6년 만에 서울에서 제일 먼저 폐교되어 버렸다. 주택가가 변하여 상가가 되어 버렸기 때문이다. 그래서 동창생들은 근거지를 잃고 뿔뿔이 흩어져 버렸고, 게다가 여자 동창생의 경우에는 다 시집을 가버려 더욱 종적이 묘연했다. 그런데 나와 3학년 때 한 반이었던 여자 동창생이 내 책을 읽고 편지를 보내온 것이다. 그래서 내 기억 속에서 사라져 버린 오래 전의 일을 상기시켜 주어, 나로 하여금 아련한 추억 속에 잠기게 해주었다. 그 편지 내용을 잠깐 소개해 보기로 한다.

“마광수씨, 정말 반가워요. 30년 만에 보는 얼굴. 비록 잡지에서 사진을 통해 만나 보았지만 그 순진하고 어리광스런 모습은 여전하더군요. 광수씨와 저는 청계초등학교 3 학년 때 같은 반이었죠. 광수씨는 아마 내가 생각도 안 나겠지만, 난 이상스레 ‘마광수’란 이름이 선명하게 떠올라서 책도 혹시나 하고 사서 보았지요. 초등학교 동창들은 거의가 잊다시피 했고 몇몇 남학생의 얼굴이 기억나지만 광수씨처럼 뚜렷이 떠오르는 사람은 없어요.

그 목소리 또한 아직 귀에 쟁쟁합니다. 광수씨는 어려서부터 남다른 데가 있다고 보았어요. 국어 시간에 책을 읽을 때 그 할아버지 같은 억양으로 천천히 읽던 낭랑한 목소리. 그리고 만화가게 가지 말라고 선생님께 주의들은 날, 광수씨는 학교 담벼락에 붙은 천막으로 된 만화가게에 들어가려다가 나한테 들켰죠. 내가 "선생님께 이른다"고 했더니, "아이이이…… " 하고 어리광을 피우면서 가게 안으로 쏙 들어가던 모습. 어려서부터 당신은 유난히 책을 좋아했어요. 그리고 사물을 보는 눈도 예리했죠.

체육시간이었어요. 키 큰 여자애가 달음박질을 하는데 "천천히 뛰는데도 일등을 하네." 하고 내가 말했더니 광수씨가 "다리가 길어서 그래."라고 말할 때의 그 침착하고 너무나 평온했던 느낌. 이것이 광수씨에 대한 나의 추억의 전부입니다. 나는 학교 시절 남의 눈에 뜨이기 싫어했고, 항상 말이 없고 수줍은 아이였지요. 아무튼 반가워요. 언제 한번 보고 싶군요."

어떤 남자라도 미지의 여성한테서 온 편지를 받으면 얼굴이 빨갛게 상기되고 웬지 모를 기대감으로 가슴이 두근거리게 되는 법이다. 게다가 그 편지의 내용이 나를 잔뜩 추켜올려 주는 것이라면 더욱 고마운 마음이 들게 마련이다. 이 편지를 읽고 나는 잃어버렸던 30년 전의 내 이미지를 되돌아 볼 수 있게 되어 기뻤고, 또 30년이나 지난 나에 관한 추억들을 또렷이 기억하고 있는 그녀가 정말 고마웠다.

흔히들 남녀간의 우정은 불가능하다고 말하는데, 나는 이 편지를 받고 그것이 가능할 수도 있지 않을까 싶었다. 아무튼 훈훈한 우정은 동성끼리의 것이든 이성간의 것이든, 담담한 밥맛같이 변치 않는 면이 있다.

(1989)

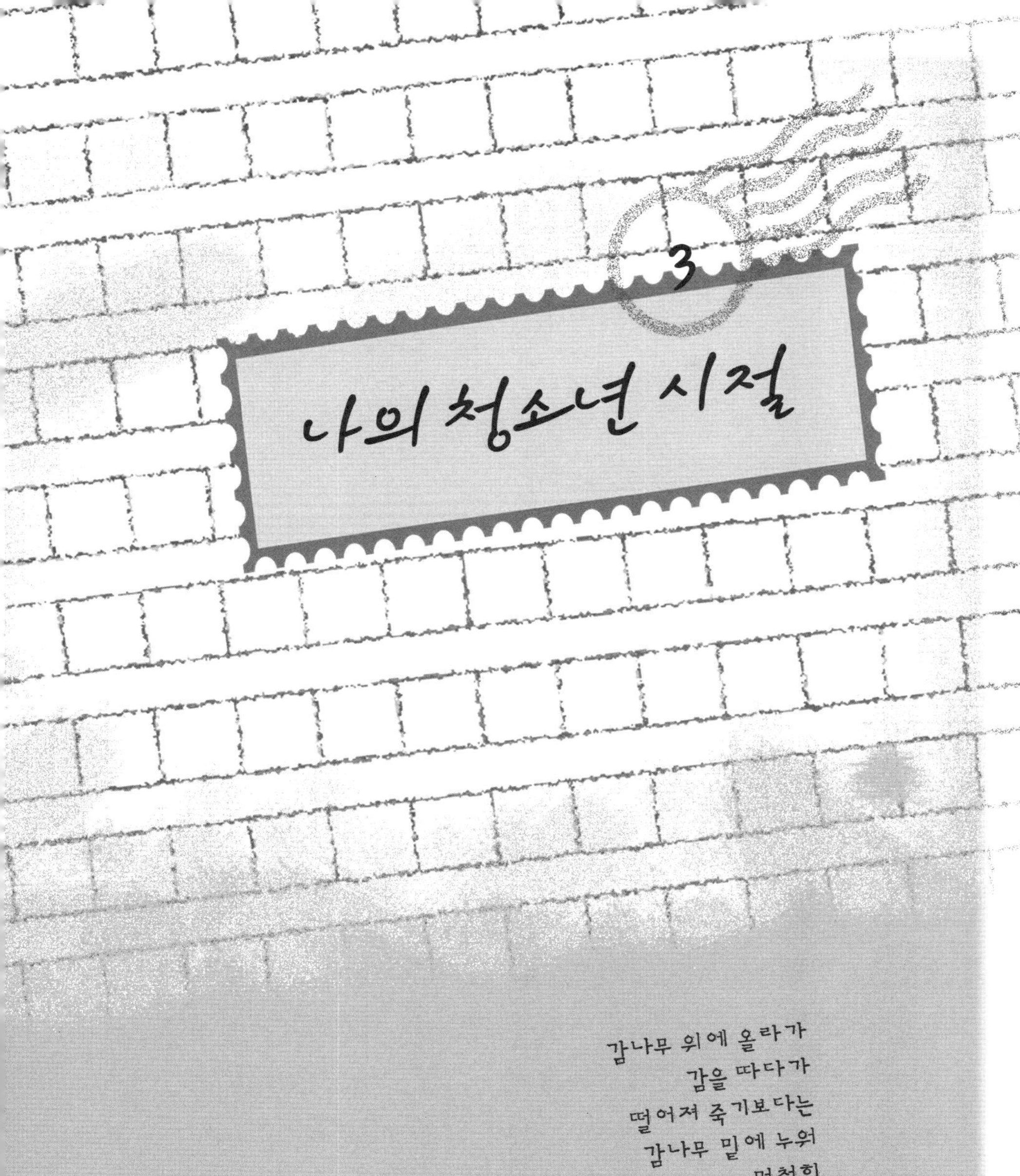

감나무 위에 올라가
감을 따다가
떨어져 죽기보다는
감나무 밑에 누워
멍청히
입을 벌리고 있는 게
낫다

–시 「감은 때가 되면 떨어진다」에서

교육과 나

내가 초 · 중 · 고교에 다닐 때를 생각하면 우선 방학이 끝날 때마다 느끼던 감회가 생각난다. 한마디로 말해서 다시 학교에 매일 아침마다 일찍 등교하게 됐다는 사실이, 마치 큰 형벌을 받고 있는 죄수의 신세와 똑같다고 생각하곤 했던 것이다.

그만큼이나 나는 학교에 다니는 것이 지옥 같았다. 대학에 들어가서부터는 매일 아침마다 정해진 시각까지 등교하지 않아도 되고, 또 듣는 과목도 필수과목 빼고는 내가 골라서 들을 수가 있어 학교에 다닌다는 것이 그렇게 지옥 같지는 않았다. 무엇보다도 전교생이 모이는 조회시간이 없고, 담임선생이 없다는 사실이 내 대학생활을 그만하면 낭만적인 것으로 만들어 주었다.

내가 보기에 우리나라의 초 · 중등 교육은 지식의 전수나 지성의 배양을 목적으로 하지 않는, 그저 '인내력 키우기'만을 교육의 목적으로 삼는 교육인 것 같다. 지금 내 머릿속엔 그때 배운 지식들이 하나도 들어 있지 않다. 졸업한 직후에 금세 잊어버렸으니 말이다.

내가 초등학교에 다닐 때는 중학교 입학시험이 있어 참으로 괴로운 스파르타식 교육을 받았다. 거의가 암기를 목적으로 하는 수업이었다. 초등학교 6학년 때의 담임선생님은, 따로 학생들에게 암기 실력을 테스트하여 등급을 매겼다. 그러고는 등급이 높으면 단체기합에서 면제를 해주는 등 특혜를 주었다.

나는 집이 가난해서 따로 과외수업을 못 받았지만, 웬만큼 사는 집 애들은 1류 중학교에 들어가기 위해 과목별로 과외수업을 받는 게 보통이었다. 아예 집에서 먹고 자는 과외 선생(대개는 대학생)을 두고서 학생과 한 방을 같이 써가며 하루 24시간 내내 과외지도 겸 감시를 하게 하는 학부형들도 많았다.

초등학교 때 배운 것으로 아직까지 내 머릿속에 남아 있는 것은, 한글 읽기와 쓰기, 그리고 기초적인 수학공식 정도인 것 같다. 한문 시간도 따로 없어서, 나는 헌 신문지에다 붓글씨 연습을 해가며 남들보다 꽤 많은 한문 지식을 독학으로 습득할 수 있었다.

그때 내게 가장 많은 가르침을 준 것은 혼자서 따로 읽은 독서였다. 나는 기본적 교양을 다양한 독서를 통해 어느 정도 습득할 수 있었다.

그래서 그때 내가 가장 고통스러웠던 것은 집이 가난해서 읽고 싶은 책을 다 보지 못한다는 것이었다. 학교에도 따로 도서실이 없었고, 또 요즘처럼 시립도서관이나 구립(區立)도서관 같은 것도 없어 늘 책에 배고팠던 시절이었다.

어머니를 조르고 졸라 가지고 책 한 권을 사면 하루면 다 읽는다. 그러고는 또 새 책을 사 달라고 어머니를 조르기 시작한다.

이렇게 책에 배고파했던 것은 중 · 고등학교 시절까지 이어졌다(대학교에 들어가니 학교 도서관에 꽤 많은 책이 비치돼 있어 그만하면 살만 했다). 그래서 나로 하여금 늘 청계천 6, 7가에 몰려 있던 헌책방 거리를 헤매 다니게 했다.

중 · 고교시절에 학교에서 배웠던 걸 생각해 보면, 정말 잡화점식(式)으로 과목 숫자만 많았다는 생각이 든다. 국 · 영 · 수 등 기본과목 이외에도 농업, 상업, 공업 같은 과목들을 배워야 했고, 고등학교에 올라가서도 똑같은 과목과 내용을 배워야 했다.

중 · 고교의 학과목들 중엔 내용이 겹치는 게 너무 많았다. 이를테면 국사, 세계사, 지리, 일반사회 같은 과목들은 깊이나 양(量)에 있어서도 중 · 고교 때와 거의 똑같이 겹치는 과목들이었다. 국어, 영어, 수학 같은 과목을 제외하면, 고등학교에 올라갔다고 해서 더 심도 있는 내용을 학습시키지 않았다. 그래서 지금 내 생각엔 중 · 고교를 통합하여 5년제로 하는 게 가장 효율성 있는 중등교육이 될 것 같다는 생각이 든다.

개화기 때 최남선이나 이광수 같은 문인들은 17, 8세 때 잡지를 만들고 깊이 있는 글을 쓸 수 있었을 정도로 조숙했다. 내 생각엔 그 이유가, 그들이 특별히 천재라서 그랬던 게 아니라, '학교교육의 피해'를 입지 않아서 그럴 수 있었던 것 같다. 그들은 어렸을 때 서당에 다닌 것 말고는 대부분의 지식을 독학으로 습득했던 것이다.

요즘의 중등교육은 알맹이가 없는 여러 가지 잡다한 과목들을 가지고 학생들을 괴롭혀 쓸데없는 시간 낭비만 가져온다. 나는 중 · 고교에 다닐 때 독서를 많이 한 편이다. 그렇지만 그래도 학교공부를 진도대로 쫓아가 점수를 따야 했기에, 스스로 독서(또는 독학) 할 수 있는 시간을 너무나 아깝게 놓쳐버렸다.

『춘향전』에 나오는 이몽룡은 2·8청춘 나이에 과거에서 장원급제까지 하는데, 물론 소설적 과장이 섞여 있는 것이겠지만, 당시의 교육이 아주 적은 숫자의 학과목으로 이루어졌기 때문이 아닌가 한다. 그리고 '집단적이고 획일적인 학교교육'이 아니었다는 점도 그들을 조숙한 '어른'으로 키워주는데 크게 작용했을 것 같다. 갑신정변에 참여했던 서재필의 나이는 겨우 20세였다.

아무튼 그래서 나는 초등학교 시절이나 중·고등학교 시절이 전혀 그립지가 않다. 내 젊음을 뺏어간 '지옥 같은 시절'이기 때문이다.

그나마 나의 숨통을 틔워준 것은 중·고교 시절의 특별활동과 동아리 활동이었다. 나는 미술반, 문학반, 연극반, 교지 편집부 등에서 특별활동을 많이 했다. 그리고 '한빛'이라는 교외(校外) 동아리에 가입하여, 남녀 학생이 어울려 토론도 해보고 특히 농촌봉사활동을 방학 때마다 했다.

나는 고교시절에 연극 활동에 가장 큰 애착을 가졌다. 고2 때는 내가 쓴 각본 〈붉은 조수(潮水)〉를 가지고 공연을 했는데, 나는 그 작품의 주역까지 맡았다. 연극 활동에 큰 매력을 느낀 나는 대학에 들어가서도 연극 활동에 열중하게 되었고, 그것은 대학원 시절까지 이어졌다.

고등학교 시절 교외(校外) 서클인 '한빛'에 들어가 활동하면서, 나는 드디어 첫사랑의 단꿈에 잠기게 되었다. 내가 연모했던 여학생은 이화여고에 다니는 여학생이었는데, 나 말고도 그녀를 사랑하는 남학생이 둘이나 더 있었다. 그래서 그런지 묘한 승부욕 같은 것이 개입하여 첫사랑의 불길을 더 뜨겁게 타오르게 했다.

그러다가 결국 그녀는 나를 애인으로 선택해 주었고, 대학 2학년 중반까지 나는 그녀와의 데이트를 즐기게 되었다. 물론 성관계까지는 가지 못했던 풋사랑이었다.

하지만 그녀는 내가 그때도 오매불망 꿈꿔왔던 '야한 여자'는 아니었다. 그저 '시장이 반찬'이라는 식(式)으로 주체할 수 없는 사춘기의 열정을 그녀를 통해 발산했을 뿐이었다.

대학 2학년 중반쯤에 가서 나는 내가 좋아하는 '야한 여자' 즉 덕지덕지 '야한 화장'을 한 새 여대생을 만나게 되었고, 자연히 첫사랑의 연습게임은 막을 내렸다.

재미있었던 것은 내 첫사랑의 상대였던 여자가 대학 졸업 후에 결혼한 남자가 고교시절에 '한빛' 서클에서 그녀를 추적했던 세 남학생 중의 하나였다는 사실이다. 그때는 서울에 남녀공학이 하나도 없어서 그런지, 남녀 혼성 동아리에서 연애사건이 많이 터졌고, 그것이 결혼으로까지 연결되는 경우가 많았다.

대학에 들어가니까 비로소 내게 조금의 '자유'가 주어졌다. 아침 조회도 없었고 담임선생도 없었다. 대학에서는 학교 게시판이 담임선생 역할을 했다.

국문학과에서는 그때나 지금이나 고전문학, 현대문학, 국어학 세 가지로 전공영역을 정해서 가르치는데, 국어학 관련 과목은 정말 재미가 없었고 고전문학 관련 과목도 그다지 재미가 없었다.

다만 현대문학 관련 과목이 조금 재미있었는데, 유감스럽게도 강의를 잘하는 교수가 별로 없었다. 그래도 준법정신이 강한 나는 결석을 하지 않고 꼬박꼬박 수업에 들어갔다. 그래서 그런지 나는 국문학과에서 4년 내내 줄곧 1등을 했다.

또 입학할 때의 성적이 좋아 1학년 때 전액 장학금을 받았고, 2학년 때부터 4학년 졸업할 때까지는 학교 추천으로 동아일보 관련 장학 재단인 양영장학회로부터 전액 장학금을 지급 받았다. 그 후 대학원에 들어가서는 학과 조교 일을 해서 또 등록금을 면제받을 수 있었다. 적어도 어머니한테는 경제적 부담을 끼쳐드리지 않은 셈이다.

대학 시절에 나한테 인간과 인생과 우주에 대한 기본적인 성찰을 가능하게 해 준 것은 철학과 전공과목들이었다. 나는 국문학과의 필요 학점 이외의 일반 선택과목을 모두 철학과 과목으로 채웠고, 청강까지 했다.

생각나는 대로 강좌 이름을 늘어놔 보면, '이성론' '형이상학' '노장(老莊) 철학' '한국철학사' '윤리학' '역사철학' '예술철학' '칸트철학' 같은 것들이다. 국문학과에서 들은 현대문학 관련 전공과목에서 보다도, 나는 오히려 철학과 과목에서 문학의 풍부한 기초 교양을 습득할 수 있었다.

대학 시절에 나는 동아리 활동도 많이 했다. 농촌봉사 동아리에 들어 해마다 여름 · 겨울에 농촌봉사를 갔고, 연극 동아리에 들어 봄 · 가을로 연극을 했다. 또 교지를 편집하기도 하고 교내 방송 P · D로도 일했다. 문학반(연세 문학회) 활동은 기본이었다.

특히 연세 문학회에서 여름방학 때마다 갔던 외딴 섬 원산도에서의 M · T(Membership Training)가 잊혀지지 않는다. 연세 문학회에서의 활동 말고도 연세대생과 이화여대생 10명이 문학 동인회를 결성하여 정기적으로 모임을 가졌고, 봄 · 가을로 동인지(同人誌)를 발간하기도 했다.

연극 동아리와 연세 문학회에서의 활동은 대학원 진학 이후까지 이어졌다. 석사과정 4학기 때, 그러니까 석사과정 졸업시험을 준비하고 석사학위 논문을 쓸 때도 연극 연출을 맡았으니, 지금 생각해 보면 참으로 겁도 없이 부지런을 떨었던 시절이었다.

그렇게 연극 동아리 활동을 하면서 재미를 붙인 나는 28살 때(1979) 홍익대 전임교수가 된 직후부터 '홍익극연구회' 지도 교수를 맡아 학생들과 같이 때로는 밤까지 새워가며 연극 공연 준비를 하곤 했다. 그리고 33살 때(1984) 연세대로 직장을 옮긴 이후에는 문과대학의 '문우(文友) 극회' 지도교수를 맡아 학생들과 어울려 연극 삼매경에 빠져들었다.

연극 공연 준비도 재미있었지만 특히 홍익대 교수 시절에 여름방학과 겨울방학 때 갔던 M · T가 무척이나 재미있었다. 제일 많이 간 곳이 내설악 백담사 계곡이었고, 그 다음으로 많이 간 곳이 남해의 연대도나 서해의 이작도 같은 외딴 섬들이었다.

내가 지도한 동아리 소속 학생들 말고도 학생들은 무척이나 나를 좋아하고 따랐다. 강의실은 언제나 초만원이었고, 이웃 학교에서 청강하러 오는 학생들도 많았다. 나는 학생들과 술을 마시거나 춤을 추며 허물없이 놀았다.

그런 인간미 넘치는 사제관계가 있어, 1992년 10월에 내가 쓴 소설 『즐거운 사라』가 야하다고 내가 잡혀가 유죄판결을 받고 학교에서 잘린 이후로도 학생들의 끈질긴 복직운동이 이어지도록 만들었다. 그래서 연세대 국문학과 학생회가 쓰고 엮은 4×6배판 700쪽짜리의 두꺼운 '즐거운 사라' 사건 백서 『마광수는 옳다』(1995)의 정식 출판을 가능하게 했던 것이다.

나는 학생들의 요청에 따라 학교에서 잘린 이후에도 매주 두 과목의 '무학점 강의'를 강행했는데, 매 시간마다 100여명이 넘는 숫자의 학생들이 수강하러 와주어 나를 감동시켰다.

연세대 학생들이 나의 복권과 복직을 위해 학교 정문에 내걸었던 플래카드 중에서 가장 화제가 되었던 문구(文句)는 총학생회 명의로 내걸었던 "마광수 교수는 인도와도 바꿀 수 없습니다"였다.

내가 대학에서 공부하면서 받은 교육과 내가 대학 교수가 되어 학생들을 가르친 교육은, 대체적으로 성공적이었다고 볼 수 있다. 그런 점에서 나는 연세대학교에 진학하길 잘했다고 생각하는데, 문학에 대한 세세한 지식을 습득했다기보다도 연세대가 갖고 있는 전통적인 '물(분위기)'이 타 대학에 비해 낭만적이고 자유로웠기 때문이다.

내가 만약 서울대나 고려대에 진학했더라면 작가(겸 시인)가 되기 어려웠을지도 모른다. 지금 활발하게 활동하고 있는 소설가의 30% 정도가 연세대 출신이고, 서울대나 고려대는 작가 배출이 극히 희소하다. 특히 서울대는 지금도 문과 계통 학생들 거의 전부가 고시합격을 바라고 공부하는 학생들로 이루어져 있다.

(2010)

뒤늦은 용서

요즘 중·고등학교 학생들 사이에서 일어나는 '왕따' 문제가 심각한 사회문제로 대두하고 있다. 심하게 왕따를 당해 심지어 자살로까지 이어지는 경우가 왕왕 생기는 것을 보면서, 나는 다시 한 번 '성악설(性惡說)'이 맞는다는 것을 실감하곤 한다. 나도 왕따를 당해본 경험이 많기 때문이다.

지금(2012) 나는 학계에서도 왕따고 문단에서도 왕따다. 내 소설 『즐거운 사라』가 야하다는 이유로 일어난 필화사건에 휘말린 이후부터 그것이 더 심해졌다. 세상은 성(性) 담론으로 넘쳐나는데, 제일 먼저 성이라는 화두를 꺼내놓았다는 이유로 내가 여태껏 왕따를 당하고 있는 걸 생각하면 정말 이 땅에서 살아가기가 싫어질 정도다.

그러나 필화사건을 겪기 전부터 내 마음속에는, 한창 감수성이 예민

했던 사춘기 시절에 학교 친구들로부터 왕따를 당한 경험이 멍울처럼 맺혀 있었다. 그러니까 내가 고등학교 1학년 때의 일이다.

나는 대광고교를 졸업했는데, 고등학교 1학년 초부터 어느 동아리 활동에 참여하고 있었다. 같은 미션스쿨이라는 이유로 우리 학교의 자매학교처럼 되어 있던(두 학교가 자주 연합예배를 보았다) 정신여고 여학생들과 함께 이루어진 <초석회(礎石會)>라는 봉사동아리였다. 인원 구성은 2학년 선배가 1학년 신입생들 중에서 쓸 만하다고 생각되는 후배를 각각 7명씩 선발했다. 그리고 매주 한 번씩 모여 독서토론 등을 하다가, 방학 때가 되면 궁벽한 농촌마을로 봉사활동을 갔다.

지금 생각해 보면 고등학교 1, 2학년밖에 안 되는 어린 학생들이 뭘 안다고 농촌으로 가서 그곳 청소년이나 청년들을 지도(?), 계몽했나 싶어 참으로 부끄럽다는 생각이 든다. 하지만 그때는 우리나라가 아주 못사는 나라에 들 때여서, 농촌에 가면 고등학교를 다니거나 졸업한 젊은이가 한 명도 없었다. 그래서 우리는 건방진 시혜의식(施惠意識)을 느끼며 한껏 신명나고 보람 있게 농촌봉사활동을 했던 것이다.

당시엔 남녀공학 고등학교가 하나도 없을 때라서, 나의 동아리 활동은 더욱 신이 났다. 여자 구경을 못해보다가 처음으로 같은 또래의 여학생들과 자연스럽게 어울리다보니 신천지가 내 앞에 전개된 기분이었다. 특히 식사 당번일 때 여학생들과 식사를 준비할 때가 제일 재미있어서, 마치 내가 어느 여인이랑 신접살림을 하는 듯한 느낌마저 가졌다.

여학생들 중엔 특히 내가 '명월이'라고 별명을 붙여준 여자아이가 제일 예뻐 보였는데, 사랑의 고백을 해보진 못했지만 내가 세상에 태어난 후 처음으로 연정을 느껴본 여인이었다.

그런데 농촌봉사활동을 다녀온 직후에 내게 청천벽력 같은 일이 일어났다. 동아리에 소속된 대광고교 1학년 친구들이 학교의 후미진 장소로 나오라고 나를 호출하더니, 당장 동아리를 떠나라는 게 아닌가. 자세한 이유를 대주지도 않았다. 내가 정말 꼴 보기 싫어져서 회원에서 제명한다는 것이었다. 같이 숙식하며 봉사활동을 해서 나는 동아리에 더욱 정이 들었는데 나를 왕따 시킨다니, 나는 충격에 못 이겨 그 자리에서 풀썩 주저앉고 말았다. 친구들은 그런 나를 경멸어린 눈으로 바라보며 금세 자리를 떴다.

죽고 싶도록 분하고 억울하고 참담한 심정이었다. 몇 날 며칠 밤을 잠 못 이루며 고민했다. 동아리 멤버 중 제일 가까웠던 친구에게 길게 전화를 하며 하소연을 해보기도 했다. 그러나 그 친구의 태도 역시 180도로 달라져 있었다. 그런 뒤에 내게 몰려온 것은 '한없는 분노'였다. 나는 그들을 도저히 용서할 수 없었다. 그건 그야말로 '묻지마 범죄 식(式) 테러'였던 것이다.

그 뒤에 나는 <한빛>이라는 교외 봉사 동아리에 들어가 재미있고 무난한 동아리 활동을 하여 <초석회>에서 왕따 당한 서러움을 조금은 풀 수 있었다. 하지만 고교를 졸업한 후 최근까지도 <초석회>에 대한 나의 그런 분노는 좀처럼 사그라지지 않았다. 동창회 모임이 있어도 나는 그들과 멀찌감치 거리를 두고서 앉을 정도였다.

내가 그들을 용서하게 된 것은, 그때 동아리 회원이었던 정신여고 출신의 R이 얼마 전에 내가 근무하는 연세대 근처로 와서 전화를 걸어와 그녀를 만나게 되고서부터였다. R은 놀랍게도 그때 내가 사모했던 '명월이'를 동반하고 있었다. R은 서울대 국문학과 대학원을 졸업하고 서울의 H대학 국문학과 교수로 있었고, '명월이'는 전업주부였다.

그런데 명월이가 늙은 나이임에도 고운 미모를 갖고 있어서, 나는 사춘기 때 내가 여자 보는 안목이 상당했다는 걸 알고 흐뭇한 생각이 들었다.

이런저런 얘기 끝에 R 교수는 나에게, 이젠 옛날에 왕따 당한 한(恨)과 원망을 풀어버릴 나이가 되지 않았느냐고 내게 충고해주었다. 그러면서 그때 내가 주로 여자 회원들하고만 대화를 나눠서 그런 일이 벌어진 것 같다고 얘기했다. 그녀의 말을 듣는 순간 나는 속이 좁았던 내 마음가짐이 몹시 부끄러워졌고, 오히려 내가 남자친구들에게 괜히 우쭐대며 잘난 체했던 것 같아 반성하는 마음이 들었다.

이젠 그들을 용서하려고 한다. 나한테 무언가 성격적 결함이 있었는지도 모른다고 생각하려고 노력한다. 어차피 서로 다 늙어가는 처지에, 먼 옛날의 한을 품어봤자 무엇하겠는가. 진짜로 그들을 용서한다. 그리고 나를 반성한다.

(2012)

그때 책 읽던 생각

나의 청소년 시절에는 책이 드물었다. 외국의 고전이나 명작소설들 가운데서도 번역이 안 된 책이 상당히 많아서, 나는 읽고 싶은 책들이 번역되어 나오기를 손꼽아 기다려야 했다. 또 책을 구입할 돈도 넉넉지 못했기 때문에 내 독서생활을 회고해 보면 '감질난다'는 표현이 가장 어울릴 것 같다. 나는 초등학교 시절부터 몸이 허약한 편이라서 책 읽기 이외에는 여가시간에 별로 하는 일이 없었다. 그래서 책을 사달라고 항상 어머니를 조르곤 했는데, 집안형편이 넉넉지 못했던지라 나의 욕구대로 일일이 책을 구입하기가 어려웠다.

그런 까닭에 나는 가끔씩 내가 직접 책방을 경영하는 꿈을 꾸기까지 했다. 전집으로 된 책을 한꺼번에 살 수 있다면 얼마나 행복할까, 하는 생각을 자주 했다. 책에 무척이나 배고프던 시절이었다.

중학교 때부터는 신문에 나는 책 광고를 일일이 스크랩하고는 마치 그 책들을 다 가지고 있는 것 같은 착각 속에 빠져 황홀해하기도 했고, 출판사에서 나오는 도서목록 같은 것을 구하면 책이 닳도록 만지작거리면서 애지중지했다. 특히 그때는 정음사와 을유문화사 그리고 동아출판사에서 세계문학전집이 나오고 있었는데, 나는 용돈을 털어서 한 권 한 권씩 문학전집을 사 모으는데 총력을 기울였다.

특별히 읽고 싶은 책을 돈이 없어 못 살 때는 얼마나 절망스러웠는지! 요즘 같으면 학교 도서관이나 공공 도서관이 잘되어 있어서 빌려서라도 보았을 텐데, 그때는 도서관 시설이 빈약했고, 학교 도서관에서도 책을 장기로 대출해주지 않고 열람석에 앉아서 보게만 허용했기 때문에 나로서는 감질만 날 수밖에 없었다. 또 나는 책을 읽기만 하고 끝내기보다는, 마치 여자가 패물을 만지작거리며 좋아하듯이 책을 일종의 재산이나 노리개로 생각했기 때문에 더욱더 책을 갖고 싶었던 것이다. 그래서 나는 책의 장정이나 지질(紙質), 체제 등에도 꽤 관심을 가졌다. 백상지(白上紙)로 만든 정음사와 을유문화사판 세계문학전집을 구하려고 여기저기 책방을 헤매고 다녔던 기억도 새롭다. 1964년부터는 두 출판사가 종이 질을 중질지로 낮추었기 때문이다.

돈도 돈이지만, 무엇보다 괴로웠던 것은 읽고 싶은 책이 번역되어 있지 않다는 사실이었다. 세계적인 명작이나 고전으로 알려져 있는 책들이 채 번역되어 있지 않은 게 허다했다. '세계문학 안내' 같은 소개서를 통해서 대충 줄거리를 알 수 있는 책들 가운데 꼭 읽고 싶은 책이 번역된 게 없으면 너무나 속상했다. 예를 들자면 중국의 고전인 『홍루몽(紅樓夢)』이나 『주역(周易)』, 완역판으로 된 알렉산더 듀마의 『몽테크리스토 백작』 같은 책들이 그랬다. 지금은 세계명작들이 수많은 출판사에서 전집으로 쏟아져 나와 있고 문고판으로도 나와 있어, 읽고 싶어도 못 읽는 경우는 거의 없다. 그렇지만 그때는 그렇지가 못했다. 그 유명한 에밀리 브론테의 『폭풍의 언덕』이 정음사 세계문학전집의 한 권으로 번역되어 나온 게 1967년쯤인가, 내가 고등학교 2학년 때였으니까. 물론 다이제스트판으로 적당히 축소 번역되어 나온 것은 많았지만 그것도 대개 일어판(日語版)의 중역(重譯)이었기 때문에 읽기에 껄끄러운 것이 대부분이었다. 얼마나 엉터리 중역이 많았느냐 하면, 『몽테 그리스토 백작』의 축소 번역판엔 '어부(漁夫)'가 아니라 '어사(漁師)'로, '대령'이 '대좌(大佐)'로 되어 있을 정도였다. 일본식 한자어를 그대로 옮겨놓고도 태연할 수 있었던 게 그때였던 것 같다. 톨스토이의 『전쟁과 평화』나 스위프트의 『걸리버 여행기』가 완역판으로 나온 것도 훨씬 뒤였다.

이렇게 책이 귀하던 시절이었기 때문에, 나의 청소년 시절에는 책을 내 구미에 맞게 선택해서 읽기가 힘들었던 것 같다. 명작이라면 나오는 대로 그저 감지덕지 읽기에 바빴다. 명작소설이나 고전은 지루하고 재미없는 것이 많기 마련인데, 돈 주고 산 게 아까워서 무턱대고 읽어대었다. 지금 기억하기로 그때 몹시 힘들게 읽었던 책으로는 로맹 롤랑의 『장 크리스토프』, 중국의 고전 『금병매(金瓶梅)』 같은 것들이 있다. 특히 『금병매』는 내가 초등학교 5학년 때쯤에 읽었던 책인데, 한시(漢詩)가 많은 것도 그렇지만 너무나 에로틱한 장면이 많아 어린 나이로는 감당하기가 어려웠던 것이다. 『삼국지』, 『수호전』, 『서유기』를 다 읽고 났을 즈음에, 을유문화사에서 김동성씨 번역으로 『금병매』가 출판되었는데, 신문에 난 광고를 보고 몇 달을 조르고 졸라 샀던 책이었다. 상·중·하 세 권으로 나왔던 것인데 지금(1987) 돈으로 하면 만오 천 원쯤 되는 가격이니 쉽사리 살 수가 없었다. 그때 나는 『삼국지』와 『수호전』이 하도 재미있어서 『금병매』도 비슷한 내용인 줄 알았던 것이다.

지금 다시 청소년 시절로 돌아간다면 나는 우선 재미있는 책만을 골라서 읽고 싶다. 독서는 우선 재미로 읽어야 한다는 게 지금의 내 생각이다. 고전이라고 해서 무턱대고 읽어야 할 이유는 없다. 특히 청소년 시절은 상상력을 마음껏 키워나가야 할 시기이기 때문에, 꿈과 공상을 만족시켜주는 낭만적인 작품을 많이 읽으라고 권하고 싶다.

내가 읽었던 책 가운데 가장 재미있었던 책은 세 가지 부류로 나뉜다. 모험소설, 공상소설, 연애소설 등이 그것이다. 모험소설로는 단연 『몽테 크리스토 백작』이 최고였다. 정음사판으로 나온 8포인트 활자로 된 빽빽한 조판의 상·중·하 세 권을 밤을 새워 읽었던 기억이 새롭다. 책을 다 읽고 나서 나는 다 읽은 게 너무 아까워 입맛을 다셨다. 그 다음엔 모리스 르블랑의 '괴도(怪盜) 뤼팽 시리즈'이다. 『기암성(奇岩城)』, 『813』, 『수정마개』 등이 기막히게 통쾌했다. 뤼팽 시리즈에 비하여 '셜록 홈즈 시리즈'는 너무나 권선징악적이고 논리적이어서 내 구미엔 맞지 않았다. 그밖에 해거드의 『그녀she』도 재미있었다.

공상소설로서 지금까지도 읽고 또 읽는 것은 중국의 전기(傳奇)소설집인 『요재지이(聊齋志異)』이다. 동양의 『아라비안나이트』라고 불릴 만한 책인데 지금 되풀이해서 읽어도 역시 재미있다. 재미있을 뿐만 아니라 동양인의 의식구조를 자연스럽게 알게 만들어 준다.

연애소설로는 알렉상드르 뒤마 피스의 『춘희』, 레마르크의 『개선문』, 마가렛 미첼의 『바람과 함께 사라지다』, 슈티프터의 『숲의 오솔길』, 슈토름의 『호반』, 『대학 시절』 같은 것들이 기억에 남는다.

(1987)

그리운 대광(大光) 중·고교 시절

내가 대광중학교에 입학하게 된 것은 큰 행운이었다. 내가 입학한 1963년만 해도 아직 중학교 입시가 있었을 때인데, 나는 전기(前期)에 응시했던 서울중학교에 불합격되어 후기(後期)로 학생을 모집했던 대광을 찾게 되었다.

나는 지금도 몸이 꽤 허약한 편인데 그때는 더 그랬던 모양이어서, 5.16 군사정부가 중학 입시에 1/8의 배점을 준 체력검사(총 20점)에서 기본점수 8점밖에 못 받은 것이 주된 원인이 되어 떨어지고 말았다. 물론 처음엔 어린나이에 맛본 첫 실패라 울고불고했지만, 곧바로 다행히 대광중학교에 합격되었기 때문에, 나의 '큰 빛의 아들'로서의 인생행로가 열리게 된 것이다.

나는 어떤 상황에서나 나 자신의 처지를 합리화시키는 버릇이 있기 때문인지(좋게 말하면 현실을 담담하게 하늘의 섭리로 받아들이는 태도라고나 할까?) 곧바로 대광의 훈훈한 인간미와 깔끔한 분위기에 매료되고 말았다. 그래서 정말로 1차에 떨어지기를 잘했고 참 하나님은 고마우신 분이라고 생각하게 된 것이다. 대광중·고교 시절에 내가 가졌던 이런 감정은 손톱만치도 거짓말이 아니다.

사실 나와 같이 대광의 문을 두드렸던 초등학교 동창생들 가운데, 대광에서 고등학교까지 마친 친구는 나 혼자였다. 다들 고등학교 때 다른 학교로 가 버리거나 거기서 또 실패하여 이리저리 학교를 옮겨 다니는 것을 목격하곤 했다. 그런데 나만은 그만 대광중학교에 첫눈에 반해 버려서 애인 사이처럼 되었고, 고등학교까지 아주 감사한 마음으로 졸업할 수 있었다. 중학교 3학년 때 대광고등학교가 입시를 2차로 바꿀지도 모른다는 소문을 듣고 어찌나 낙담했는지 모른다. 아무래도 1차로 해야 중학교 때 친구들과 함께 계속 동계진학을 할 수 있었으니까 말이다. 다행히 그때 대광고등학교가 전기(前期)로 입시를 치렀기 때문에 나는 기분 좋게 고등학교로 올라갈 수 있었다.

내가 대광에 반한 것은 여성적일 정도로 깔끔한 분위기와 다양한 특별활동의 가능성 때문이었다. 선생님들께서는 모두 다 말끔한 신사이셨고 함부로 학생들을 대하지 않으셨다. 일주일에 두 번씩 있었던 채플과 한 달에 한 번 열리던 음악예배(그때 김종수 목사님의 그 멋진 설교!), 크리스마스 전야에 촛불을 켜들고 시내 곳곳에서 부르던 크리스마스 캐럴이 지금까지도 잊히지 않는다.

특히 대광은 나의 예술세계를 열어 주었다는 점에서 진정 고마운 모교였다. 중학교 때의 미술반과 문학반 활동을 통해서 나는 단순한 학과 공부보다는 창작에 더 취미를 붙이게 되었다. 중학교 때 문학반 지도를 맡으셨던 주승림 선생님과의 문학적 대화와 토론은 내겐 큰 밑거름이 되었다. 고등학교에 올라가서도 연극반 활동을 통하여 나는 계속 주 선생님께 큰 배움을 얻었다. 그것은 내가 대학에 진학한 뒤에도 줄곧 연극에 빠지게 된 계기가 되었다.

고등학교 때 난 꽤나 바쁘게 움직였던 것 같다. 연극도 하면서 <대광뉴스> 기자로도 있었고, 또 교지 <대광>의 편집도 맡았다. 그때 지도를 맡으셨던 이관일 선생님은 지금까지도 계속 나의 창작생활에 격려를 주고 계시는 고마운 스승이시다.

또 교외 서클 '한빛'에도 참가하여 여름방학 때마다 농촌 봉사활동도 가고, 여학생들과의 수줍은 교제에도 맛을 들이게 되었다. '한빛'은 대광고, 서울고, 경기여고, 숙명여고, 이화여고, 이렇게 다섯 학교 학생들로 이루어진 봉사 서클이었는데, 지금까지도 유대를 계속해 오고 있다. 내가 첫사랑을 경험하게 된 것도 한빛 서클을 통해서였다. 내가 반한 친구는 이화여고 학생이었는데 고등학교 때는 너무나 수줍어 말도 못 붙이고 있다가, 대학에 진학하고 난 뒤 비로소 구애(求愛) 작전을 개시했던 것이다.

그리고 제일 잊히지 않는 일은 고2때 국어 선생님들의 권고로 연세대 백일장에 참가하여 시 부문 1등으로 뽑혔던 일이다. 그때 이후로 나는 문학에 뜻을 두게 되었고, 대광과 같은 미션스쿨인 연세대학교와 인연을 갖게 되었던 것이다.

지금 생각해 보니 그때 나는 너무나 전형적인 모범생이었다. 지각 한 번, 결석 한 번 해본 적이 없다. 영화구경을 그렇게 좋아했는데도 '학생 입장 가(可)'가 아니면 한번도 가본 일이 없다. 고2 땐가, <셀부르의 우산>이 들어와 너무나 보고 싶었다. 그런데 '고교생 입장 불가

(不可)'라 입맛만 쩍쩍 다시며 단념해야만 했던 쓰라린(?) 기억이 있다. 교복 이외에 사복 한번 걸쳐 본 적도 없고, 담배 한 대 피워 본 일도 없다. 그러면서도 책만은 야한 것으로만 골라 읽었으니, 정말 알다가도 모를 일이다.

아, 그리운 대광시절! 한껏 치기를 부리며 천재 예술가인양 오만하기까지 했던 나를 너그럽게 용납하고, 예술적 삶에의 용기를 북돋워 주었던 모교 대광과 모든 은사님들께 새삼 고개 숙여 감사드리고 싶다.

(1989)

4

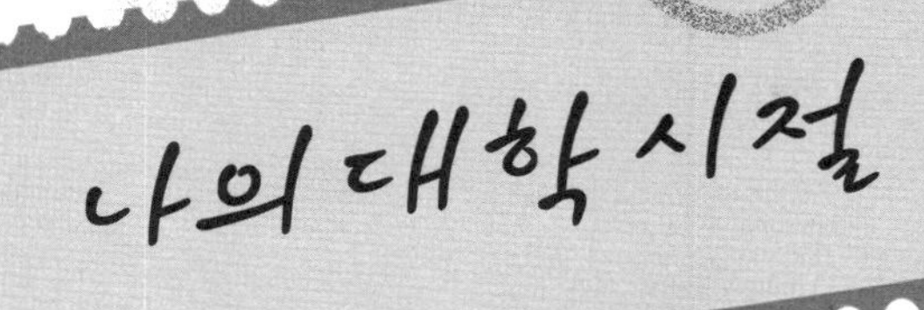

나의 대학시절

오너라 어서 오너라 뛰어오너라
우리에게 내일은 없다 미래도 없다

우리는 쾌락과 자유를 찾는 청춘들
한데 뭉치자 섞어 놀자 섞어 섹스하자

윤리와 도덕과 질서가 우리에게 무슨 의미이리
우리는 즐거움을 좇을 뿐, 아름다움을 좇을 뿐

–시 「우리는 청춘」에서

나의
대학 시절

내가 연세대학교에 입학한 것은 1969년, 막 백양로(白楊路)가 아스팔트 포장을 끝낸 직후였다. 고등학교 2학년 때 연세대 백일장에 참가하여 시로 최우수상을 받고, 청송대(靑松臺)의 아름다운 숲과 백양로의 정취에 반해 연대 입학을 결심한 나는, 입학한 후로 줄곧 캠퍼스의 모습이 변해가는 것을 가슴 조이며 지켜봐야 했다. 대학 3학년 때부터 짓기 시작한 종합관은 울창한 숲을 깎아먹어 나를 가슴 아프게 했고, 청송대의 나무들이 하나둘 줄어들 때, 사도세자 어머니의 능(陵)의 아름다운 경치가 대학교회 신축으로 사라져버릴 때, 나는 슬펐다. 게다가 백양로의 백양나무들이 몽땅 베어지고 은행나무만 남았을 때의 그 허전함이란!

아무튼 연세대 캠퍼스는 무척이나 많이 변했다. 나의 재학 시절에는 교문조차 없었고, 학교 앞길은 2차선이라 왕래하는 차가 드물어 한적한 맛이 있었다. 학생 숫자는 대학원생을 합쳐도 5천 명 정도밖에 안 되었고(지금은 2만 명이 넘는다).

그때는 학교 앞에 다방이 두 개밖에 없었고, 분위기 있는 카페는 하나도 없었다. 그래서 대학생들은 무조건 명동으로 몰렸다. 명동의 학사 주점, 캠퍼스 다방, 카페 떼아뜨르는 멋쟁이 대학생들의 집합장소였다. 또 그때의 명동은 예술극장(그때는 국립극장)이 있어 명동의 분위기를 한결 예술적으로 돋우어 주었다.

연고전이 끝난 뒤 막걸리를 마시며 예술극장 앞의 작은 광장을 점령해도 그때는 다 너그럽게 봐주었다. 축제 때는 가수들이 불려오고 축포를 쏘고 불꽃놀이를 하며 흥청댔고, 초(超)미니를 입은 여대생들의 물결이 남학생들의 눈을 어지럽혔다.

대학 시절을 추억하면 제일 먼저 떠오르는 것이 정말 지독히도 짧았던 미니스커트이다. 무릎 위 20센티미터 정도가 보통이었고, 나중에는 미니스커트로도 성에 안 차 '핫팬티'라는 것이 나왔다. 지금 볼 수 있는 짧은 반바지 같은 것이 아니라 거의 수영팬티 만큼 짧고 허벅지에 꽉 끼는 옷인데, 앉으면 더욱 죄어들어 꼭 수영복만 입고 앉아 있는 것처럼 보였다.

다시는 되풀이되기 어려운, 정말로 '야한 시절'이었다. 남자들 머리는 모두 예수 같은 장발이요, 남녀를 막론하고 행동하는 양상이 무척이나 에로틱했던 것 같다. 명동거리를 걸으면 별의별 전위적(前衛的) 옷차림을 한 여성들의 섹시한 모습이 나의 눈을 어지럽혔다. 치마 길이가 짧을수록 사회 분위기가 밝고 명랑해진다고 복장 심리학자들은 말하고 있는데, 그때는 프랑스 68혁명의 영향으로 프리섹스 운동이 세계적으로 불붙었던 시대라서, 정말 철없이 즐거웠던 낭만시대였던 것 같다.

도서관은 항상 텅텅 비고(시험 때라야 겨우 꽉 찼다), 대학생들은 지금처럼 악착같이 공부를 하지 않았다. 학생들의 대화에는 사랑이니 낭만이니 하는 대화들이 많이 쓰이고 학술용어는 별로 섞여 있지 않았다. 빈 시간마다 나는 청송대에 가서 누워 멍청히 하늘을 쳐다보거나, 소설책, 시집 같은 것들만 읽었다. 어느 해 여름방학 때는 아예 걸상을 하나 구하여 총장 공관 뒤편의 작은 계곡에서 물에 발을 담그고 매일 책을 읽었다. 그땐 청송대로 통하는 계곡에 언제나 조금씩이나마 물이 흐르고 있었다.

학부 4년 동안 나는 세 번 연애를 했다. 처음 여자완 첫사랑이었고, 두 번째는 풋사랑, 세 번째는 질깃질깃한(?) 사랑이었다. 그땐 연대엔 여학생이 드물어 요즘같이 과(科) 커플이나 캠퍼스 커플이니 하는 것은 엄두도 못 냈고, 이화여대생만 보면 공연히 가슴이 설레던 시절이었다. 결혼상대로 여학생과 만나는 친구들은 극히 드물었고 거의 모두 다 순진한 데이트였다. 아무튼 나나 국문학과의 다른 친구들이나 모두 비현실적이었고, 낭만적이었고, 조금씩 황당무계했던 것 같다.

대학 4년 동안 나는 참 바쁘게 움직였다. 기독학생회 멤버로서 매년 여름방학 때마다 빼놓지 않고 농촌봉사활동을 가고, 교지 편집을 하고, 교내 방송국 PD로도 일했다. 그러고도 모자라 교외(校外) 서클에도 나아가 기회만 있으면 이리저리 MT를 다녔다. 서해바다에 있는 이작도(伊作島) 해변에서의 달밤의 캠프파이어, 괴산 선유동(仙遊洞) 계곡의 겨울밤, 마석 입석(立石) 캠프장의 젊고 풋풋했던 분위기, 모두 다 잊을 수 없는 추억들이다. 연애하랴, 공부하랴, 놀러 다니랴, 서클

활동하랴 하면서 뛰어다녀도 그때는 건강이 견딜 만했던 모양이니 역시 젊기는 젊었던 셈이랄까.

대학 시절 또 나의 기억에 남는 일은 국문학과 연극을 시작한 일이다. 그땐 연세대 안에서는 '연희극예회'의 연극밖에 없었는데, 1학년 때 2학년 선배들과 함께 독자적으로 연극을 공연하기로 하고, 없는 돈을 끌어 모아 연세대 뒤 외국인학교 강당에서 하유상 작 『회색의 크리스마스』를 무대에 올렸다. 2회는 베케트의 『노름의 끝장』이고 3회는 내가 각색한 『양반전』, 4회는 해럴드 핀터의 『홈 커밍』이었다. 특히 3학년 때 공연한 『양반전』은 우리나라 최초의 마당극 스타일의 공연이었다는 점에서 기억에 남는다.

(1988)

내가 대학 1학년 때 쓴 어느 날의 일기

1969년 X월 X일

어젯밤의 일을 기억한다. S와 만나 극장에 갔던 것, 그리고 12시가 훨씬 지나 비틀거리는 발걸음으로 쓰러질듯 집에 돌아온 것이 꼭 악몽을 꾼 것같이 기억 속에 희미하다.

그녀는 한 시간이나 늦게 나왔다. 나는 거의 절망적인 기분이었다. 두 번씩이나 그런 일을 당한 뒤라, 만일 끝까지 그녀가 와주지 않았더라면 나는 아주 쓰러져버렸을 것이다.

그렇지만 한 시간이나 늦은 S가 신경질적으로 "망설이다가 할 수 없이 나왔다"는 말을 할 때, 나는 오히려 더 처량해져버렸다. 나의 자존심은 어디로 가버렸는지, 나는 어이없게도 그녀에게 매달리고 싶은 기분조차 느꼈다.

S도 고민이 많은 듯하다. 딴 때완 달리 불쑥불쑥 신경질을 부리는 것이 어떻게 생각하면 이해할 수 있을 것 같기도 하다. K가, 더군다나 나와 가장 친한 클럽 친구 K가 그녀에게 필사적으로 매달린다는 사실이 그녀에게 부담을 주었을 것이다.

하지만 내가 이해할 수 없는 것은, S가 그동안 나와 너무도 가까이 지내왔는데 K가 나타났다고 해서 이렇게 갑자기 태도를 바꿀 수 있냐 하는 점이다. 질투심이란 것이 몹시도 사람을 괴롭힌다는 것을 이제야 알았다. 저속한 줄로만 알았던 3류 유행가 가사들이 모두 지극히 현실적인 내용으로 되어 있다는 것을 이제야 깨달았다. 그런 유행가에 공감할 수 있다는 사실이, 내가 그만큼 이 세상과 함께 늙어가는 징표인 것 같아 슬퍼지기까지 한다.

연극을 보고 S를 집에까지 바래다주면서도 나는 점점 더 비참해졌다. 그녀는 나와 더 이상 만나지 말자고 했다. 나는 그냥 어이없게도, 순간적인 내 오기로 그러자고 동의해버렸다. S가 이사를 간다고 했을 때 난 정말 바보스럽게도 주소를 물어볼 생각조차 못했다. 쓰러질 것 같은 기분으로 나는 집에 돌아와 거의 잠을 자지 못했다.

통속소설에서나, 그리고 저속한 영화에서나 봤던 그런 '치사한 경우'가 나에게 일어났다는 것은 정말 기가 막힌 일이다. 지금 쓴 일기를 다시 읽어보아도 꼭 3류 소설만 같다.

하지만 지금의 나에겐 그런 것을 그렇게 웃어넘기고 잊어버릴만한 용기가 없다. 친구 K도 또한 그럴 것이다. 그는 오히려 나보다 더 괴로울 것이다. S를 때려죽이고도 싶고, 잊어버리고도 싶다.

정말 요즘의 내 생활 전체가 그녀 때문에 좀먹어가고 있다고 생각하면 분노가 치밀기도 한다. 하지만 어쩔 수가 없다. K가 개입된 후부터 나는 아주 S에게 나 자신을 몽땅 빠뜨려버렸다.

어떻겠으면 좋을지 몰라 오늘 하루 종일을 생각했다. 수없이 역점(易占)을 쳐 봤다. 그래도 빠듯한 해결 방법이 생각나지 않는다. 더욱 더 커지는 것은 내가 S를 아주 절실히 갈구하고 있다는 사실 뿐이다.

뭔가 다른 의미에 있어서의 생(生)의 다른 부분이 내게 다가오고 있는 것 같다. 어떻게 객관적으로 생각해 보면 오히려 나에게 고마운 일인지도 모른다. 하지만 요즘의 나는 너무도 비참하다. 10년 후 쯤엔 좋은 추억이 될지도 모르지만 지금으로서는 너무도 괴롭다.

S 때문에 병이 나서 앓아눕기까지 한 K란 녀석이 이해가 가기도 한다. K가 너무도 열렬하게 대들기 때문에 꼭 S를 뺏길 것만 같다. 도무지 뭐가 뭔지 모르겠다.

오랜만에 쓴 일기라 조금 길어졌다. 다시 일기를 계속해서 쓸 생각이 든다. 그래도 내가 매달리며 의논할 수 있는 곳은 일기장밖엔 없을 듯싶다. 지금 쓴 일기를 읽어보니 마음이 조금 가라앉는다.

(1969)

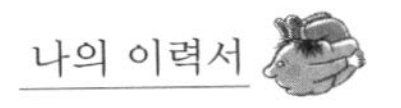

그리운 그 시절의 겨울 여행

나의 대학 시절을 생각할 때 가장 기억에 남는 것은 역시 방학기간 중의 여행이다. 요즘 대학생들은 '유럽 일주'다 '배낭여행'이다 하며 신나게 싸돌아다니지만 그 당시엔 엄두도 못낼 일이었다. 여행을 좋아했던 나는 주로 국내의 외진 곳을 찾아 떠나곤 했다.

제일 인상적이었던 여행은 대학 2학년(1970) 겨울방학 때, 그때 사귀고 있던 여자 친구와 무주 구천동을 갔을 때의 일이다.

서울에서 전주까지는 그때 새로 생긴 고속버스로 가고, 다시 전주에서 버스를 갈아타고 구천동으로 갔는데, 그때만 해도 도로시설이 엉망인데다가 갑자기 눈이 쏟아지는 바람에 버스가 더 이상 갈 수 없게 되었다. 그래서 우리는 하는 수 없이 구천동 못미처 진안에 머물게 되었다. 진안 근처에는 마이산이 있긴 했지만, 그 역시 폭설 때문에 구경할 수가 없었고, 읍내의 작은 여인숙 방에 갇혀 지내야만 했다.

뜻하지 않던 장소에서 — 그것도 눈이 쌓인 겨울에 — 이불을 뒤집어 쓰고 있는 우리가 한심하게 느껴지기도 했지만, 덕분에 그녀와 나는 사랑어린 대화와 함께 정열적인 육체 언어를 한없이 나눌 수 있었다. 여행 중의 폭설에 정말 감사한 마음이 생길 정도였다. 마치 가난한 신혼살림을 차리고 있는 것 같았다.

눈이 그친 뒤에도 구천동엔 차가 못 들어간다고 했다. 그래서 우리는 다시 전주로 나와 군산으로 갔다. 겨울의 군산 항구는 미묘한 센티멘털리즘을 느끼게 해주었다. 군산 시내에 있는 고풍스런 일본식 주택들도 좋았고, 미군 부대 근처의 이국적인 분위기도 마음에 들었다.

우리는 다시 군산을 떠나 정읍으로 갔다. 겨울의 내장산은 적막이 감돌고 있었다. 여행자도 드물어서 민박집이나 여관 등의 숙박업소는 다 텅텅 비어 있었다. 우리가 들른 여관에서는 처음에 숙박료를 3,000원 부르다가 300원으로 깎아주는 후한 인심을 보여주기도 했다.

라면 하나로 끼니를 때우는 가난한 여행이었는데도 불구하고 우리는 그렇게 신이 날 수가 없었다. 확실히 겨울여행은 여행자들의 마음을 맺어주는 그 무엇이 있는 모양이다.

10일 동안의 여행이었지만 몇 해를 같이 지낸 부부 이상으로 가까워진 우리는 헤어질 때 그렇게 서운할 수가 없었다. 그래서 서울에 돌아온 뒤에도 시계까지(그때 시계는 '귀중품'이었다) 잡혀가며 싸구려 여관을 이곳저곳 전전하면서 사흘을 더 보냈다. 목적은 오로지 하나, 조금이라도 더 서로를 물고 빨고 할퀴고 뜯고 하기 위한 것이었다.

아, 그 시절의 그 순진한 열정이 몹시도 그리워진다.

(1992)

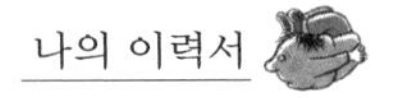

섭세론(涉世論)

어느 울창한 숲속에 귀여운 전나무 한 그루가 있었다. 이 작은 전나무는 몹시도 빨리 자라고 싶어 했다. 그리고 그 숲속에 서 있는 것이 여간 싫은 것이 아니었다. 주위에 서 있는 큰 나무들이 나무꾼의 손에 베어져서 끌려갈 때마다, 전나무는 그들이 어디로 가는지 숲속의 새들에게 물어보았다. 새들은 그들이 베어진 다음에 큰 배의 갑판으로도 되고 또 임금님이 계시는 궁전 속의 기둥으로도 된다고 말해주었다. 그러면 이 전나무는 그것을 몹시도 부러워하곤 했다. "아, 나도 바다를 건너볼 만큼 어서 커졌으면!……" 하고 그는 늘 자신의 따분한 신세를 한탄하면서 변화 있는 외계(外界)의 새로운 삶을 원했다.

그러던 중 이 나무도 드디어 자랄 대로 다 자라 숲속의 큰 나무들 속에 낄 때가 되었다. 이 숲으로 찾아오는 사람들은 모두 다 이 전나무를 보고 “참 아름다운 나무다!” 하고 감탄들을 했다. 전나무는 그것이 무척 기뻤다. 그러나 한군데서만 서 있는 것이 도무지 싫어서 못 견딜 지경이었다. 그러던 어느 날, 이 전나무에게도 드디어 때가 왔다. 나무꾼들이 달려들어 이 전나무를 도끼로 찍어 넘어뜨렸다. 전나무는 그것이 몹시 아팠으나 새로운 세상으로 가본다는 기쁨에 그 고통을 이를 악물고 참았다.

사람들은 전나무를 소중히 끌고 가서 그 나라 임금님의 궁전 뜰 안에 세워놓았다. 그러자 여러 사람들이 와서 전나무의 몸에다 반짝이는 장식을 가득 달아주었다. 다시 며칠이 지난 후 이 전나무의 주위에서는 화려한 파티가 벌어지고, 사람들은 이 전나무를 바라보면서, “야, 정말 훌륭한 크리스마스 트리군!” 하고 감탄들을 했다. 그럴 때 전나무는 정말 이 세상에 태어난 보람을 느낄 수 있을 것 같았다. 그 따분하던 숲속에서의 변화 없는 생활보다 남에게 찬사를 받는 지금의 영광이 그에겐 한없이 소중한 것으로 여겨졌다.

크리스마스 파티가 끝나자 다음날 아침 전나무에게 사람들이 또다시 달려들었다. 전나무는 또 멋진 장식을 자기에게 달아주려는가 보다 하고 생각했다. 그러나 그것이 아니었다. 사람들은 그를 불빛 없는 어두운 광 속으로 끌고 가 처넣어버렸다. 전나무는 깜짝 놀랐으나 하는 수가 없었다. 그래서 그는 긴 겨울을 어두운 광 속에서 보내야 했다.

그러자 그는 다시, 맑은 공기가 있고 햇빛이 찬란히 빛나고 있었던 숲속의 어린 시절이 그리워졌다. 그러나 그는 또 다른 멋진 변화가 닥쳐오기를 은근히 바라고 기다렸다. 긴 겨울이 다 가고 봄이 되었다. 사람들이 다시 와서 전나무를 끌어내었다. ‘옳지, 이제부터 새로운 삶이 시작되었구나!’ 하고 전나무는 생각했다. 그러나 사람들은 그를 보고,

"정말 볼품없이 말라버렸군!" 하고 말하는 것이 아닌가. 그러고는 달려들어 도끼로 전나무를 토막토막 잘라버렸다. 전나무는 도끼에 몸이 잘라질 때마다 숲속의 어린 시절이 뼈아프게 다시 그리워졌다. 그러나 그런 것을 생각할 사이도 없이 벌써 전나무의 몸뚱어리는 장작이 되어 화로 속에서 불타버리고 있었다.

앞의 이야기는 안데르센의 동화이다. 우리가 이 거친 세상에서 그런대로 행복하게 살아갈 수 있는 방법은 대체 무엇일까? 물론 처세술이 좋아야 할 것이다. 그러나 여러 처세술 중에서 우리에게 가장 긴급히 필요한 것은 무엇일까? 그것은 '있는 그대로의 나 자신을 받아들이는 일'이다. 위의 얘기는 그것을 가르쳐준다.

사람은 누구나 다 자기의 현재 처지보다는 더 나아지는 것을 희구한다. 그러나 그 소망이 과연 다 이루어질 수 있는 것일까? 막연한 동경에서 시작한 일은 결국 이 전나무와 같은 결말을 보게 마련이다. 시골서 사는 사람들은 도시에서 사는 것을 부러워하고, 서울서 사는 사람들은 미국과 같은 부자나라로 떠나가고 싶어 한다. 그리고 남의 밑에서 일하고 있는 사람들은 어서 빨리 출세하여 남을 부리는 자리에 앉게 되기를 원할 것이다. 그래서 그런 명예욕과 출세욕 등 더 행복해지고 싶은 욕망 때문에 갖가지 처세술들이 동원되고 있는 것이다.

대학을 졸업할 때쯤 되니까 내 주위에도 '출세'라는 말과 '처세'라는 말이 심심찮게 떠다니게 되었다. 이전까지 나 중심이었던 대인관계도 처세를 중심으로 다시 고쳐 생각해서 하게 되고, 손윗사람을 대할 때의 말 한마디 한마디에도 신경을 쓰게끔 되었다. 참 어지간히 속물이 된 셈이다.

그러나 나는 세상 사람들이 다 인정하는 그 '둥글게 세상을 살아가는 법'에 점점 더 강한 의문을 품게 되었다. 과연 그렇게 눈치를 보고 아부를 잘 해대야만 소위 '출세'를 할 수 있을 것인가, 혼자서의 사회생활은 불가능한가, 하는 생각들이다. 그래서 우선 아쉬운 대로 얻은 결론이 '있는 그대로의 나 자신을 받아들이자'는 것이다. 내 생각에는 이것이 우리 젊은이들에게 가장 좋은 처세법이 되어줄 것 같다.

우리를 불행하게 만드는 것은 우리가 항상 스스로에 만족하지 못하고 있다는 사실이다. 나는 왜 남보다 못생겼을까, 나의 아이큐는 왜 남들보다 낮을까, 나의 직업은 왜 이렇게 발전이 없는 것일까 하는 등의 가지각색의 '있는 그대로의 나 스스로를 받아들이지 못하는' 생각들이 우리를 좀먹어가고 있다. 그것은 종당에 가서는 열등감으로 발전하여 시기심과 질투심으로 연결된다. 있는 그대로의 나 자신을 받아들인다는 일이 퍽이나 어려운 일이기는 하다. 그것은 우리같이 지식인이라고 자처하는 사람들에게는 더욱 그렇다. 누구나 남보다 잘나기를 바라고, 또 억지로 무리하게 남을 딛고 올라서서라도 일단 사회적으로 출세하기를 바라고 있다. 우리는 한결같이 남의 사주팔자보다는 나의 사주팔자나 운명이 더 좋기를 바라고 있다.

그러한 속물근성으로부터 우선 빠져나올 수 있는 방법은 '있는 그대로의 나 자신을 받아들이는 일'이다. 내 생각엔, 이 방법이야말로 갖가지 뭉뚱그려진 반항심과 욕구불만 속에서 허덕이고 있는 우리 젊은 세대들에게 있어 가장 기본적인 처세법이 될 것이라고 판단된다. 어리석은 전나무와 같은 신세가 되지 않기 위해서라도, 이 좌우명을 체질화시키는 것이 필요하다. 이 좌우명은 스스로의 무능과 자격지심을 자위하기 위한 손쉬운 방편이 아니라, 어디까지나 '세속적 출세'를 위한 도구로서의 역할까지도 해줄 수 있다.

그렇다면 과연 '있는 그대로의 나 자신'을 어느 범위까지 허용하여 받아들여야 할 것인가. 이것은 확실히 어려운 문제이다. 우리 스스로가 대제국의 임금이 될 수도 있는데 현재는 되지 못하고 있는 것이라고 생각해야 할까, 아니면 거지로 살아야 할 팔자인데 지금 겨우겨우 입에 풀칠이라도 하고 살아가는 것을 다행스럽고 만족하게 생각해야 할까. 전자에 치우친다면 자칫 과대망상증으로 빠져들어 갈 위험이 있고, 후자에 치우치게 된다면 너무 초라하고 꾀죄죄해지기 쉽다.

내 생각엔, 있는 그대로의 자신을 받아들이는 데 있어 우리에겐 일정한 기준이 없어야 할 것 같다. 자기 스스로의 존재를 지나치게 높여서도 안 되고 또 지나치게 낮춰서도 안 된다. 그때그때마다 다가드는 상황을 필연적 숙명으로, 아니 나아가서는 하늘의 섭리로 받아들이는 것, 그런 태도가 우리에겐 필요하다. 어떠한 특정 기준 위에 우리를 올려놓는다면 우리는 곧 그 기준에 우리 스스로가 못 미치는 것을 깨닫고 절망의 구렁텅이로 빠져들어 갈 위험이 생기는 것이다. 그때그때 일어나는 생(生)의 변화가 이미 작정된 것이라고 생각하게 된다면, 우리의 마음은 일단 편해질 수 있다. 인생을 마치 연극에서 비극적 운명의 역을 맡은 배우가 불행해지는 역할을 각본에 따라 당연히 해나가는 것 같은 태도로 살아갈 때, 우리는 오히려 행복해질 수 있다.

데카르트는 그의 『방법서설(方法序說)』에서 이 세상을 다소나마 행복하게 살아나갈 수 있는 네 가지 격률(格率)을 제시하고 있는데, 그 안에 '이 세계의 질서보다는 오히려 나의 욕망을 바꾸려고 노력할 것'이라는 조항을 집어넣고 있다. 우리가 타임머신을 타고서 고대 중국으로 거슬러 올라가, 진시황이라도 되어 미녀들을 마음대로 거느리고 다른 사람들을 무더기로 죽이고 살리고 하며 지낼 수는 없지 않겠는가? 그러려면 정말 '세계의 질서'를 몽땅 바꾸어놓지 않고서는 곤란한 일이다. 우리의 속물근성은 자꾸만 우리를 그러한 욕망 쪽으로 부채질하지만, 그것의 달성은 정말 불가능하기만 할 뿐 아니라, 그러한 욕망 자체가 우리들을 빗나간 인생의 국외자(局外者)로 만들기에 충분하다. 그러기보다는 차라리 데카르트의 말대로 우리의 욕망을 바꾸려고 노력하는 편이 더 손쉽고 합리적인 섭세법(涉世法)일 것이다.

그러기에 데카르트는 그의 격률 속에서 다시, '네 나라의 법률과 관습에 복종하여, 하느님의 은총으로 네가 어렸을 때부터 배워온 종교를 한결같이 지키며, 실생활에 있어서 가장 온건하고 또 극단에서 가장 먼 의견들을 따라 너를 다스릴 것'이라는, 얼핏 보기에 너무나 평범한 잔소리 같은 조항을 끼워 넣고 있는 것이다. 이처럼 일종의 숙명론자가 되는 것, 그것이야말로 우리가 행복해질 수 있는 유일한 비결이 된다. 그러나 이러한 숙명론을, 모든 것을 섣불리 체념하는 소극적인 인생관으로 보아서는 안 된다. 또한 비굴하게 사회나 권력과 타협하는 것으로 보아서도 안 된다. 인생 자체를 너그럽고 포용력 있게, 그리고 긍정적으로 받아들이려는 태도가 진짜 숙명론자의 태도다.

그러나 이러한 태도에 젊은이들은 강한 반발심을 느낄 것이다. 우리들을 치사한 필연론자로 만들 셈인가, 우리에게서 삶에 대한 패기와 용기를 빼앗아버리려고 하는가, 하고 어떤 독자는 반문할지도 모른다. 그러나 여기서 내가 말하고 있는 숙명은 우리를 체계순응적인 소시민으로 이끌어가는 흉악한 괴물은 아니다. 그것은 어디까지나 우리에게 '삶과 존재에 대한 용기'를 불어넣어 주는 원천인 것이다. 이러한 사실에 아직까지도 납득이 안 갈지도 모르겠다. 나 자신조차도 그러하니까. 그러나 나는 어렴풋하게나마 숙명론자가 되는 것이 행복 쪽으로 한 발자국 다가서는 것이라고 느끼고 있기 때문에 이 글을 쓰고 있다.

그렇다면 이렇게 '있는 그대로의 나 자신을 긍정적으로 받아들인다'는 것은 무엇을 의미하는 것일까. 이 좌우명이 과연 갖가지 개성이 부딪쳐 와글거리며, 셀 수 없는 인간적 알력이 몸부림치고 있는 이 거친 인간 밀림 속에서 우리를 행복으로 인도해줄 수 있을까. 좀 더 이야기를 부연시켜보기로 하자.

혹자는 굴원(屈原)이 「어부사(漁父詞)」에서 말하는 것처럼 '창랑(滄浪)의 물이 맑으면 갓 끈을 씻고, 창랑의 물이 탁하면 발을 씻는 것' 같은 '적당히 타협하는 태도'가 '있는 그대로의 나 자신을 받아들이는 것'과 통하는 것이라고 생각할지도 모른다. 그러나 반드시 그런 것만은 아닌 것 같다. 그렇게 세상을 둥글게만 살아나가려는 태도에는 지극히 이기적인 마음이 도사리고 있기 쉽다. 남을 생각지 않고 스스로만을 생각하면서 있는 그대로의 자신을 받아들인다는 것은 지극히 위험한 생각이다.

나는 '있는 그대로의 나 자신을 받아들인다'는 것에 대한 좀 더 적절한 설명을 성경의 「마태복음」 5장 3절에 있는 산상보훈(山上寶訓)에서 찾아볼 수 있지 않을까 생각한다. 거기서 예수는 그가 말하는 여덟 가지 복 가운데서 제일 첫머리에, "마음이 가난한 사람들은 복이 있다"는 말을 하고 있다. 예수는 천국은 마음이 가난한 사람들의 차지라고 말했다. '마음이 가난하다'는 것이 곧 행복의 비결이 되는 셈이다. 나는 '마음이 가난한 사람'이 곧 '있는 그대로의 스스로를 받아들일 수 있는 사람'이라고 생각하고 싶다.

'마음이 가난한 사람'이란 대체 어떤 사람일까? 이 말은 여러 가지

구구한 해석을 불러올 수 있는 함축적인 말이다. 마음이 가난한 사람이란 별 욕심 없이 평범하게 살아가는 사람을 말하고 있는 것일까, 아니면 그저 단순하고 둥글둥글한 성격의 사람을 말하고 있는 것일까? 내 생각에는 마음이 가난한 사람이란 '단순한 성격'의 사람을 말하고 있는 것 같다. 즉 현실을 별로 복잡하게 받아들이지 않는 사람, 그리고 스스로의 현재 생활에 만족하고 주위환경을 왜곡하여 보지 않는 사람이다.

요즘 그런 사람들을 어디 가서 찾아볼 수 있을까 하고 독자는 궁금히 여길는지도 모르겠다. 그러나 그런 사람을 찾아보기란 별로 어려운 일이 아니다. 당장 서울의 좀 못사는 동네로 찾아가 보라. 더 구체적으로 말하면 판잣집이 많은 달동네로 찾아가서 길을 물어보라. 그렇게 사람들이 친절하고 착할 수가 없다. 대개의 사람들이 직접 길을 묻는 사람을 인도하여 찾는 집까지 데려다준다. 나는 그러한 친절을 여러 번 경험하고 무척이나 큰 감동을 받았다.

그러나 그와 반대로 아주 잘사는 고급 주택가 같은 곳에 가서 길을 물어보면, 친절하게 가르쳐주는 것은 고사하고 문도 안 열어주는 것이 보통이다. 매번 이상스럽게 느끼게 되는 것은, 사회에서 교육을 많이 받고, 인텔리라고 인정을 받는 사람일수록 '단순한 선량함'이 없다는 사실이다. 교육을 받지 않고 소위 무식하다고 따돌림을 받는 사람일수록 마음속에는 단순하고 선량한 인간미가 흘러넘치고 있다. 유식한 층에서는, 만약 교육을 많이 받고도 단순한 사람이 있다면 그런 사람을 쑥맥이고 눈치가 없는 사람이라고 따돌리기 마련이고, 오히려 재빠른 눈치와 처세의 기교와 쇼맨십을 가진 사람을 똑똑하다고 가상히 여긴다.

나 스스로 교육이 과연 어떠한 기준에서 인간의 수준을 이끌어 올리는지 알 수 없을 때가 많은 것이, 교육을 받으면서 늘어나는 것은 스스로의 현실에 만족하지 않는 허망스런 야심이요, 비리적(非理的)인 교설(巧說)로서 스스로를 위장하려고 하는 간특(奸慝)한 지성(知性)인 것 같은 생각이 자주 들게 되기 때문이다. 그렇기 때문에 예수도 "부자가 천국에 들어가는 것보다 낙타가 바늘구멍 속으로 들어가는 것이 더 쉽다"는 엄청난 선언을 했을지도 모르겠다. 어쨌든 '마음이 가난해지는 것'이 행복에의 제일 첫걸음인 것만은 틀림없다. 그 한마디 속에는 여러 가지 뜻을 포괄하고 있다. 단순 질박한 인간, 관념보다는 감성과 본능에 따라 살아가는 인간이 결국 행복한 삶의 기쁨을 느끼게 된다는 의미도 포함된다.

있는 그대로의 자신을 받아들인다는 것에는 또한 불교적 진리도 포함된다. 석가는 이렇게 말했다. "우리들이 왜 고생을 하면서 이 세상에서 살아야 하는가? 그것은 우리들이 이 세상에 태어났기 때문이다. 그렇다면 우리들은 왜 태어났을까? 그것은 인연(因緣)에 의한 것이다. 인연은 왜 생겼을까? 그것은 우리들에게 욕심이 있기 때문이다. 그러므로 우리에게서 욕심을 제거해버리면 이 세상의 만고(萬苦)는 사라진다. 마치 등잔 속에 석유가 없으면 심지가 계속해서 탈 수 없는 것과 같다. 이 석유야말로 욕심인 것이다." 이렇게 무욕무아(無慾無我)의 경지를 석가는 우리에게 가르쳐준다. 세상을 너무나 부정적으로만 본 것 같은 느낌을 주는 말이지만, 아무튼 '범백(凡百)의 뒤얽힌 인연과 욕심을 초월하고자 하는 마음'이 곧 '있는 그대로의 자신을 받아들이는 일'과 서로 통한다는 사실을 암시한 것만은 틀림없다.

그렇다면 우리는 가만히 앉아서 조물주가 정해준 우리들의 운명을 기다리며 살아야만 하는 것일까? 있는 그대로의 자신을 받아들이기만 하면, 손톱만치의 노력도 필요 없이 만사가 하늘의 뜻대로 이루어져 가는 것일까? 우리의 운명이 이미 하늘의 섭리로 미리 정해져 있는 것이라면, 우리 인생은 너무나 하잘것없는 것이 되어버릴 것이다. 그러나 반드시 그런 것만은 아니다. '있는 그대로의 자신'은 항상 유동하고 있는 것이지 숙명의 틀 속에 고정되어 있는 것은 아니다. 이미 예정(豫定) 된 우리의 인생이라 할지라도 그 안에는 훨씬 더 큰 가능성이 내포되어 있는 것이다. 성경에는 운명의 고정불변성과 가변성의 문제에 대하여 흥미 있는 두 가지 비유가 실려 있다. 첫 번째의 비유는 신약성서 『로마서』 9장 19절 이하에 씌어 있는 바울의 비유이다.

그러면 당신은 내게, 그렇다면 왜 하느님께서 사람의 잘못을 책망하시는가? 누가 능히 하느님의 뜻을 거역할 수 있겠는가? 하고 반문할 것입니다. 오, 인간이여! 그대가 누구이기에 감히 하느님께 말대꾸를 하는 것입니까? 만들어진 것이 만든 이에게 왜 나를 이렇게 만들었소? 하고 말할 수 있겠습니까? 토기장이가 한 흙덩이를 가지고 하나는 귀하게 쓸 그릇을 만들고 하나는 천하게 쓸 그릇을 만들어낼 권리가 없겠습니까? 하느님께서 하신 일도 마찬가지입니다.

이 글을 읽고 우리들은 낙담할지도 모른다. 이 비유대로라면 우리는 너무나 비참한 존재인 것 같은 생각이 들기 때문이다. 우리의 운명이 그렇게 숙명적으로 예정되어진 것이란 말인가? 그렇다면 노력할 필요도, 애써 희망을 가질 필요도 없지 않은가. 우리는 신의 노예인가? 이런 질문이 쉴 새 없이 튀어나오게 된다. 그러나 우리는 이 비유 하나에 실망해서는 안 된다. 바울의 이 말은 물론 진리이다. 그러나 우리에게서 '존재에의 용기'를 너무나 많이 빼앗아가 버린다. 그러나 여기에 반하여, 『마태복음』 25장 14절 이하에 씌어 있는 예수의 유명한 「달란트의 비유」는 우리에게 삶의 의욕과 진취적 기상을 일깨워줌으로써 우리를 충분히 구원한다. 그것은 다음과 같은 비유이다.

하늘나라는 또 이와 같다. 어떤 사람이 먼 길을 떠나면서 종들을 불러 재산을 그들에게 맡겼다. 각각 힘에 맞도록 한 사람에게는 다섯 달란트를 주고 한 사람에게는 두 달란트를 주고 또 한 사람에게는 한 달란트를 주고 떠났다. 다섯 달란트를 받은 사람은 곧 가서 그 돈으로 장사하여 다섯 달란트를 더 남겼다. 두 달란트를 받은 사람도 그와 같이 하여 두 달란트를 더 남겼다. 그러나 한 달란트를 받은 사람은 가서 땅을 파고 주인의 돈을 감추어두었다. 오랜 후에 주인이 와서 그들과 계산하게 되었다. 다섯 달란트 받은 사람은 다섯 달란트를 더 가지고 와서 "주인이여, 주인께서 다섯 달란트를 내게 맡기셨는데 보십시오, 다섯 달란트를 더 남겼습니다." 하고 말했다. 그때에 주인이 그에게 "착하고 신실한 종아, 잘하였다. 네가 작은 일에 신실했으니 내가 큰일을 네게 맡기겠다. 와서 주인의 기쁨을 함께 나누자." 하고 말했다. 두 달란트 받는 사람도 와서 "주인이여, 주인께서 두 달란트를 내게 맡기셨는데 보십시오, 두 달란트를 더 남겼습니다." 하고 말했다. 그때에 주인이 그에게 "착하고 신실한 종아, 네가 작은 일에 신실했으니 내가 큰일을 네게 맡기겠다. 와서 주인의 기쁨을 함께 나누자" 하고 말했다. 그런데 한 달란트를 받은 사람은 와서 "주인이여, 나는 주인께서 심지 않은 데서 거두고 헤치지 않은 데서 모으는 무서운 분임을 알고 두려워서 그 달란트를 땅에 감추어두었습니다. 보십시오. 여기 그 돈이 그대로 있습니다." 하고 말했다. 그때 주인이 그 종에게 "악하고 게으른 종아, 너는 내가 심지 않은 데서 거두고 헤치지 않은 데서 모으는 줄 알았더라면 내 돈을 돈놀이하는 사람에게 맡겨두어 내가 와서 본전에 이자를 붙여 받도록 했어야 할 것이 아니냐? 그에게서 그 한 달란트마저 빼앗아 열 달란트를 가진 사람에게 주어라. 누구든지 있는 사람은 더 받아 풍족하게 되고 없는 자는 있는 것까지 빼앗길 것이다. 이 쓸모없는 종을 바깥 어두운 데로 내어 쫓으라, 거기서 슬피 울며 이를 갈 것이다." 하고 말했다.

이 성경 구절에 따르면, 우리의 일생은 단순히 무조건적으로 예정되어 있는 것만은 아니라는 것을 알 수 있다. 무한한 가능성의 집합체가 곧 우리 인간들인 것이다. 물론 각자가 기본적으로 타고난 능력은 조금씩 차이가 있다는 것을 성경이 시사하고 있기는 하다. 하지만 그 능력이 남보다 작은 것이라고 불평만 하고 그것마저도 그냥 묵혀둔다면, 그런 사람은 성경에 나와 있는 대로 '한 달란트를 받은 사람'과 똑같은 신세가 되는 것이다.

'있는 그대로의 자신을 받아 들인다'는 것을 체질화시키는 것은 무척 어렵다. 현재의 자신에 그냥 안주해서는 안 되고, 항상 향상하고 싶어 하는 마음가짐과 노력이 곁들여져야 하기 때문이다. "하늘은 스스로 돕는 자를 돕는다"는 격언은 평범하고 진부한 말이 결코 아니라는 것을 우리는 여기서 다시 한 번 확인해볼 수 있다. 이처럼 평범하기 짝이 없는 『성경』이나 기타 금언서(金言書)의 가르침을 그대로 믿고 따라가는 것만이 우리가 현명하게 처세를 해나갈 수 있는 비결이다.

또한 우리의 섭세(涉世)에 있어, 있는 그대로의 자신을 받아들이는 것 못지않게 필요한 것은 대인관계에 있어 우리가 취해야 할 태도인바, 여러 가지를 종합하여 한마디로 표현한다면 우리가 대인관계에 있어 취해야 할 가장 좋은 처세법은 '이웃을 용납하고 존경한다'는 것이 될 것 같다. 이 말이 너무나 평범하고 따분한 소리같이 들릴지 모르겠으나 확실한 진리이다. 우리가 복잡다기한 인간관계에서 오는 갈등에 지쳐 인간에 대한 혐오감과 실망감에 빠진다할지라도, 일단 상대방을 다시 보고 그 사람이 처한 상황을 생각해보면 여러 가지 오해와 불화도 풀릴 수 있다.

이웃을 용납한다는 것은 곧 용서함을 말함이다. 더 나아가 이웃을 용납하는 정도가 아니라, 존경하는 정도에까지 이른다면 사회생활에서 오는 갖가지 고달픈 충돌과 갈등은 일어나지 않을 수 있는 것이다. 우리는 이제까지 갖고 있었던 갖가지 불평불만이 섞인 국외자적 인생관을 버리고, 좀 더 낙관적이면서도 건실한 인생관을 가질 수 있어야 한다. 이러한 기본자세를 토대로, 있는 그대로의 자신을 묵묵히 인정해가면서 모든 이웃들을 용납하고 존경할 수 있도록 노력해나간다면, 결국에 가서는 인생을 긍정적인 시선으로 바라볼 수 있게 되리라고 나는 믿는다.

아울러 강조하고 싶은 것은, 소위 '세속적인 출세'라고 하는 것도, 역시 스스로 이런 태도 위에서 꾸준히 노력해나간다면 자연스럽게 찾아와 준다는 사실이다. 상사에게 아부를 하고, 찬스를 못 잡아 안달을 떨고, 매일 이를 갈며 야심을 키워나간다고 해서 행운이 찾아와주는 것은 아니다. 대인관계도 마찬가지여서, 사회적 교제에 필요하다고 해서 일부러 미소를 지어가며 어떤 사람을 사귀려고 한다고 해서 그 사람과 친해지게 되고 결국 사교술이 능란하다는 평을 받게 되는 것은 아니다. 대인관계의 가장 좋은 비결은 '스스로 고독해지려고 노력하는 데' 있다. 그러면 저절로 친구도 따라붙게 되고 윗사람이나 이웃들과도 대화의 길이 열리게 되는 것이다. 여기서 고독하다는 것은 병적(病的)이고 허무주의적인 고독을 말하는 것은 아니다. 단지 주변적인 상황에 관심을 쏟지 않고, 스스로의 계발과 정진에만 힘을 기울이는 것을 가리킨다.

요즘 젊은이들 중에는 원활한 대인관계가 곧 처세의 첩경이 되는 것으로 생각하여, 어른들 세계에서나 볼 수 있는 닳고 닳은 인사말들을 뇌까리며 악수를 남발하고 쇼맨십을 발휘하는 사람들이 많은데, 정말 처세법을 모르는 행동이 아닐 수 없다. 항상 혼자서 노력하는 신독(愼獨, 홀로 삼간다)의 자세로, 이웃을 용납하고 존경하는 사람에게 조물주는 은혜로운 섭리를 베푸는 것이다.

더욱 나아가 도교식(道敎式) 섭세법을 말한다면 '입에 말이 없고, 뱃속에 밥이 없고, 머릿속에 생각이 없는' 삼무(三無)의 상태가 나오게 되는 것인데, 이는 우리 속인들로서는 감히 지향하기 어려운 목표겠지만, 한번쯤 깊이 있게 생각해보며 생활해감이 좋을 것 같다.

옛사람은 우리의 대인관계와 사교법에 대해서 좋은 글을 남겼다. 그것은 "군자지교(君子之交)는 담약수(淡若水)요, 소인지교(小人之交)는 감약밀(甘若蜜)이라"는 말이다. 군자들의 사귐은 물같이 담담한 맛이요, 소인배들의 사귐은 꿀같이 달다는 뜻이니, 되풀이 씹어볼수록 이 말에 큰 뜻이 있음을 알 것이다. 화려한 제스처만이 제일 좋은 사교방법은 아닌 것이니 눌변(訥辯) 속에 성정(誠情)을 담고 있으면서 또한 신의가 있다면, 그 사귐은 비록 꿀같이 달콤하지는 않지만 물맛과 같이 영원히 단아한 향취로써 오래 지속할 수 있는 굳은 사귐이 되어 주는 것이다. 이것이야말로 처세의 제일도(第一道)다.

그렇다면 우리의 섭세법은 '있는 그대로의 자신을 받아들이는' 것으로 충분할까? 지금까지 말한 것이 평범한 인간을 더욱 소시민으로 길들이기 위해 만들어진 처세훈으로 받아들여질지도 모르겠다. 그러나 이 처세훈이 내포하고 있는 의미는 받아들이는 사람에 따라 보다 더 적극적인 것이 될 수도 있다. '있는 그대로의 나 자신을 받아들이는 것'이 오히려 통이 크고 달관(達觀)된 사람이 가질 수 있는 인생관이라는 것을 설명하기 위해서 『장자(莊子)』에 나오는 고사를 하나 소개하겠다.

중국의 역대 임금 중에서도 어질기로 유명한 요(堯) 임금이 화(華)라는 지방을 순행(巡行)할 때의 일이었다. 그 지방의 어느 관리가 요 임금을 맞아 인사를 드렸다.

"아 성인이시여, 앞으로 수명장수하심을 비나이다."라고 관리가 말하자 요는 "아니다, 그것은 필요가 없다." 하고 거절했다. 관리는 다시 "그러시다면 부귀가 날로 더해지시기를 축원하나이다." 하니, "그것도 필요 없다." 하고 요 임금은 다시 거절했다. 관리는 다시 "그럼 다남(多男)을!" 하고 말하자 그 말이 떨어지기가 무섭게 "그도 필요 없네." 하고 세 가지를 모두 거절하는 요 임금에게 관리는 다음과 같이 물었다.

"수명과 부귀와 다남은 누구나가 바라는 것이온데 임금께서는 그것을 모두 마다하시니 어찌된 일이옵니까?"

"다남하면 그 중에는 좋지 못한 놈도 있어서 오히려 걱정이 많고, 부

(富)가 늘면 쓸데없는 일이 생기게 마련이고, 수명이 길면 욕된 일도 많아진다. 따라서 이 세 가지가 모두 내가 덕(德)을 쌓는 데 방해가 되니 거절하는 것이다."

이와 같은 요의 말에 대해 관리는 다음과 같이 말했다.

"나는 이제까지 당신을 성인으로 우러러왔는데 지금 말씀을 듣고 보니 기껏해야 군자정도밖에 되지 못함을 알았습니다. 하늘은 만인에게 적당한 일을 주시는 법이니, 다남 한다 해도 저들에게 제 몫의 일을 주면 걱정될 것이 없을 것이요, 부가 늘면 가난한 사람에게 나누어주면 될 것이고, 성인이고 보면 소인들과 같이 처세에 골머리를 앓을 필요조차 없이 천 년을 살다가도 세상이 싫으면 승천함으로써 병노사(病老死)의 삼환(三患)을 두려워할 것이 없는데, 수명이 길면 욕을 본다니 말도 안 되는 말씀입니다."

이렇게 말한 관리는 자리를 떴다. 요 임금은 그의 뒤를 좇으며 "좀 더 이야기를 합시다." 하고 말했으나, 그 관리는 "에이, 이젠 그만둡시다!" 라는 말을 남기고 사라졌다 한다.

이 이야기는 우리에게 큰 도움이 되는 이야기다. 요 임금의 소극적인 태도보다 한 발 더 앞선 적극적인 태도로 생을 관조한 것이 바로 이 무명의 관리였다. 우리가 있는 그대로의 현실에 만족하고 있는 그대로의 자신을 받아들인다고 해서, 요임금처럼 신경과민적으로 생활에 소심해진다면 그것은 바람직한 처세법이 되지 못한다. 하늘로부터 주어지는 모든 것을 허심(虛心)으로 다 받아들일 수 있어야 한다. 마음속을 거대한 광장으로 넓혀 그 속에 인생의 잡다한 모든 것들을 다 수용시킬 수 있어야 하는 것이다. 사소한 이해관계나 기존질서, 도덕률, 종교적 제약 등에 구속되지 않고 스스로의 천품을 펴나갈 수 있는 활달대도(豁達大度)한 기량(器量)을 가질 수 있어야 한다. 그런 태도야말로 인생과 인간의 존재에 대한 진정한 '긍정적 용기'가 될 것이다.

물욕과 명예욕은 우리들에겐 큰 강적이다. 그러나 그것을 지나치게 기피할 필요는 없다. 다만 현실로서 나에게 주어지는 것을 담담히 받아들여야 한다. 황진이를 꺾어보겠다고 그녀를 외면하며 길을 걷던 벽계수는, 황진이의 아름다운 둔부(臀部)를 쓸어주면서도 태연했다는 서화담(徐花潭)의 국량(局量)을 좇아가지 못했다. 한 가지만 외곬으로 파고드는 것보다 모든 것을 두루 포용할 수 있는 사람이 되는 것이 우리가 지향해야 할 인간상인 것 같다.

한 걸음 더 나아가 생각한다면, 힘들기는 하지만 이 세상에서 말하는 소위 '성공'을 할 수 있는 적극적인 방법이 또 한 가지 있다. 그것은 우리가 존경하는 옛 성현들이 인생을 살아간 방법이라고 생각되는데, 다름 아닌 선의(善意)의 마조히스트, 즉 피학증(被虐症) 환자가 되는 길이다. 남에게 학대받고 스스로가 사회에서 인정을 못 받는다고 해서 그것에 실망하거나 낙담할 것이 아니라 거기에서 쾌감을 느껴야만 하는 것이다.

생각해보면 석가나 예수는 다 같은 마조히스트였다. 석가는 왕자의 길을 버리고 고행을 택했고, 예수는 40일의 금식까지 하여 스스로를 학대했다. 석가보다도 철저한 마조히스트였던 것은 예수 그리스도였다. 그는 스스로 그 자신이 말한 역(逆)의 진리를 십자가의 죽음으로써 실천해 보여주었다. 여러 성인 중에서, 죽음에 임해서까지 철저한 마조히즘으로 그가 말한 진리를 몸소 상징적으로 보여준 성현은 예수 한 사람밖에 없는 것 같다. 그는 철저하게 세속적인 의미의 인생과 타협하기를 거부한 사람이었다. 그러기에 그는 우리가 가질 수 있는 가장 큰 궁극적 공포의 대상인 죽음까지 초극하여 그것을 몸소 실천으로 보여준 것이다.

우리에게 지워진 무거운 인생의 짐을 벗기 위해서는 '역설의 진리'를 인정하고 들어가야 한다. 애통하는 자가 복이 있으며, 가난한 사람만이 천국에 들어갈 수 있다는, 세속의 안목으로 보기엔 억지스러운 얘기로 들리는 역설적 진리가 궁극에 가서는 인생을 승리로 이끌 수 있는 방편이 되어주는 것이다. 따지고 보면 우리의 옛 성현들이 남겨준 교훈들은 모두 다 '역(逆)'의 진리였다. 현실적인 모든 조건들을 극복하고 나간 사람들이 궁극에 가서는 생(生)의 승리자가 되었던 것이다.

그러므로 우리는 지금까지 우리가 가졌던 고정관념을 바꾸도록 노력하지 않으면 안 된다. 부조리한 현실을 비방만 할 것이 아니라, 세속적인 모든 기존율(旣存律)을 거부해보도록 노력하자. 그리고 잡다한 대인관계와 이해관계의 밀림 속에서 방황하지 말고, 항상 우리의 안내자로서의 어떤 절대적 자연 질서를 마음속에 그려보도록 애쓰자. 그러면 우리는 한껏 자유로워질 수 있다. 세세한 인간적 우우(迂遇)함 속에 빠질 것이 아니라, 그것을 멀리서 관망할 수 있는 자세가 우리에겐 필요하다. 그와 더불어 우리가 사회생활에서 지켜야 할 것은 '있는 그대로의 자신을 받아들이는 일'과 '이웃을 용납하고 존경하는 일'이다.

더불어 역설의 진리를 항상 기억하도록 해야 한다. 몸이 굽어 못생기게 휜 나무는 겉보기엔 볼품없어 보이는 나무 같지만, 곧고 훌륭하게 자란 멋있는 나무가 나무꾼들에 의해 벌채당할 때 화를 모면할 수 있다. 그러면서 담담한 마음으로 세상사를 대할 수 있게 되면 나아가 실제로 행복한 생활도 기약할 수 있을 것이다. 현실에 매달려 인연에 급급하고 지나치게 출세를 꿈꾸다보면 세속적인 '성공'도 할 수 없게 된다.

(1972, 대학 4학년 때 쓴 글)

나의 첫사랑

내가 대학에 들어가서 세 번째로 만난 여자는 2학년 가을에 만난 J였다. 그녀와의 만남에 있어서 나는 전적으로 수동적인 역할만을 했다. 그때 나는 연극 · 문학 발표 · 교지 편집 등 여러 방면에서 발악적으로 활동하여 연세대학교 안에서는 꽤 알려진 인물이 되어 있었다. 그러던 중 내가 출연했던 연극을 본 J가 전화로 내게 접근해왔던 것이다.

C대학에 다니고 있던 그녀는 내가 사무엘 베케트의 <노름의 끝장>이라는 연극에서 주인공 역을 맡아 열연하는 것을 보고 부쩍 호기심이 발동했던 모양이다. 처음에 나는 여자 쪽에서 먼저 전화했다는 사실 하나만 가지고도 그녀를 우습게 여겼는데, J가 몇 차례 계속해서 전화를 하자 별수 없이 그녀에 대한 호기심이 생겼다. 또 나는 유난히 가을을 타는 체질이라서, 외로움을 견디다 못해 그녀에게 혹시나 하는 기대감

까지 생겼다.

그래서 나는 J를 만나게 됐는데, 그녀와 만나기로 약속한 장소는 을지로 입구에 있는 '태평양' 다방이었다. 록뮤직을 보컬그룹이 직접 연주해주는 다방으로 명성이 높아, 음악 좋아하는 멋쟁이 대학생들이 많이 모여들었던 곳이다.

내가 J에게서 받은 첫인상은 '꽤 화사하게 생기고 화장 많이 한 여자'의 이미지였다. 솔직히 말해서 그녀는 약간 천박한 느낌을 주었는데, 그 천박함이 오히려 나의 성감대를 유혹시켰다.

학생치고는 파운데이션을 짙게 발랐고 옷에서는 향수냄새가 퐁퐁 풍겼다. 입고 있는 옷은 분홍색 비닐로 된 투피스였는데 치마길이가 지독히도 짧았다. 당시 연세대엔 여학생 숫자가 적었고 또 화장하는 여학생도 드물어서, 나는 어떤 막연한 아쉬움 같은 것을 느끼고 있던 참이었다. 그런데 마침내 화장 많이 한 여자를 만나보게 된 것이다.

나는 지금도 여자가 화장을 두껍게 할수록 좋아한다. 손톱으로 얼굴을 긁으면 손톱 끝에 파운데이션이 듬뿍 묻어나오고 여자의 얼굴에 깊은 골이 패일 만큼. 그리고 그 여자와 키스를 하거나 그 여자가 내 어깨에 얼굴을 파묻으면 내 얼굴에, 그리고 내 양복 깃에 파운데이션이나 분가루가 허옇게 묻어나올 만큼. 향수냄새도 진할수록 좋다. 아무튼 화장품 냄새처럼 나를 관능적으로 미쳐 날뛰게 만들어주는 것은 없다. 여자의 긴 손톱 위에 갓 발라진 매니큐어 냄새도 특히나 나를 미치게 한다.

그녀의 약간 천해 보이면서도 화려한 분위기가 나의 긴장을 해소시켜주었다(화장 안 한 여자는 나의 온몸을 경직시켜버린다). 그날로 우리는 술을 마셔가며 꽤 걸진 데이트를 가졌다. 그 뒤로 J와 나는 만날 때마다 서로가 '육탄공세'를 서슴지 않는 사이로 발전했는데, 그것은 첫 번째 상면(相面) 때부터 예기치 않은 해프닝이 벌어졌기 때문이다.

그날 저녁 J와 나는 술집으로 가 늦도록 술을 마셨다. 그러다가 자리에서 일어서는 순간, 나는 그만 휘청거리며 쓰러지고 말았다. 그날의 술 메뉴는 그때 한창 유행하던 냉(冷) 막걸리였다. J가 하도 술을 잘 마시는 바람에 나도 남자 체면상 그녀에게 질세라 평소의 주량을 마구 초과해버렸던 것이다(640cc짜리 맥주병에 담아 팔았는데, 한 다섯 병쯤 마셨을까?). 내가 쓰러져 주저앉아 마구 토하기 시작하자 그녀는 몹시 당황해했다. 그러나 계속 내가 괴로워하자 친절하게도 약을 사다주며 나를 보살펴주었다. 한참을 그러다보니 술집이 장사를 끝낼 시간이 넘어버렸고, 우리는 쫓겨나다시피 술집에서 빠져나올 수밖에 없었다.

그때는 야간 통행금지가 있던 시절. 밤 열두 시만 되면 인적이 끊어진 거리풍경이 마치 유령의 도시를 연상시켜주던 때다. 그녀는 비실비실하는 내가 보기에 딱했던지 통금시간을 아슬아슬하게 앞두고 서둘러 여관을 찾기 시작했다. 참 대담한 여자였다. 지금 생각하니 그 뒤에도 그녀는 나와 데이트를 할 때 늦어서 큰일 났다고 발을 동동 구르거나 한 적이 한 번도 없다. 집안이 비교적 너그러운 분위기였나 보다.

그리하여 우리는 허름한 여관방에 피곤한 몸을 누이게 되었고, 나는 다시 화장실에 가서 뱃속에 있는 것들을 모두 시원하게 토해내고 나서야 비로소 조금 정신이 들게 되었다. 그러고는 정신없이 잠에 곯아떨어져버렸다(숙취에는 그저 잠 푹 자는 게 최고).

새벽녘쯤 되어 나는 잠에서 깨어났다. 내 목에선 마치 사하라 사막같이 깔깔한 모래바람이 일고, 타는 듯한 갈증이 전신을 짓눌렀다. 여관 종업원이 자리끼로 갖다놓은 꾀죄죄한 손때 묻은 주전자의 물을 따라 한 모금 마시고 나니 조금 정신이 났다. 잠을 자고 났더니 뱃속도 좀 편안해지고 머리도 좀 개운해진 것 같았다. 방안이 낯설어 빙 둘러보니 여자가 한 명 불편한 자세로 웅크리고 누워 잠들어 있었다.

미처 화장을 지울 새도 없이 잠에 곯아떨어져서인지(그녀 역시 상당히 취해 있었고 또 나를 돌보느라 정신이 없었을 게다). 얼굴에 바른 파운데이션이 땀과 한데 섞여 얼굴 피부에 끈적끈적하게 먹어 들어가 있었다. 마치 반짝거리는 투명 셀로판지를 한 꺼풀 씌워놓은 것 같아 지독하게 섹시해 보였다.

입을 조금 벌리고 잠들어 있는 모습이 전형적인 백치형(白痴型) 미인을 연상시켰다. 낮에 봤을 때 그녀가 약간 천박해 보였던 것은, 그녀의 화장술이 아무래도 아직은 미숙한 단계에 있기 때문인 것 같았다. 그러나 그녀의 얼굴에서는 전에 사귀었던 S의 얼굴에서 느껴지던 착하디착한 표정과는 조금 다르게, 어딘지 모르게 퇴폐적이면서도 애잔한 분위기가 풍겨 나오고 있었다.

여자와 한 방에 함께 있다는 건 나로서는 처음 겪어보는 일이었다. 갑자기 타는 듯한 욕정이 솟아올라 나는 곧 그녀에게 다가가 그녀의 몸뚱이 위에 펄썩 엎어졌다. 그리고는 그녀의 젖가슴을 슬슬 주물러대기 시작했다. 아마도 덜 깬 술기운 탓이었는지 모른다. 아니면 J의 얼굴에서 풍겨 나오는 순진한 창녀 같은 이미지가 서슴없는 접근과 터치(touch)를 용이하게 해주었는지도 모른다.

그녀의 얼굴은, 내가 1학년 때 혼자서 끙끙 앓아가며 짝사랑의 냉가슴만 불태웠던 H의 얼굴과 비슷하면서도 전혀 다른 느낌으로 내게 다가왔다. H의 얼굴이나 J의 얼굴이나 다 어린애 같은 이미지를 갖고 있었지만 J쪽이 훨씬 더 서민적인 친근감을 지니고 있었다고나 할까.

잠자는 J의 얼굴은 나보고 어서 오라고 손짓을 하고 있는 것처럼 보였다. 조금 벌린 입술 언저리에는 꽤 짙게 바른 립스틱이 번져 나와 있어 더욱 고혹적(蠱惑的)인 느낌을 주었다. 그때나 지금이나 나는 화장품이 번져 있거나 묻어 있는 것을 보면 이상하게 흥분하고 관능적인 욕구를 느낀다. 이를테면 여자가 커피를 마시고 난 뒤 커피 잔에 묻어 있는 립스틱 자국 등등.

그날 나는 새벽 내내 흥분했고, 난생 처음 격렬한 '페팅'의 경험을 가졌다. 그녀 역시 적극적으로 달려들어 들입다 물고 빨고 해주었다. 나는 비로소 여자에 대해 자신감이 생기고, 돈을 주고 산 여자가 아니라(그런 여자라면 '인터코스'는 가능할지 몰라도 짙은 페팅은 도저히 불가능하다) 멀쩡하게 생긴 싱싱한 여대생과 처음으로 '육체관계'를 갖게 된 것이 자랑스러웠다.

성교만이 육체관계는 아니다. 나는 그 뒤로도 그녀와 성교는 한 번도 하지 않았다. 내가 정력에 자신이 없어서 그랬는지, 아니면 여자가 혹시 임신이라도 하게 되면 골치 아파질까봐 그랬는지 모르겠지만, 아무튼 난 헤비 페팅(heavy petting)이 더욱 좋았다. 물론 성교를 해본 경험이 없어 과연 성교시에 느껴지는 쾌감과 페팅을 통해서 느껴지는 쾌감이 어떻게 다른지 비교해볼 수는 없었지만 말이다.

그날 이후 J와 나는 무시무시하리만치 끈적끈적하고 질깃질깃한 관계로 발전했다. 대학원 1학기 때까지, 그러니까 만 2년 반 가까운 기간 동안 나와 그녀는 순전히 '육체관계'만 가지고 연애했던 것이다.

그녀와는 말이 필요 없었다. 혹시 내가 그녀 앞에서 신나게 열변을 토하는 경우가 있었다면 그것은 순전히 화장얘기, 옷얘기, 손톱얘기 같은 것이 화제에 오를 때뿐이었다. 그런 면에서 볼 때, 지금까지 내가 만난 여자들 가운데 야한 것을 좋아하는 나의 취향에 J처럼 적극적으로 쿵짝을 맞춰준 여자는 없다.

그녀 역시 화장이나 옷 등에 관심이 많아서, 내가 시키는 대로 얼굴에 덕지덕지 그림을 그리고, 옷을 해 입고(돈에 여유가 있는 집 애였다), 손톱도 상당히 길게 길러줬다. 구두는 언제나 내가 시키는 대로 하이힐만 신었다. 적어도 12센티미터 이상 되는 굽이거나, 당시 유행했던 스타일인 앞바닥에 두꺼운 창이 달린 것이면 15센티미터 높이의 굽을 신을 때도 있었다.

내가 J만큼 실컷 내 맘에 들 정도로 야하게 화장시켜본 여자는 그녀 이후로는 아직 없는 것 같다. 그때만 해도 부분화장품이나 색조화장품이 발달하지 않았던 시절이라 우리는 별의별 실험을 다해가며 놀았다. 어떤 때는 화장품으로 판매되는 볼연지가 너무 약해서 일부러 짙은 진달래색 립스틱을 그녀의 뺨에 볼연지 대신 바르라고 시켜, 그녀의 얼굴이 내가 보기에도 섹시한 괴물처럼 보였을 때도 있다.

그래도 난 그녀와 같이 다니는 게 전혀 창피하지 않았고 그저 즐겁기만 했다. 항상 짙게 그어져 있는 아이라인과 눈썹, 그리고 마치 빗자루같이 생긴 길고 숱 많은 인조 속눈썹이 진한 아이섀도와 함께 상승효과를 내어, 그녀를 마치 일본 인형극의 가면처럼 보이게 했다. 그 당시엔 인조 속눈썹이 대유행이었기 때문에, 여러 가지 형태의(숱이 적은 것, 숱이 많은 것, 털 길이가 짧은 것, 털 길이가 긴 것 등) 인조 속눈썹들이 화장품 가게만이 아니라 약방에까지 진열돼 있었다.

나와 처음 만났을 때만 해도 그녀의 화장이나 옷차림은 덜 세련된 편이라 약간 촌스러운 느낌을 주었지만, 나를 코디네이터(?)로 삼은 뒤부터 그녀의 외모는 전위적이고 그로테스크한 쪽으로 급격하게 바꿔어갔다. 그때는 세계적으로 호경기 시절이었기 때문인지, 유행하는 옷이나 헤어스타일이 극도로 야할 때였다. 요즘처럼 공연히 내숭떨며 '품위 있고 고상하게 야한 것'을 찾는 게 아니라, 옷은 무조건 노출을 심하게 하고 머리는 무조건 볼륨을 넣어 붕 뜨게 부풀릴 때였다.

때마침 미니스커트가 유행하던 시절이었기 때문이라 나는 J에게 보통 여자들이 입는 것보다 훨씬 짧은 무릎 위 30센티미터 정도의 초미니만 입게 했는데, 그녀는 다행히도 내 말에 순순히 좇아주었다. 도저히 창피해서 못 입겠다고 자주 엄살을 떨곤 했지만 그래도 그럭저럭 잘 참아주었다. 그녀가 타이트스커트로 된 초미니를 입고, 차를 탈 때나 계단을 올라갈 때 어떻게 몸을 놀릴지 몰라 쩔쩔매는 모습을 보는 것이 나는 참 재미있었다.

미니스커트에 싫증이 난 나는, 서울에서 거의 맨 처음으로 '핫팬츠(수영팬츠를 연상하면 된다)'를 입게 했고, 3학년 봄 축제 때 핫팬츠를 입고 나타난 J는 연세대생들 간에 큰 화젯거리가 되었다.

사람들은 우리 두 사람이 데이트하는 모습을 보면서 참 이상한 풍경이라고 생각했을 것이다. 나는 대학시절 4년 동안을 거의 교복(감청색으로 된 모택동복 같은 것)이나 잠바차림으로 버텼는데, 그런 옷차림에다 시커먼 뿔테안경을 쓴 전형적인 '모범학생'이, 지독하게 야한 여자와 팔짱을 끼고 데이트하는 모습이 남들 보기엔 참으로 진기한 구경거리였을 것 같다. 아닌 게 아니라 연세대 문과대학 학생들 사이에서는 내가 술집 호스티스 아가씨와 연애한다는 소문이 나돌았다. 그 당시는 호스티스 아가씨는 다 야하고, 여대생이나 여염집 여자들은 다 수수하다는 공식이 통용되던 때였다(요즘은 그때와 정반대인 것 같다).

우리는 참 많이 싸웠다. 그녀에게는 히스테리 끼가 있었다. 결국은 내게 잘못했다고 싹싹 빌게 될 걸 빤히 알면서도, J는 걸핏하면 신경질을 부렸다. 나 또한 여자한테는 용감무쌍한 체질이어서, 우리 두 사람의 싸움은 치열한 격전이요 죽기살기였다.

언젠가 건국대학교 교정으로 놀러가 호숫가를 산책하고 돌아올 때였다. 무슨 이유 때문인지는 잊어버렸지만 그녀가 마구 히스테리를 부려댔다. 그래서 홧김에 나는 그녀의 머리를 한 대 때려주었다. 그렇게 심하게 때린 것도 아니건만, 그녀는 갑작스런 기습에 놀라 얼떨결에 앞으로 꼬꾸라져 엎어졌다.

포장이 안 된 길이어서 예쁜 새 옷이(샛노란 색 미니원피스였던 것 같다) 흙으로 뒤범벅이 되자, 신경질이 복받친 그녀는 갑자기 성난 암사자로 변하여 나를 향해 돌진해왔다. 힘으로는 안 된다는 걸 알고(아무리 말랐다고 해도 그래도 난 '남자'니까!) 길 옆 공사장에 있는 벽돌을 주워들고 한 장 한 장 내게 마구 던져댔다. 목숨이 아까웠던 나는, 살기등등한 그녀의 표정으로 보아 도저히 당할 수 없음을 알고 걸음아 나 살려라 줄행랑을 쳤다.

그런데도 그녀는 양손에 벽돌을 한 장씩 들고 미칠 듯이 나를 추격해왔다. 나는 버스정거장까지 뛰어와 마침 도착한 버스에 무조건 올라탔다. 그때는 버스에 앞뒤로 문이 두 개 달려 있을 때였는데, 나는 앞문으로 올라타 어서 빨리 버스가 발차하기를 기다렸다. 그러나 버스는 우물쭈물 떠날 생각을 않는다. 버스의 창문 밖으로 그녀가 씩씩거리며 달려오는 게 보였다.

드디어 버스가 부르릉 소리를 내며 떠날 기미를 보여 나는 비로소 안도의 한숨을 내쉬었다. 그런데 이게 웬일이냐. 그녀는 용케도 막 달려가기 시작한 버스의 뒷문으로 냉큼 올라서는 게 아닌가. 그러고는 앞문 쪽에 있는 나를 향해 벽돌 두 장을 연속적으로 날려 보냈고, 버스 안은 돌연 아수라장으로 변할 수밖에 없었다. 버스가 다음 정거장에 도착할 때까지 나와 다른 승객들 중에 다친 사람이 없는 게 다행이었다. 나는 계속 그녀를 진정시키기에 바빴고, 버스가 멈추자 예의바른 나는 "기사 아저씨 정말 죄송했습니다." 하고 인사 차리는 걸 잊지 않으며 재빨리 뛰어내렸다.

그녀 역시 나를 따라 버스에서 내려 씩씩거리며 쫓아왔는데, 조금은 화가 풀린 것 같아 보였다. 그러고 나서 우리는 잘했느니 못했느니 말싸움을 계속했지만 결국은 격렬한 포옹과 키스로 일대 결전(決戰)을 마무리 짓고 말았다. J와의 데이트 중엔 이런 식의 해프닝이 자주 있었다.

둘이서 여름방학 때 놀러간 시골 여관방에서 결투를 벌인 일도 생생하게 기억난다. 마침 여관집 앞마당에는 장작이 산더미처럼 쌓여 있었는데, 내 펀치에 눌려 마당으로 도망친 그녀가 방안에 있는 나를 향해 계속 장작개비를 던져대기 시작했다. 다른 손님들한테 창피하기도 하고, 또 객지에서 한밤중에 당한 일이라 어디로 도망칠 데도 없었다.

그래서 나는 엉겁결에 시금치 먹은 뽀빠이 같은 괴력(怪力)을 발휘하여 그녀를 낚아채 방안으로 끌어들였다. 그녀가 계속 바락바락 소리를 질러댔을 건 뻔한 일. 도저히 어떻게 손써볼 도리가 없자, 나는 순간적으로 내 머리를 스쳐간 기민한 판단력과 순발력으로 그녀의 목을 조르기 시작했다.

그녀는 캑캑거리면서도 계속 손발을 휘두르며 나를 공격해왔지만, 숨이 막혀오는 데야 아무리 독한 그녀라 할지라도 별 수 없었다. 결국 그녀는 조용해졌고, 그날 밤의 결투 역시 이불 위에서 빨가벗고 벌이는 '즐겁고 음탕한 레슬링 경기'로 막을 내려버렸던 것이다.

지금 생각하니 J는 확실히 진짜 마조히스트였던 것 같다. 언제나 내 화를 한껏 돋구어놓고는 나약한 내 몸에서 괴상한 괴력이 터져 나오는 것을 즐겼다고나 할까. 내가 천하장사 이만기 같은 몸집의 소유자였다면 그녀가 관능적 마조히스트로서의 재미를 질깃질깃 충분히 맛볼 수는 없었을 것이다(대학시절 나의 몸무게는 47킬로그램이었다). 이만기의 뺨따귀 한 대 정도면 금세 기절해버릴 만큼 그녀 역시 허약한 말라깽이였으니까.

J와 헤어지게 된 사연을 여기서 자세히 이야기하고 싶지는 않다. 또 다른 스타일의 희한하게 야한 여자가 한 명 나타나 나를 헷갈리게 만들었기 때문이었다는 정도로 그쳐두기로 하자.

그러고 보니 진짜 나의 첫사랑은 J였다. 육체적 접촉이 없는 사랑은 사랑이라고 말할 수 없으므로.

나와 함께 의논하며 골라서 산 인조 속눈썹을 조심스레 붙이던 그녀의 모습, 그리고 그녀의 숱 많은 머리카락을 거꾸로 빗질해 수사자의 갈기털처럼 부풀려주며 즐거워했던 나의 모습이, 지금도 기억 속에 생생하게 떠올라 나를 슬프게 한다.

(1990)

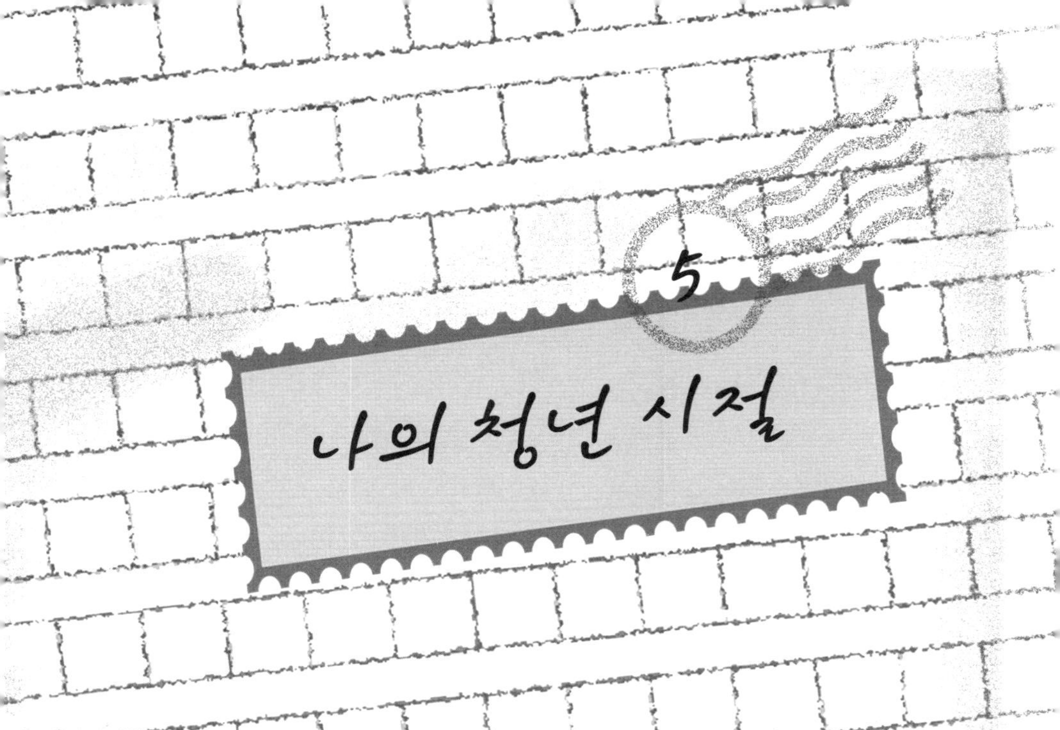

5 나의 청년 시절

얼마 전에 나는 마당의 잡초를 뽑았습니다
잡초는 모두 다 뽑는다고 뽑았는데
몇 주일 후에 보니 또 그만큼 자랐어요
또 뽑을 생각을 하다가 이런 생각이 들었습니다
대체 어느 누가
잡초와 화초의 한계를 지어 놓았는가 하는 것이에요

–시 「잡초」에서

산 속에서의 스트리킹의 추억

문득 내 대학원 재학 시절의 추억 한 토막이 떠오른다. 그때는 초미니스커트의 전성시대였고 히피들이 설쳐대던 시절이었다. 그때 미국에서는 '스트리킹'이라는 게 유행했는데, 스트리킹이란 사람들이 많이 왕래하는 곳에서 벌거벗고 유유히 걸어가거나 뛰어가는 것을 말한다. 일종의 히피풍의 자연 복귀 운동의 하나로서, 누디즘을 데몬스트레이션으로 즐기는 풍습이었다. 우리나라에서도 스트리킹을 시도한 대학생이 한두 명 있었는데, 대낮에 당당하게 발가벗고 뛴 게 아니라 밤중에 술을 마시고 그 술기운의 힘을 빌려 외진 골목길을 뛰어가는 정도였다. 그런데도 그들은 경찰서로 끌려가 처벌을 당했다.

나도 그 때 스트리킹 비슷한 경험을 해본 적이 있었다. 서울의 대로변이 아니라 내설악 백담산장(百潭山莊) 부근의 계곡에서였지만, 그래도 스트리킹은 스트리킹이었다. 나 혼자만 발가벗고 있었고 같이 갔던 친구들은 다 옷을 입고 있는 상태였으며, 더욱이 그들 가운데는 여자도 섞여 있었기 때문이다.

그때 우리는 여름방학을 이용하여 남자 세 명과 여자 세 명이 함께 어울려 설악산에 갔다. 그리고 백담산장에 머물면서 설악산의 이 계곡 저 계곡을 찾아다니며 놀았는데, 그 당시만 해도 내설악에는 등산객이 별로 없어 아주 한적한 곳이 많았다. 백담산장에 도착해서 하룻밤을 자고 그 다음날 우리 일행은 가야동 계곡까지 올라가 버너로 점심을 해먹으며 하루 종일 계곡물에 발을 담그거나 수영을 하며 놀았다. 여자 애들도 수영복을 준비해 가지고 와서 멱을 감고 놀았고 남자 친구들도 마찬가지였다. 그런데 나는 워낙 수영을 못하는 데다가, 갈비뼈만 기타 줄처럼 앙상하게 드러나 있는 내 빈약한 몸뚱어리를 노출하기 싫어하는 성미였기 때문에, 수영복을 준비해 가지 않았다.

그런데 남들이 다 신나게 물장난을 치며 노는 것을 보자 나에게도 갑자기 괴상한 오기가 발동하여 용감하게 윗도리를 다 벗어부치고 헐렁한 팬티 하나만을 입고 앉아 있었다. 그런데 그 팬티라는 것이 여간 촌스러워 보이는 게 아니었다. 팬티라는 게 고작 성기 부분만 조금 감추는 역할을 해주는 것뿐인데, 그것이 차지하는 면적을 보면 사실 옷을 안 입은 거나 마찬가지다. 지금 생각해 보니 그때만 해도 나에게는 낭만적 열정이 있었고 패기가 있었고 당당한 광기도 있었던 것 같다.

나는 갑자기 이상한 충동을 느껴 졸지에 팬티를 벗어서 내팽개쳐버리고 물속에 들어가 멱을 감기 시작했다. 그 해괴한 광경을 본 남녀 친구들이 아연실색해했을 것은 뻔한 일. 그런데 그들이 어쩔 줄 몰라 하며 어색한 표정을 짓는 것을 보자 나는 오히려 점점 더 재미가 났다. 그래서 아예 내 썩은 장작개비 같은 알몸뚱이를 물 밖으로 끄집어내어 그들 앞에 적나라하게 공개하고 말았다. 처음엔 여자 애들이 질겁을 하며 고개를 돌리고 남자 친구들은 나를 뜯어말리며 야단법석을 떨었다.

그러나 내가 태연하게 발가벗은 채로 여기저기를 왔다갔다 하면서, 뭘 이까짓 것 가지고 그렇게들 호들갑을 떨어대느냐, 여기는 설악산 깊숙한 골짜기고 우리들만의 세상이 아닌가, 그러니 나는 맹세코 하루 종일 순수한 자연아(自然兒)로 돌아가겠다고 선언하자 차츰 그들도 내 지랄발광에 동감을 표시해 오는 것이었다. 그래서 나는 그날 하루 종일 계곡에서 밥을 지을 때나 밥을 먹을 때, 또는 우리가 둘러앉아 트럼프 놀이를 할 때에도 계속 발가벗고 지냈고, 그 다음날도 마찬가지로 행동했다.

남자 친구들은 자기네가 나처럼 훌훌 벗어젖힐 수 있는 용기를 가지고 있지 못한 것에 대해 하늘을 우러러보며 한탄하기까지 해댔고, 여자애들은 나를 무슨 천재적 기인(奇人)이라도 되는 양 우러러보며 찬탄과 존경의 눈빛을 보내오는 것이었다. 그래서 나는 서울의 탁한 공기 속에서가 아니라 맑고 신선한 대자연의 품속에서 아주아주 유쾌하게 마음껏 스트리킹을 즐길 수 있었던 것이다. 정말로 다시는 돌이키기 어려운 건강한 치기(稚氣)의 세월이었다.

물론 우리나라에서 그런 식의 스트리킹을 시도해 본 것이 내가 처음은 아니다. 변영로가 쓴 『명정(酩酊) 40년』이라는 책을 보면 「백주(白晝)에 소를 타고」라는 수필이 들어 있다. 그 글에는 1920년대에 변영로와 염상섭 그리고 오상순 등이 모여 성북동 산골짜기에서 소주를 마시며 야유(野遊)를 즐기다가, 세 사람이 몽땅 발가벗고 광가난무(狂歌亂舞) 했다는 얘기가 나온다. 그러고 나서 그들은 술기운을 빌어 골짜기에 매어져 있는 소를 잡아타고 혜화동 로터리까지 진출하려고 기도했다는 것이다. 하지만 그들이 벌인 스트리킹은 남자들끼리만의 스트리킹이었다. 비록 설악산 깊은 계곡에서였을망정, 나는 여자들 앞에서, 그것도 술기운의 힘을 빌지 않고 맨 정신으로 태연하게 벗고 설쳐댔다는 데 의의가 있는 것이다.

나중에 서울에 돌아온 뒤에 남자 친구들이 내게 솔직히 고백한 말이 있다. 자기네들도 나처럼 발가벗고 있고 싶었지만, 수영복 입고 반라(半裸)의 몸으로 왔다갔다 하는 여자애들을 보니 페니스가 울뚝불뚝 발기해 대는 통에 영 엄두가 안 나더라는 것이었다. 그러고는 나에게 아주 아주 진지한 목소리로, 어쩌면 그렇게 계속 벌거벗고 있었는데도 페니스가 한 번도 발기하지 않고 계속 축 늘어진 상태로만 있을 수 있었느냐고 묻는 것이었다. 나는 그들이 나를 바라보는 눈초리가 마치 여색을 초월한 도사를 우러러보는 듯하여 아주 우쭐한 기분이 들었다. 그런데 그 친구들이 나중에 조심스러운 어조로 덧붙이기를, 너 혹시 임포, 즉 다시 말해서 발기불능 아니냐, 하고 걱정스럽다는 듯한 표정으로 말을 해왔기 때문에 난 기분이 잡쳐버렸다.

글쎄……. 내가 그때 정말 발기불능이었을까. 아니다, 나는 멀쩡했다. 지금도 난 발기불능만은 절대 아니다. 다만 좀 늙어서 발기에 더욱 까다로워졌을 뿐이다. 하지만 대학원 시절 20대 중반의 싱싱발랄한 청춘 시절에, 반라의 여자애들 앞에서 벌거벗고 설쳐대며 전혀 발기가 안 됐다는 것을 상기해 보면 가히 불가사의한 일이었다고 말할 수밖에 없다.

(1990)

나의 과외교사 시절

내가 본격적으로 고등학생들 과외지도를 한 것은 대학원 시절이었다. 학부 때도 과외교사 노릇(주로 수학. 나는 문과생인데도 수학을 잘했다)을 해보긴 했지만 그때는 4년간 모두 장학금을 받은 데다가, 연극 활동 등 이런저런 일로 바빠서 아르바이트를 지속적으로는 못했던 것이다. 그런데 대학원에 진학하자 대학원 학비(전액 조교 장학금은 받았지만 기타 비용이 많이 들었다)까지 집에서 우려 낼 염치가 없어서, 과외 요청이 들어오는 대로 맡았다.

대학원 석사, 박사과정 때 가정교사로 내가 가르친 과목은 나의 전공과목인 '국어'였다. 그때는 대학마다 본고사를 치르고 신입생을 뽑았기 때문에 연세대학교를 지망하는 학생들에게 대학원 학생은 인기가 있었다. 그렇지만 역시 국어보다는 영어, 수학 위주여서 일 년 내내 국어 과외를 받는 학생은 드물었고 소위 '반짝 과외'라고 해서 고등학교 3학년 때 두 달이나 석 달 정도 지도를 받는 게 고작이었다. 그래서 나는 1학기 때는 거의 일거리가 없었고 2학기 때는 일거리가 너무 많이 밀려서 고민이었다.

처음 과외지도를 시작할 때는 "이것도 교육은 교육이다"라는 생각이 들어서 꽤 보람을 느낄 수도 있었다. 그러나 나중에 가서는 그만 신물이 나게 되어 과외선생 노릇을 하는 내 팔자를 한탄하게 되었고, 역시 선생 노릇 하려면 정식 선생, 즉 고등학교 교사나 대학 교수가 되어야겠다는 생각이 들었다.

그러나 나를 짜증나게 한 가장 큰 이유는, 과외지도를 받는 학생의 학부모나 내가 가르치는 학생들의 태도 때문이었다. 임시 고용원 대하듯 하기가 일쑤였고, 인간적인 관계나 사제관계로 맺어지기보다는 얼마나 시험문제를 적중시킬 수 있느냐에만 관심을 보였기 때문에 나는 더 피곤할 수밖에 없었다.

그때는 '극성 과외'의 전성기여서 잘사는 집 학생들은 새벽부터 밤까지 과외공부를 했다. 내가 만나 본 학부모들 가운데는(대개는 어머니들이지만) 자식을 때 맞춰 깨우고, 먹이고, 곁에 붙어서 독려를 하기 위해 하루 스물네 시간 전부를 소모하는 이들이 많아서, 대개가 수면 부족으로 눈이 충혈되어 있었고, 자식의 대학입학에 목숨을 걸기 때문인지 편집광적(偏執狂的) 표정이 되어 얼빠진 얼굴을 하고 있는 사람이 많았다.

입시 지옥! 정말 글자 그대로 지옥 같은 분위기였는데, 그 아수라장에 내가 끼어들어 기생(寄生)하면서 돈을 빼앗아간다고 생각하니 과외지도가 재미있을 리 없었다. 또 가르쳐서 합격이라도 되면 좋은데,

내 기억으로는 극성스럽게 과외공부를 한 학생들 가운데 붙는 학생보다는 떨어지는 학생이 더 많았던 것 같으니, 그럴 경우 과외선생은 원망을 얻어 듣게 마련이어서 더욱 뒤가 찜찜했다.

이런 일도 있었다. 예비고사 보기 한 달 전쯤부터 국어 과외지도를 시작한 학생이 있었는데, 그 학생의 어머니는 편집광적으로 과외공부를 많이 시키면서 '과외 투자는 합격의 지름길'이라고 굳게 믿고 있었다. 그래서 자기 자식은 꼭 서울대에 가야 하는데 낮추고 낮춰서 연세대로 보내니 거기서야 물론 붙을 것이라고 장담하곤 했는데, 그만 본고사를 쳐 보지도 못하고 예비고사에서 낙방을 하고 말았다. 그때는 예비고사에서 50퍼센트 정도의 학생을 합격시키고, 합격한 학생만이 대학 본고사에 응시할 수 있었다.

그런데 나는 아직 그때 한 달을 약간 못 채운 채 과외공부를 가르치고 있었으니 낭패였다. 미리 보수를 선불로 받았더라면 좋았겠는데, 체면상 조를 수도 없고 해서 한 달을 채우고 어련히 후불로 주겠거니 하고 생각했던 것이다. 돈 쓸 계획까지 세워 놓았는데 그런 불상사(?)가 발생하고 말았으니, 정말 난처한 일이었다. 그 학생 집안은 초상집같이 되었고 나는 돈 달랄 엄두도 못 내고 말았다.

과외선생 노릇을 하면서 부잣집도 참 많이 가보았다. 성북동, 장충동, 신문로, 서교동 등 으리으리한 집들을 그때 나는 실컷 구경할 수 있었다. 요즘은 강남이 발달했지만 그때는 강북에 부잣집이 많았다.

그런 집에 들어갈 때에는 공연히 주눅이 들고 쭈뼛거리게 된다. 그런 집에 사는 사람들은 얼굴이 못생겼더라도 왠지 귀티가 나는 것 같고, 내가 가르치는 학생이 여학생이라면 왠지 천사같이 보였다.

또 가끔씩은 내가 그런 집에 출입하는 게 자랑스럽게 느껴지기조차

해서, 혹시 내가 가르치는 여학생과 연애라도 해서 그 집 사위가 되면 얼마나 좋을까 하는 병신 쪼다 같은 상상을 해본 적도 있다. 여자나 남자나 다 같이 신데렐라 콤플렉스를 가지고 있는 건 마찬가지인가 보다. 그런 생각에 빠져들게 될 때마다 나는 "아, 이게 바로 사또 밑의 아전(衙前)이나, 지주에게 붙어먹고 사는 마름의 심리로구나" 하고 나 자신을 반성해 본 적이 많다.

어쨌든 내 경험에 비추어 볼 때, 과외공부는 실력 향상에 별로 도움이 안 된다고 생각한다. 공부는 역시 혼자서 해야 하는 것이다. 극성 과외는 오직 학부모들에게만 정신적인 위안을 줄 뿐이다.

(1992)

나의 20대 시절
— 나의 꿈, 나의 우상

나의 20대 시절은 정치적 격변기의 연속이었다. 그래서 나는 1969년 열여덟 살 때 연세대학교 국문학과에 입학하고 나서부터 줄곧 시위의 열기에 휩싸일 수밖에 없었다. 대규모의 학생시위는 곧바로 '휴교조치'로 연결되었고, 그래서 나는 학부시절 4년 동안 제대로 공부해본 적이 한 번도 없다. 우리들은 그때 가을마다 찾아온 긴 휴교기간을 '가을방학'이라고 불렀다.

대학 1학년 때는 교련교육반대 데모 때문이었고, 2, 3학년 때는 3선개헌반대 데모 때문이었다. 그리고 대학 4학년 2학기 때는 '10월 유신'이 터져 대학생활을 흐지부지 끝마무리할 수밖에 없었다.

그때는 데모를 해도 경찰이 강력한 제지방법을 쓰지 않았기 때문에

(어찌보면 어수룩한 낭만이 있던 시절이었다) 많은 학생들이 데모에 참여했다. 그래서 쉽게 경찰 저지선을 뚫고 신촌로터리나 이대 입구까지 진출할 수가 있었다. 겁쟁이인 나도 데모에 참가하여 공연한 울분을 터뜨린 적이 많았는데, 교지를 편집할 때 교련복을 불태우는 사진을 화보로 집어넣었다가 실컷 야단맞고 새 사진으로 대체하여 교지 전부를 다시 제본해야 했던 적도 있었다. 또 3학년 때는 정치풍자극 〈양반전〉을 내가 쓴 각본으로 공연했다가 야단을 맞기도 했다.

하지만 어쨌든 그때의 대학 캠퍼스에는 낭만이 깃들어 있었다. 학생들끼리 이데올로기의 문제로 다투는 일도 없었고, 오직 '민주화'와 '독재추방' 하나면 그만이었다. 우리는 한국의 정치발전에 대해 낙관적인 희망을 견지하고 있었는데, 그 까닭은 그때까지만 해도 정부의 언론통제나 시위자 처벌이 심하지 않았기 때문이다.

그러나 10월 유신이 터지고 나서부터 우리들의 희망은 산산조각으로 부서지고 말았다. 나는 대학을 졸업한 후 곧바로 대학원에 진학했는데, 유신시절의 대학가는 그야말로 우울과 침체의 연속이었다. 상당수의 교수들이 교수재임명제도 때문에 교단을 떠나야 했고, 또 다른 많은 교수들이 어용화(御用化) 되어갔다. 그런 와중에서 나는 차츰 현실적인 민주발전이나 진정한 '자유화'에 대한 꿈을 포기할 수밖에 없게 되었고, 사회 · 역사 등 '밖'으로 지향하던 문학적 관심을 '안'으로 돌려놓을 수밖에 없었다. 대학원 석사논문까지는 그래도 '문학의 사회적 효용성'을 주제로 삼았지만, 점점 더 경색돼 가기만 하는 정국을 바라보며 나는 차츰 연구나 창작(그때는 시)의 테마를 인간의 내면세계와 무의식, 그리고 상징 쪽으로 바꾸게 되었다. 그렇게 될 수밖에 없었던 이유는, 역시 나의 타고난 체질이 다혈질적 투쟁형이라기보다는 우울질적 회의형(懷疑型)이기 때문일 것이다.

그래서 그런지 나에게는 뚜렷한 '꿈'도 없었고 '우상'도 없었다. 막연히 문학을 계속해야겠다고 생각하긴 했지만 부지런히 습작을 했던 것도 아니었다. 이상하게도 나는 10대 시절부터 운명론(또는 숙명론)을 인생관으로 견지하고 있었다. 그래서 이 세상에 노력으로 되는 것은 아무것도 없고, 어떤 '계기'가 운명적으로 주어져야만 일이 성사된다고 믿었다. 그래서 논문이나 시를 써도 먹고살기 위한 직업으로서의 국문학 교수가 되기 위한 최소한의 편수에 그쳤을 뿐, 야심있게 차근차근 계획을 세워 써나가지를 못했다.

나는 미션스쿨인 대광고등학교를 나와 그 영향으로 기독교 학교인 연세대로 진학했고, 대학시절 초반까진 교회에도 나가고 기독교 서클에서도 활동했다. 그러나 나는 결국 교회를 그만둘 수밖에 없었는데, 그것은 기독교가 싫어서라기보다는 기독교 교리 하나만을 나의 '우상'으로 받들기가 어렵다는 결론에 도달했기 때문이다. 예수의 말씀뿐만 아니라 석가의 말씀에도 일리 있는 구석이 많았다. 그래서 나는 그 후 지금까지 '유연성(flexibility)' 있는 종교관 또는 사상관을 가지려고 노력하며, 일종의 불가지론(不可知論)을 고수하고 있다.

그것은 문학에 있어서도 마찬가지였는데, 특별히 사숙(私淑)하거나 우상으로 떠받든 작가가 나에게는 없었다. 문학을 지망하는 사람이라면 한 번씩은 다 빠져 들어간다는 도스토예프스키의 작품도 나는 끝까지 제대로 읽어본 것이 하나도 없다. 모두 다 그저 지루하기만 했기 때문이었다. 그건 톨스토이나 셰익스피어도 마찬가지였다. 내가 가장 재미있게 읽은 소설은 중국 소설 『요재지이(聊齋志異)』와 뒤마의 『몽테

크리스토 백작』, 그리고 샤로트 브론테의 『제인 에어』 정도였다. 성문학에 관심을 가지게 된 이후에도 나는 D.H.로렌스의 작품조차 제대로 읽지 못했다. 너무 잔소리가 많고 뜨뜻미지근했기 때문이다.

시를 쓰긴 했지만 시를 많이 읽진 않았다. 번역시는 어색했고, 우리나라 시는 답답하고 교훈적이었다. 다만 이육사와 윤동주만이 예외였는데, 둘 다 야하진 못하지만 그런대로 훌륭한 상징성을 확보하고 있기 때문이었다.

나의 꿈과 우상은 그래서 문학이나 이데올로기가 아니라 내 머릿속에서 만들어진 이상적인 여인상이었다. 나는 유미주의자답게 아름다운 여성을 찾아 헤매었고, 그런 여자가 진정 내 앞에 나타난다면 그녀의 노예가 되어도 좋다고 생각하여 치기(稚氣)어린 동경을 계속해 나갔다. 그런데 진짜 아름다운 여자라서 그랬는지 아니면 '제 눈의 안경'이란 속담대로 내 눈에 천개(天蓋)가 씌어서 그랬는지, 그런 여자가 드디어 내 앞에 나타났다. 그래서 나는 만사 제쳐놓고 그녀를 추적하기에 바빴고, 그러다가 내 20대는 훌쩍 지나가 버리고 말았다.

지금 생각해 보면 그때 내가 가졌던 낭만적 열정이 너무나 그립게 느껴진다. 여자 쪽에서 계속 나를 거부했기 때문에 나는 별의별 짓을 다했다. 사랑을 이루어지게 하는 주술(呪術)에 관한 책을 구해다가, 책에서 지시하는 대로 정성껏 부적을 만들어 그녀가 사는 집 쪽으로 태워서 날려보기도 했고, 또 어떤 부적은 한강물에 띄워 보내기도 했다. 편지도 무지무지하게 많이 써서 부쳤는데, 허망한 작업이었지만 그것은 은연중 문장공부가 되어 주어 내가 나중에 수필이나 소설 등의 산문을 쓰는 데 많은 도움을 준 것 같다.

대학원 석사과정을 마치고 나서 나는 방위 근무를 했다. 그러고 나서 곧바로 박사과정에 진학하여 공부하면서 이리저리 시간강사로 뛰어다니게 되었다. 그때가 가장 고달팠던 시절이었다. 전임교수가 된다는 것이 신기루처럼만 여겨졌기 때문이다. 문학적으로도 약간 초조해져서, 20대 후반의 나이 때부터 문명(文名)을 떨치고 있는 최인호 선배가 몹시도 부럽게 생각되었다. 내가 사랑에 있어서나 문학에 있어서나 끝내 별 볼일 없는 놈으로 끝나버릴지도 모른다는 부정적인 예감이 나를 짓누르고 있었다. 말하자면 나는 '느긋한 운명론자'의 자세를 차츰 허물어뜨려가고 있었던 것이다.

그러다가 20대의 마지막쯤인 스물여덟 살 되던 해 봄에 나는 홍익대학교에 전임으로 취직이 되었다. 이제야 비로소 내 손으로 밥벌이를 할 수 있게 된 것이다. 나는 신바람이 났고 활기에 넘쳐흘렀다.

그러나 아홉수라서(우리나라 나이로) 그랬는지, 곧바로 치과의사의 오치(誤治)에 의해 지독한 치조염(齒槽炎)에 걸려 2년 가깝게 고생을 했다. 밥도 제대로 못 먹고 말도 제대로 못했다. 진통제로 하루하루를 때워나가야만 했다. 그때부터 나는 육체의 중요성을 다시 한 번 절감하게 되었고, 정신이 육체를 지배하는 것이 아니라 육체가 정신을 지배한다고 생각하게 되었다.

죽을 병이 아니면서도 사람을 가장 괴롭히는 것이 바로 목과 머리에 속한 통증이다. 먹고 말하고 냄새 맡고 듣고 하는 것이 다 이 부위에 속해 있기 때문이다. 그때부터 나는 양의학(洋醫學)에 질려 버려 가지고 혼자서 한의학 공부를 하기 시작했는데, 한의학 이론은 나의 사고방식을 한층 더 육체주의 쪽으로 기울게 해주었다. 그러다가 1979년 10·26 사태(박정희 대통령 피살 사건)가 나서 유신시대가 마감되고 나의 20

대도 끝이 났다.

돌이켜 생각해 보면 그래도 나의 20대 시절은 무척이나 행복했던 시절이었던 것 같다. 특히 20대 중반까지의 기간이 그랬는데, 그때는 허약한 체질이지만 그래도 원기(元氣)가 넘쳐흘러, 연극 활동이나 농촌봉사활동, 그리고 등산이나 여행 등을 통해 거의 자학에 가깝게 시간을 죽여 나갈 수 있었으니까 말이다.

나는 지금도 행복한 인생이란 결국 '도피적 인생'이라고 생각하고 있다. 어차피 인생은 허무한 것이므로, 술로 도피하든 연애로 도피하든 아니면 일이나 놀이로 도피하든, 순간순간의 자잘한 잡념과 우울로부터 도피하는 것만이 행복한 인생을 가꿔나가는 첩경이 된다고 믿고 있기 때문이다. 그런데 그러한 '자학적 도피'를 위해서는 많은 에너지와 원기(元氣)가 필요하므로, 늙은 시절이 아닌 젊은 시절이라야만 그것이 비로소 가능해진다.

20대 시절에는 밤새 술을 마셔도 괜찮았고 밤새 시골길을 걸어도 피곤하지 않았다. 또 남녀학생이 어우러져 설악산으로 놀러가, 이상한 오기가 발동하여 나만은 며칠 동안 빨가벗고 지냈는데도 전혀 창피하지가 않았다. 사랑 역시 마찬가지였다. 술을 잔뜩 마시고 여자 집으로 쳐들어가 문 앞에서 죽일 년 살릴 년 하며 고성방가를 하다가 경찰서에 붙들려 갔어도 창피하지가 않았다. 아무튼 건방진 발랄함과 센티멘털한 오기로 뒤범벅이 돼 있던 시절이었다.

지금(1992) 나는 20대를 지나 30대를 넘기고 40대의 나이가 되어 있다. 그런데 신기한 것은, 요즘 다시 20대의 치기가 되살아나고 있다는 사실이다. 30대 시절 중반에 나는 '방황'을 마감해 보겠다는 의도로 결혼을 했고, 그것은 결국 실패로 끝났다. 그래서 그런지 요즘 나는 다시 새로운 방황을 시작해 보고 싶어 미칠 지경이다.

나는 마음만이라도 20대의 정열을 되찾고 싶다. 그래서 미치도록 사랑하고, 미치도록 야한 글을 쓰고, 미치도록 방황하고 싶다. 그러나 주위 여건이 나를 괴롭히고 있어 나를 우울하게 한다. 나의 상상력과 창작의욕을 억압하는 검열(심의)제도가 특히 그러한데, 그러고 보면 이 시대의 사회분위기는 외형만 바뀌었을 뿐 나의 20대 시절과 별로 다를 게 없다는 생각이 든다. 그래서 나는 더욱더 '안'으로만 파고들어 사랑의 본질을 파헤칠 수밖에 없고, 손톱이 무지무지하게 긴 비현실 속의 '님'을 찾아 헤매 다닐 수밖에 없다.

(1992)

내가 처음으로 대학에서 강의할 때 만난 여학생

나는 1975년 2월에 연세대 대학원 석사과정을 마치고 3월부터 곧 시간강사를 했다. 그때 내가 처음으로 출강했던 대학은 XXX 신학대학이다. 교양국어 과목과 교양한문 과목이었다. 나이가 24세 때라 그런지 난 아주 젊어 보였고 또 키 크고 코가 잘생긴 미남이라는 소리를 많이 들었다.

그래서 학생들과 친구 사이처럼 허물없이 어울렸는데, 그때 가장 야하게 아름답고 요염하게 생긴 여학생이 H였다. 그녀는 한양대학교에 다니다가 애인한테 버림받고 충격을 받아, 우울증 때문에 신학으로 전공을 바꿔 편입해 온 학생이었다. 말하자면 실연하고서 새 남자로 '예수'를 택한 여인이었던 셈이다.

그녀는 키가 헌칠하고 얼굴도 달걀형의 섹시한 미인인, 학교 안의 퀸카였다. 그래서 곁에 졸졸 따라다니는 남학생들이 많았고, 그래서 그런지 '코'가 높아 보였고 왠지 우러러 보였다. 나는 첫 강의를 시작할 때부터 그녀의 요염무쌍한 얼굴이 내 눈에 확 들어왔고, 그래서 홀라당 반해버려 정신을 차릴 수 없었다.

그렇게 혼자서 속만 태우며 끙끙 앓고 있었는데, 이게 웬 일인가. 그녀가 내게 적극적으로 섹시하게 접근해 오지 않는가. 그래서 나는 "이게 웬 떡이냐" 싶어 곧바로 그녀와의 연애에 들어갔다.

너무 옛날이라 여러 번 갔던 데이트 장소들은 다 기억나지 않고, 다만 둘이서 갔던 '정릉' 계곡 생각이 또렷이 난다. 당시 정릉에는 수풀이 무성했고 맑은 물이 계곡 사이로 흘러내렸다. 놀러 온 사람들도 거의 없어, 언젠가 우리 둘만 있었을 때는 가져간 석유 버너로 밥을 해 먹고 술도 마시며 우리는 서로 좋아 홀라당 빨가벗고서 진한 애무를 나누며 깔깔거렸다…….

나는 그녀와 함께 신나게 음란한 춤을 추러 다니기도 했다. 가장 기억에 남는 장소가 명동에 있던 <해피 타운>이다. 그때 신인 가수로 이름이 나기 시작한 조용필이 출연하여 지금까지도 명가요로 기억되는 <단발머리>나 <너무 짧아요> 등을 불렀다. 당시엔 디스코텍이라도 블루스 곡을 가수들이 많이 불러주어 좋았다. 나는 춤을 추면서 그녀의 긴 머리채에 코를 박고 키스를 하기도 하고 그녀의 사타구니와 젖가슴 등을 거세게 주무르기도 했다.

나는 그녀를 내 친구들 하고의 모임 장소에도 자랑삼아 데리고 다녔다. 얼마 전 그때 그녀를 보았던 내 고등학교 친구가 그녀의 늘씬했던 몸매와 사무치게 섹시했던 얼굴과 화장 이야기를 했다. 그래서 나는 홀연히 그녀와의 연애가 그리워지며 뼈저리게 그녀 생각이 났다.

한 1년 반쯤 만나다가 안타깝게도 서로 소식이 끊어졌다. 그녀와 내가 헤어지게 된 건 그녀의 우울증이 악화되었기 때문이다. 그동안 그녀가 야하디야했던 이유는 우울을 야한 행동으로 풀었던 거였다.

그녀는 정신과에 입원해 있다가 쓸쓸히 시골로 요양하러 떠났다. 한마디로 말해 정말 불행한 미녀였다. 헤어지며 그녀가 내게 선물해 준 둥그런 모양의 큰 양초 생각이 난다. 자기 생각이 날 때 책상 위에 놓고 촛불을 켜라고 울먹이며 말했다. 예쁜 보랏빛깔의 양초였다. 우리의 마지막 포옹은 거의 발악적이었다. 그녀와의 마지막 밤은 정말 촛불처럼 뜨거웠다. 그녀는 여전히 연애의 달인이었다. 그러나 그녀와의 사랑은 촛불처럼 순간적으로 타오르다 꺼져버렸다.

며칠 전에 그때 내게 배웠던 남학생 하나가 미국에서 목사 생활을 하며 국제전화를 해왔다. 그리고 문득 H 이야기를 꺼내는 것이었다. 너무 아름답고 요염, 섹시하고 그러면서도 왠지 성스러웠다고…….

나는 새롭게 H 생각이 나며 서러운 추억에 흠뻑 젖어 들었다.

그녀는 지금 이 세상 어디서 무엇을 하고 있을까. 항상 눈시울이 뜨거웠던 그녀, 입술이 뜨거웠던 그녀.

아아, 옛날이여. 다시 돌아올 수 없나, 그 날…….

(2007)

6

나와 홍익대 그리고 연세대

아무리 흔들어 보아도 손에 잡히지 않지만
아픔도 있고 세월도 있고 사랑도 있고
포플러는 오늘도 안타깝게 손을 휘저어 본다.
명백히 놓쳐버린
그 무엇이라도 있다는 듯이

–시 「우리들은 포플러」에서

신독(愼獨)

'신독(愼獨)'이란 말은 "홀로 있을 때 자기를 삼간다"는 뜻으로서 옛 우리나라 선비들이 서재의 이름으로 즐겨 붙이곤 하던 글귀이다. 예의와 도덕을 중요시하는 유교문화권에서 살아갔던 우리나라 선비들은 남이 보는 데서만 예의범절을 지키며 언행을 신중히 할 것이 아니라, 홀로 있을 때 더욱 몸가짐을 바르게 해야 한다는 뜻에서 이 글귀를 자기수양을 위한 좌우명으로 삼았다.

그러나 나는 이 말의 뜻을 조금 변형시켜 가지고 일종의 나의 처세철학(處世哲學)으로 삼고 있다. 즉, 예의범절을 지키기 위한 좌우명으로서가 아니고, 거칠고 험난한 이 세상에서 어느 정도 자기성취(自己成就)를 이루기 위한 구체적인 방편으로서 이 글귀를 응용하고 있는 셈이다. 그런 의도에서 나는 '신독'이라는 말을 단순하게 해석하여,

'홀로 삼간다'는 의미 정도로 받아들인다. 무언가 이루고자 하는 욕구가 있더라도 구태여 나서서 설쳐대며 구하지 않고, 혼자 가만히 참고 있는다는 뜻으로 말이다.

우리의 인생살이는 '욕망'과 '성취' 간의 갈등과 투쟁으로 점철된다고 할 수 있다. 살다보면 어떤 욕구가 일어나게 마련인데, 그 욕구를 어떤 방법으로 성취시킬 수 있을 것인가 하는 문제가 언제나 우리들 관심의 표적이 된다.

학교에서는 늘 "노력하면 성공한다" "사필귀정(事必歸正)이다" "부정한 방법으로 출세하지 마라"고 가르치지만, 막상 학교를 마치고 나서 거친 세파(世波)에 부딪치다 보면 "수단 방법을 가리지 말고 일단 출세하고 보자", "개같이 벌어서 정승같이 쓰자", "결과는 수단을 정당화한다"는 쪽으로 생각이 기울어지기 쉽다. 그래서 대학 졸업반 학생들쯤만 되어도 느느니 '빽' 타령이요, '연줄' '아부' 등의 단어들이 거침없이 대화 중에 끼어들게 되는 것이다.

나 자신의 경우도 그랬다. 대학을 졸업할 때는 그저 대학원에 진학한다는 생각 때문에 별 걱정이 없었는데, 막상 석사과정을 졸업하고 박사과정에 다닐 때쯤 되자 내 마음속에는 불안감과 초조감이 무겁게 밀려들기 시작했다. 다 알다시피 대학원에는 '학자'가 되기 이전에 '대학교수'가 되기 위해 진학하는 것인데, 대학교수가 된다는 것은 정말 낙타가 바늘구멍으로 들어가는 것보다 어렵다고 여겨졌기 때문이다. 내가 대학원에 다닐 때는 전국의 대학생 정원이 지금의 3분의 1도 못 될 때여서, 그만큼 교수 자리도 적었다.

그래서 나는 '노력' '운(運)' '아부' '연줄' 따위의 단어를 수없이 떠올려 가며 고민했던 것이다. 그러면서도 계속 내 마음 한 구석에는 '신독(愼獨)'의 방법으로도 나의 운명을 개척해 나갈 수 있을 것이라는 막연한 확신감 같은 것이 자리 잡고 있었다.

그런데, '신독'을 나의 운명과 섭세(涉世)의 방편으로 삼아 그대로 밀고 나가는 것이 가능하다는 것을 확실히 깨닫게 해준 사건이 생겼다. 그때는 내가 박사과정에 3년째 다니면서 여기저기 시간강사로 뛰어다니던 1978년 가을이었다. 어느 날 우연히 학교 신문철을 뒤지다가 당시로서는 보기 드물었던 '대학교수 공개 채용' 광고가 나 있는 것을 보게 되었다.

홍익대학교에서 국어교육학과의 전임교수를 뽑겠다고 공고를 한 것인데, 난 반신반의하면서도 서류를 일단 접수시켰다. 서류 마감일이 박두하여, 명함판 사진이 없어 급한 대로 카메라로 찍은 사진을 오려서 이력서에 붙였던 기억이 아직도 새롭다. 그때로서는 거의 승산이 없는 게임이었다. 이력서를 쓰다 보니 연령 란에 '만 27세'라고 쓰게 되었는데, 전임교수 시키기엔 너무 어린 나이인 것 같아 나는 더욱 희망을 걸지 않았다. 일종의 '역설적 의도'였다고나 할까.

서류를 보내 놓고 보니 거의 가망이 없다는 생각이 더욱 굳어졌다. 생각해 보니 홍익대에 아는 교수가 한 명도 없고(아무리 공채라고 하지만 역시 '연줄'은 중요하므로) 홍익대에 강사로 출강한 적도 없었기 때문이다.

그런데 내가 서류를 냈다는 얘기를 듣자 주변의 어른들이 도와주겠다고 나섰다. 이리저리 알아보니 우리나라 학계는 좁아서, 그쪽 교무처 당국이나 이사회 쪽에 나를 소개시키는 것이 가능하다는 것이었다. 나는 그때 꽤 고민했다. 그때나 지금이나 나는 취직 등의 일로 소위 '청탁(請託)'을 해본 일이 없었기 때문이다. 그래서 나는 그때에도 "이를 악물고서라도 홀로 삼가는 자세로 있어야만 일이 풀린다."는 막연한 신념을 견지하려고 노력했다. 그래서 그냥 될 대로 되라는 식으로 내버려 두고 아무한테도 아쉬운 부탁을 하지 않고 버텨나가기로 했다.

그런데, 이게 웬일, 정말 기적 같은 일이 일어나는 것이 아닌가? 홍익대 측으로부터 잠깐 들러 주었으면 좋겠다는 전화가 왔고, 나는 그래서 홍익대 교무처장과 인터뷰를 했다. 그것이 예선이었는지는 모르겠으나 곧이어 총장, 이사장 등 교무위원들과 인터뷰를 가졌고, 나는 덜컥 전임발령을 받게 되었던 것이다. 나중에 알고 보니 30대 1의 경쟁률이었다고 한다.

홍익대학교에 부임하고 나니 홍익대 사람들 가운데는 그토록 어린 내가 홍익대 강사 경험도 없이 전임 교수가 된 것을 보고, 무슨 굉장한 빽이라도 있어 된 것으로 생각하는 분들이 많다는 걸 알았다. 지방대학이라도 감지덕지 할 형편에서, 내가 그토록 사모해 왔던 '신촌의 야한 대학'인 홍익대학교의 식구가 순식간에 덜커덕 되어버리고 말았다는 것은, 다 내가 '신독'의 자세를 견지한 덕분이 아니었나 한다.

(1990)

이 한 장의 사진

— 내 생애 가장 행복했던 시절

이 사진은 내가 홍익대학교에서 근무하던 1980년에 어떤 학생이 찍어준 사진이다. 지금 내가 보면 샘이 날 정도로 아주 젊고 야한(?) 얼굴을 하고 있다. 그 때 나는 연극반 지도교수를 맡아 학생들과 함께 아주 열심히 연극을 했는데, 당시 어느 여학생이 찍어준 것 같다. 그 여학생은 미술대학 디자인과에 다니고 있었는데, 아주 얼굴이 예뻐서 내가 속으로 음탕한(?) 연심(戀心)을 품고 있던 여자였다. 그런데 그 여학생이 연극반 동아리 방에서 나를 불시에 찍어준 사진인 것이다.

지금 생각해보면 나는 나이가 너무 젊은 교수였다. 사진을 자세히 보라. 꼭 날라리 같지 않은가? 아닌 게 아니라 그때 나는 학생들에게 '존 레넌'같이 생겼다는 얘기를 많이 들었다. 나는 나이 28 세 때 홍익대학교 국어교육과 교수로 부임했다. 홍익대는 내가 그 전부터 '야한 학교'로 알고 있어서, 나는 첫 직장을 홍대로 잡을 수 있었다는 사실에 너무나 감격했다. 지금은 홍익대 앞 거리가 젊은이들의 '해방구' 역할을 하고 있다. 춤출 수 있는 클럽이 많고 멋진 카페도 와글와글 몰려 있다. 또 거리의 여인들이 모두 야하게 세련된 몸맵시를 자랑한다.

그때도 지금보다는 술집이 적었지만 거리의 낭만적이고 야한 분위기는 마찬가지였다. 그래서 나는 학생들과 어울려 거의 매일 저녁을 홍익대 앞 술집에서 술을 마시며 보냈다. 워낙 젊었는지라 아무리 술을 마셔대도 견딜만 했던 것이다. 그리고 연극반 학생들과 어울려, 여름방학과 겨울방학 때 꼭 산으로 바다로 놀러가곤 했다. 특히 제일 많이 찾아갔던 내설악과 해운대가 잊혀지지 않는다.

여학생과 사랑을 많이 했던 건 물론이었다. 내가 꼬드기지 않아도 여자애들이 줄줄이 들러 붙었다. 특히 미술대 여학생들이 많았다. 나를 감옥까지 가게 한 소설 『즐거운 사라』의 '사라'도 홍익대 서양화과 학생으로 나온다. '사라'가 너무나 파격적인 성 행동을 보여줘서 나를 잡아가기까지 했지만, 그 당시 홍익대엔 사라 같은 여학생이 무척 많았다. 그런 여자애들과의 교제 경험에 상상을 덧붙인 것이 바로 그 문제의 소설 『즐거운 사라』인 것이다.

정말 치기만만하고 한껏 발랄했던 시절이었다. 나는 강의를 할 때도 담배를 피우면서 강의했고, 학생들에게도 담배를 피울 수 있게 허락했다. 그래서 여학생들도 강의를 들으며 담배를 피워댔다. 미술대 여학생들과 친하게 지낼 수 있었던 건 내가 맡은 교양 과목에 그네들이 대거 몰려왔기 때문이다. 또 그 당시의 홍익대는 미술대 학생들이 전체 학생의 반을 차지했다. 미술대 학생들은 거의가 홍대 앞에 '작업실'을 따로 차린다. 그래서 나는 학생들의 작업실에서도 술을 같이 자주 마셨는데, 술에 취하고 낭만에 취하면 모두 다 홀딱 벗고서 어우러져 떠들어댔다.

다시 사진을 들여다본다. 지금의 나와 너무나 비교가 된다. 지금의 나는 머리카락이 많이 빠져나간 처량한 얼굴을 갖고 있다. 새삼 세월의 무게를 실감한다. 그래서 날 쫓아다니는 여학생이 한 명도 없다. 아……이 서글픈 중년(中年)……!

홍익대 재직 당시에 나와 가장 찐한 연애를 했던 여학생은 미술대 공예과에 다니던 K였다. 그녀 역시 연극반 회원이었다. 춤을 잘 춰서 뮤지컬 연극을 할 때면 언제나 주인공을 했다. 그녀와 함께 디스코텍에 놀러간 적도 물론 많았다. 가장 자주 찾아갔던 곳은 타워 호텔 나이트클럽이다. 당시엔 그곳이 가장 '물 좋은' 나이트클럽이었다. 그녀와 함께 애무를 곁들여 블루스 춤을 같이 추던 그때가 새삼 가슴 뭉클하게 기억 속에 떠오른다.

(2006)

그때
그 남산

예술이란 사실 어느 정도 허무주의적인 퇴폐와 절망 속에서 빛을 발하는 것이다. 1950년대의 예술인들은 전후(戰後)에만 맛볼 수 있는 허무의식과 퇴폐적 낭만을 '가난' 대신에 선물 받을 수 있었다. 그래서 공초(空超) 오상순 시인이 매일같이 나와 줄담배를 피우며 죽쳤다는 '청동(靑銅) 다방'이나 서른한 살에 요절한 박인환 시인과 낭만파 소설가 이봉구, 그리고 낭만파 성악가 임만섭 등이 매일같이 죽치며 담배연기를 뿜어댔다는 '동방(東方) 살롱' 같은 곳이 지금까지도 전설처럼 전해내려오고 있다.

그리고 대학생 시절의 전혜린이 자주 드나들었다는 클래식 음악다방 '돌체'나 막걸리집 '은성' 같은 곳 역시, 요즘은 도저히 꿈꿀 수 없는 구수하고 인정 어린 낭만의 장소였던 것이다.

나는 특히 박인환이 작사하고 이진섭이 작곡한 <세월이 가면>이란 샹송풍의 노래를 좋아한다. 그래서 혹시 노래방 같은 곳엘 가면 내 애창곡은 언제나 <세월이 가면>이 된다.

이봉구가 쓴 『명동, 그리운 사람들』이란 책을 보면, 박인환, 이진섭, 임만섭 세 사람이 당시 유행했던 '국산 위스키 시음장(試飮場)'에서 한창 술을 마시고 있다가 술김에 시흥(詩興)이 오른 박인환이 즉석에서 쓴 시가 바로 <세월이 가면>이라고 되어 있다. 그리고 그 시를 가지고 이진섭이 즉석에서 작곡을 하고 다시 임만섭이 즉석에서 노래를 불렀다는 것이다. 정말로 낭만적 향수를 느끼게 하는 정취어린 풍경이 아닐 수 없다.

지금 그 사람 이름은 잊었지만
그 눈동자 입술은 내 가슴에 있네

바람이 불고 비가 올 때면
나는 저 유리창 밖
가로등 그늘의 밤을
잊지 못하지

사랑은 가도
옛날은 남는 것……

으로 이어지는 <세월이 가면>은 비록 통속적 센티멘털리즘이 시의 바탕을 이루고 있다고는 해도, 박인환의 다른 난해한 모더니즘 시들보다 훨씬 빼어난 절창(絕唱)이 아닐 수 없다.

그들이 마셨다는 국산 위스키는 아마도 '도라지 위스키'였을 것이다. 나도 어렸을 때 도라지 위스키 병을 본 적이 있다.

한참 전에 가수 최백호가 오랜만에 재기하여 <낭만에 대하여>라는 탱고풍의 회고조(懷古調) 노래로 히트를 쳤을 때, 대다수의 젊은 사람들은 그 노래에 나오는 '도라지 위스키'가 무슨 뜻인가 하고 궁금해 했다. 그리고는 그것을 '도라지'를 원료로 만든 위스키라고 단정해 버리곤 하는 것이었다.

나는 이따금 그런 얘기를 들을 때마다 속으로 웃을 수밖에 없었는데, '도라지 위스키'는 단지 상표 이름일 뿐 도라지를 원료로 만든 술은 아니기 때문이다.

내가 예전에, 지금은 헤어진 전처(前妻)와 연애하고 있을 때 얘기다. 전처는 그때 남산 하얏트 호텔 근처의 이태원동에서 살고 있었다. 그래서 데이트를 할 때 하얏트 호텔 커피숍에서 만날 때가 많았다. 그리고 그 당시 남산 하얏트 호텔에서 가까운 이라크 대사관 건너편에는 '낡은 공책'이라는 아담한 카페가 있었다.

그래서 나는 호텔보다 값이 싼 '낡은 공책'을 찾는 날이 더 많았다. 그 카페에 내가 정붙이게 됐던 이유는, 물론 전처인 G가 처녀시절에 그 근방에 살고 있었다는 게 가장 큰 이유였겠지만, 나로 하여금 책에서나 봤던 1950년대의 허무와 퇴폐를 상기시켜 주는 곳이라는 점 때문이었다.

그곳에 모이는 사람들이 만들어내는 분위기는 흡사 전후(戰後) 명동 시절의 예술인들이 만들어낸 분위기와 일치하고 있었다. 1970년대

전반에 대학 시절을 보낸 나로서는 『명동, 그리운 사람들』이나 전혜린의 수필집 같은 책에 나오는 그때의 분위기를, 나는 그곳에서 상상으로나마 그려볼 수 있었다.

그리고 나는 '낡은 공책'이 위치하고 있는 '남산'이란 장소에 더 큰 애착과 향수를 느끼고 있었다. 내가 대학 시절에 데이트 장소나 산책 장소로 가장 애용했던 곳이 바로 남산이었기 때문이다.

물론 그때도 명동은 젊은 예술가 지망생들의 집합소였다. 생음악을 연주하는 카페나 생맥줏집, 막걸리집 같은 곳이 많았고, 지금 같은 상가 중심의 삭막한 거리가 아니었다. 그리고 '명동 예술극장'이 있어 예술인들의 상징적 메카 구실을 했다.

그런데 명동은 바로 남산 아래 기슭에 위치하고 있어서, 거기서 술을 마시다 보면 자연히 가까이 붙어 있는 남산으로 발길을 옮기게 되는 일이 잦았다.

특히 대학생 때는 데이트 자금이 많지 않아 처음부터 남산에 가서 시간을 보내는 일이 많았다. 소주 한 병에 번데기 한 봉지만 있으면 됐기 때문이다. 물론 날씨가 아주 추울 때는 불가능했지만 말이다.

서울예술전문대학 위에 있는 남산 약수터까지만 올라가도, 기암괴석(奇巖怪石)의 묘미(妙味)와 서늘한 계곡의 풍광(風光)을 소규모로나마 맛볼 수 있었다. 그 뒤 남산 순환도로가 생겨 약수터 바로 위를 지나면서 기암괴석들도 없어지고 약수터의 한적한 분위기도 사그라들게 되었다. 그것이 나는 어찌나 서운하고 분했는지 몰랐다.

남산 약수터가 빛을 잃고부터는 나는 남산 식물원 근처나 거기서부터 돌계단을 타고 꼭대기까지 올라가는 코스를 데이트 장소로 자주 애용하곤 했다. 어떤 때는 혼자서 산책할 때도 있었는데, 아무리 가도 싫증이 안 나는 장소가 바로 남산이었다.

아마도 그곳이 시내 한복판에 위치하고 있어, 산과 숲과 도회적(都會的) 정취를 함께 맛볼 수 있기 때문인 것 같았다. 나는 박인환 시인처럼 어쩔 수 없는 도시적 모더니스트요 댄디(Dandy)적(的) 센티멘털리스트였다.

서울 사람들은 요즘 남산을 아주 우습게 보는 경향이 있다. 말하자면 시골에서 올라온 촌사람들의 서울 견학(見學) 코스 정도로나 생각하는 사람이 많다. 하지만 정말 거지발싸개같이 부조화스럽고 을씨년스러운 도시인 서울 한복판에, 그래도 남산이 자리잡고 있다는 사실은 천만다행한 일이 아닐 수 없다.

대학 시절 이런 저런 여자들과 마구잡이로 만나던 때, 나는 남산을 주된 데이트 코스로 삼곤 했다. 돈이 안 든다는 점이 가장 큰 이유였고, 숲속에서 마음껏 애무를 나눌 수 있다는 점이 두 번째 이유였다.

내가 대학에 다닐 때는 남산 숲에 지금처럼 철책이 둘러져 있지 않았다. 그래서 어느 곳에든지 들어가 녹음 사이에 틀어박혀 짙은 애무를 나눌 수 있었다.

내 겉저고리가 주로 '포대기' 역할을 했는데, 그걸 벗어서 깔고 그 위에 여자를 누인 다음, 둘이서 부둥켜안고 키스나 오럴 섹스 등의 짙은 페팅을 나누곤 했다.

휘영청 둥근 보름달이 뜬 어느 여름날 밤, 나는 용기를 내어 훌러덩 벌거벗고 여자와 애무를 나눈 적도 있었다. 물론 여자도 나처럼 홀딱 발가벗어 주었고, 우리 둘은 전혀 창피한 줄을 모르고 젊디젊은 애욕

(愛慾)에 헐떡였다. 그때 나는 여자의 외모보다 '얼마나 신나게 벗어주느냐'에 더 큰 점수를 매겼다.

나는 남산과 명동에서 내 청춘 시절을 보내면서, 박인환 시인이 「목마(木馬)와 숙녀」라는 시에다 쓴 한 대목을 거듭거듭 마음속에 아로새겨두고 있었다. 그것은 다음과 같은 구절이다.

인생은 외롭지도 않고
그저 잡지의 표지처럼 통속하거늘
한탄할 그 무엇이 무서워서 우리는 떠나는 것일까
목마는 하늘에 있고
방울소리는 귓전에 철렁거리는데
가을 바람 소리는
내 쓰러진 술병 속에서 목메어 우는데…….

'목마'가 무엇을 의미하고 있는지는 아직도 잘 모르겠다. 우선은 권태로운 인생을 다람쥐 쳇바퀴 돌듯 끊임없이 반복적으로 돌아만 가는 '회전목마'에 비유한 것 같기도 하다. 그리고 생명체가 없는 한낱 조상(彫像)에 불과한 '목마'라는 허공 중의 허상(虛像)을 좇아, 평생을 발버둥치며 살아가야 하는 우리네 인생을 풍자적으로 조롱한 것 같다는 생각도 든다.

윗대목에서 가장 내 마음에 와 닿았던 것은, 사실 '목마'의 이미지가 아니라 '인생은 잡지의 표지처럼 통속하거늘'이라는 구절이었다.

인생은 정말 아무것도 아니고 별것도 아니다. 그런데도 우리는 '한

탄할 그 무엇이 무서워서' 자꾸 어디론가 떠나고(즉 도피하고) 싶어 하는 것이다. 도피의 장소는 헛된 명예가 될 수도 있고 헛된 부(富)가 될 수도 있고 헛된 애욕이 될 수도 있다.

그런데 남산이, 특히 지금 하얏트 호텔이 서있는 부근이 내 '추억의 창고' 가운데 가장 큰 용적을 차지하게 된 것은, 대학원에 다닐 즈음에 만나게 된 전처 G와의 '이혼으로 인하여 결국은 이루어지지 못한 사랑'과 관련되어 있다.

나는 G하고의 짜증스런 이별을 이제는 낭만적으로 서글퍼하면서, 박인환의 시 <목마와 숙녀>에서 가장 고급한 센티멘털리즘을 보여주는 구절인 '가을 바람 소리는 내 쓰러진 술병 속에서 목메어 우는데……'를 온몸으로 체감(體感)하곤 한다. 그리고 G가 살던 집이 바로 '낡은 공책' 맞은편 자리에 있었던 것을 새삼 상기하게 된다.

그때는 지금의 하얏트 호텔이 부티 나게 호화로운 시설을 뽐내며 갓 생겼을 때였다. 그래서 하얏트 호텔 지하층에 새로 생긴 나이트클럽인 '제이 제이 마호니즈'엔 첨단의 멋과 사치를 과시하는 관능적인 미녀들의 출입이 잦았다. 그저 보기만 해도 성욕이 충족될 만큼, 그네들은 한껏 화려하게 꾸미고서 열렬히 몸뚱어리를 흔들어댔다. 그러나 하얏트 호텔 근처의 동네는 지금처럼 화려한 장소가 아니어서 술집이나 의상실 같은 곳이 한두 군데밖에 없었다. 그 한적한 맛도 또한 괜찮았다.

또한 외국 대사관저가 드문드문 들어서 있어 왠지 모를 익조티시즘(exoticism)을 느끼게 해주었는데, G의 집은 하얏트 호텔 자리 바로 앞에 있던 필리핀 대사관 밑에 있었다.

나는 G를 보자마자 반해서 질깃질깃 한없이 쫒아다녔다. 그러다 보니 G가 나를 외면할 때는 저녁때마다 G의 집 앞에 우두커니 서서 그녀가 귀가할 때를 기다리는 시간이 많았다. 그리고 그녀가 혹 동정심이라도 베풀어 나를 시큰둥한 태도로 만나줄 때는, 그녀를 바래다주기 위해 G의 집이 있는 남산 아래턱으로 가는 일이 많았다.

G는 그때 이미 3년 연상의 애인이 있어 한 살 위밖에 안 되는 나를 금세 받아주지 않았다. 그때는 여자가 동년배의 남성과 연애하는 것이 지극히 비정상적인 일로 간주되던 시절이었기 때문에 더 그랬다.

G를 처음 본 것 역시 명동에서였다. 그때 나는 명동에서 젊은이들이 많이 몰리는 술집으로 유명했던 막걸리집인 '할머니 집'에 자주 드나들고 있었다. 그때까지만 해도 젊은이들은 소주보다 막걸리를 더 마셨다. 물론 돈에 여유가 있을 때 생맥주를 즐겨 마시는 것은 요즘 젊은이들과 똑같았다.

'할머니 집'은 '파전'이 유명했다. 요즘처럼 밀가루에 달걀을 많이 섞어 만드는 파전이 아니라, 달걀을 넣지 않고 밀가루에 녹두를 조금 섞은 뒤 파 · 홍합 · 조갯살 같은 것을 많이 넣어 만드는 파전이라서 맛이 아주 담박했다.

그날 나는 내가 시큰둥한 마음으로 권태를 느껴 가고 있던 한 여자와 파전을 안주로 막걸리를 마시고 있었다. 그런데 맞은편 탁자에서 웬 남자랑 얼싸안고 앉아 술을 마시고 있던 G를 보자마자, 그만 홀라당 반해 버리고 말았던 것이다.

나는 그때나 지금이나 얼굴에 핑크빛 파운데이션을 짙게 바른 여자한테는 맥을 못 춘다. G의 피부는 정말 진한 화장으로 도배되어 있었다. 그래서 옆에 앉아 있는 내 애인(?)과 그녀를 자꾸 비교해 보게 되었는데, G의 얼굴이 인공미(人工美)의 극치였다면 내 애인의 얼굴은 밋밋한 자연미로만 다듬어진 얼굴이었다. 사실 내가 사귀고 있던 여자도 비교적 진한 화장을 하고 있었다. 그러나 G의 대담무쌍한 화장과는 도무지 '게임'이 되지 않았던 것이다.

그날 나는 내 옆에 있던 여자한테는 완전히 정이 떨어져버렸고 오직 G에게로만 눈길이 갔다. 남자든 여자든 어떤 이성에 대한 강렬한 '탐미적 경탄'의 경험을 갖게 되면, 아무리 오랫동안 같이 지내왔던 전(前)의 애인이나 배우자라 할지라도 금세 잊어버리게 된다는 게 내가 체험으로 알고 있는 상식이다.

'제 눈의 안경' 때문이든 스탕달이 「연애론」에서 이름 붙인 '결정작용(結晶作用 : Crystalization)' 때문이든 인간의 사랑이란 원래 변덕스럽게 되어 있다. 스탕달이 명명한 '결정작용'이란 말은 일단 사랑의 감정에 깊숙이 빠져 들어가게 되면 상대방의 미점(美點)에만 집착하게 되는 상태를 가리킨다.

지금 생각해 보면 그때 G는 요즘 한창 뜨고 있는 퀸카 여배우들만한 외모를 갖고 있진 않았다. 물론 대담한 화장술이 요즘의 야한 여자들과 같다는 것만은 틀림없었다. 그러나 얼굴 윤곽이나 몸매에 있어서는 요새 미녀들보다 꽤 아래였다. 그때만 해도 여자나 남자의 '키'를 그렇게 따지지 않을 때였기 때문이다. 그때는 키나 몸매보다 '얼굴'만을 중요시했다. 그래서 그녀는 요즘 기준으로 보면 S 라인의 몸매를 가진 늘씬한 여자는 아니었다.

그런데도 내가 G에게 반해버렸던 것은 그녀가 당시 기준으로는 미녀에 속했고, 꽤나 짙게 화장을 하고 있었기 때문이다. 게다가 G는 그때로서는 보기 드물었던 아주 두텁고 커다란 귀고리, 팔찌, 그리고 여러 개의 반지와 그때나 지금이나 보기 드문 장신구인 암릿(armlet: 위쪽 팔 중간에 두르는 팔찌)으로 멋을 내고 있었다. 몸을 인공적으로 야하게 꾸미는 '반(反)자연적 미(美)'는 그때나 지금이나 내가 여자의 짙은 화장 다음으로 중요하게 치는 매력의 포인트였던 것이다.

그날 이후로 나는 G를 잊을 수 없었다. 그런데 그때만 해도 젊은이들이나 멋쟁이들이 명동에 주로 몰려들었는지라, 나는 얼마 후 G를 다시 명동에서 만나 볼 수 있었다. 내가 큰 맘 먹고 혼자 가서 술을 마시고 있던 '아방가드르'라는 이름의 스탠드바에서 그녀 역시 혼자 와 술을 마시고 있었던 것이다. 그래서 나는 평소의 두제곱 세제곱으로 용기를 내어 그녀에게 말을 붙였고, 서로 통성명을 한 후 연락처를 교환하는 데까지는 성공했다.

그러나 G는 자기에겐 이미 애인이 있다고 하면서 나의 프러포즈를 받아주지 않았다. 아주 가끔 심심할 때마다 친구(또는 1년 선배)로는 만나 줄 수 있다는 대답이었다. 그래서 나는 내심 크게 낙담할 수밖에 없었다. 하지만 어쨌든 '시작이 반'이라고, 나는 그녀와의 절묘한 상봉이 가져다준 '인연'에 미련스런 기대감을 갖게 되었다.

그날도 나는 술을 다 마신 후 싫다는 G를 억지로 집에까지 바래다주었다. 큰 맘 먹고 택시를 태워 그녀의 집 앞까지 갈 때, 나는 남산 중턱을 끼고 나 있는 남산 관광도로의 풍광과, 관광도로 끄트머리에 있는 그녀의 양옥집이 그렇게 익조틱(exotic)하고 아름다워 보일 수가 없었다.

나는 그때까지 남산의 북쪽 기슭과 식물원에서 팔각정까지 나 있는 돌계단 길을 산책로로 애용했을 뿐, 남산의 남쪽 기슭에 나 있는 관광도로를 산책 코스로 택한 적이 거의 없었기 때문이다.

그 이후로 나는 G의 집에 자주 전화를 했고, 또 문패에서 봐뒀던 주소로 구애의 편지도 자주 보냈다. 그렇지만 그녀는 나의 사랑을 쉽사리 받아주지 않았고, 그래서 나는 혼자 그녀의 집 근처를 서성거릴 때가 많았다.

어떤 때는 명동에서부터 남산 약수터가 있는 쪽으로 올라가 남산도서관을 거쳐 지금 하얏트 호텔이 있는 곳까지 그대로 걸어간 적도 많았다. G가 사는 집 부근을 걸어간다는 사실이 나한테는 너무나 낭만적인 감상(感傷)을 맛보게 해주었고, 그래서 더욱 남산에 정을 붙이게 했다.

내가 요즘에도 남산 남쪽 기슭에 있는 하얏트 호텔을 자주 찾는 까닭은 여기에 있다. 내 청춘의 많은 부분을, — 비록 한참 뒤에 가서 피치 못해 이혼하게 되었지만 — 내가 오랫동안 G에게 바쳤던 사랑의 추억을, 남산이 차지하고 있기 때문이다.

G는 내가 지나치게 열을 내는 듯 싶자 결국은 완전한 절교를 선언해 왔다. 그녀가 나를 절대로 만나주지 않자 나는 그녀의 집을 직접 찾아가는 일이 많았다. 그럴 때마다 G의 집에서는 그녀의 남동생이 나와 무조건 G가 없다는 말로만 일관했다. 그런데 G쪽에서 하도 그렇게 야멸차게 나오니까 나도 은근히 화가 났다.

그래서 나는 어느 날 저녁 늦게 술에 잔뜩 만취된 힘을 빌려, 그녀의 집으로 가 대문을 발길로 뻥뻥 차며 소리를 질러댔다. 그러자 G의 집에서는 뜻밖의 강경대응으로 나왔는데, 곁에 있던 필리핀 대사관 경비실에다가 전화로 연락을 한 것이다. 외국 대사관에는 한국 경찰이 한

두 명씩 파견 나와 경비를 서주고 있었고, G의 집에서는 그 경찰 아저씨들의 신세를 가끔 지고 있는 모양이었다.

그래서 나는 대사관 경비경찰한테 속절없이 끌려갈 수밖에 없었다. 그리고 그들이 소란죄로 나를 정식 고발하겠다고 엄포를 놓자 술이 확 깨면서 싹싹 빌지 않을 도리가 없었다. 그때나 지금이나, 한국같이 무식한 사회에서의 '공권력'이란 내겐 언제나 막연한 공포의 대상이 될 수밖에 없었던 것이다.

그 사건 이후로 나는 G를 일단 단념할 수밖에 없었다. 그리고 그녀의 무지막지한 냉대(冷對)에 은근한 분노감마저 치미는 것이었다. 하지만 지금 생각해보면 그때의 사랑이 젊었을 때나 벌일 수 있는 치기 어린 낭만적 해프닝이었던 것만은 틀림이 없다.

아무튼 그녀와의 연애가 살갗접촉조차 못 가진 상태에서 성사되지 않았기 때문에, 나는 그 후로도 오랫동안 그녀에 대한 '정신적 사랑'을 유지시켜나갈 수 있었다. 남녀 간의 육체적 접촉은 사랑에 가속도(加速度)를 붙여주긴 하지만, 반면에 상대방을 쉽사리 잊게 하는 심리적 메커니즘이 작동하도록 만드는 일면이 있기 때문이다.

최근 내가 소속돼 있는 사교 클럽이 하얏트 호텔에서 정기적인 모임을 가져 하얏트 호텔에 자주 드나들게 되면서, 나는 자꾸 G에 대해 무작정 짝사랑의 열병을 앓았던 과거 시절을 반추해보게 되었다. 그래서 한 번은 그녀가 살던 집 앞을 서성거려 보기도 했다.

집은 다행히 헐리거나 개축되지 않고 옛 모습 그대로 서 있었다. 그러나 문패에 적혀 있는 이름을 보니 G의 부친 이름이나 성(姓)이 아니었다. 그리고 그 집 위 큰길 가에 있던 필리핀 대사관도 다른 데로 이사를 가 없어져 버렸고, 그 건물은 커다란 고급 의상실로 변해 있었다.

다시 옛날로 돌아가 경과보고를 한다면, G와 나 사이의 인연의 굴레는 질기고도 끈적끈적했다. 내가 구애(求愛)와 단념을 몇 번이나 반복하고 나서, 그리고 그녀도 애인을 몇 번이나 바꾸고 나서, 우리는 드디어 늦은 나이에 결혼하게 되었으니 말이다. 하지만 그녀와 나는 결혼생활을 얼마 못한 채 각자 씁쓰레한 마음을 부여안고 갈라서게 되었다.

그래서 나는 그녀와의 결혼생활을 추억하기가 싫다. 그러나 신기하게도 그녀와의 기나긴 투쟁(?)의 역사로서의 연애 시절은, 늘 가슴 뭉클하고 달착지근한 추억으로 떠오르는 것이다. 세월은 미움도 사랑으로 변하게 하는 힘을 갖고 있는 것 같다.

요즘도 나는 차츰 늙어가는 센티멘탈한 연애감정과 로맨틱한 감성을 되찾기 위해 남산을 오르곤 한다. 달착지근한 과거의 추억만큼이나 우리의 마음을 위로해주고 젊게 만들어주는 것도 달리 없기 때문이다.

(2010)

연세대학교 국문학과 교수 취임 전후

홍익대에서 5년 동안 근무하다가 나는 1984년 봄에 연세대학교로 직장을 옮기게 되었다. 사실 나는 연세대로 가고 싶은 마음이 그렇게 간절하진 않았다. 너무나 보수적인 학과(學科) 교수 사회의 풍토 때문이었다. 그런데 연세대 국문학과 은사 교수님 두 분이 홍익대로 친히 방문하셔서 내게 연세대 국문학과 교수로 오라고 권유하시는 걸 차마 거절할 수가 없었다. 그래서 나는 정이 들대로 들은 홍익대를 떠나게 되었는데, 그때 홍익대 학생들, 특히 국어교육과 학생들과 내가 지도교수를 맡고 있던 연극반과 보컬반(블랙 테트라) 학생들이 몹시도 서운해 하던 모습이 지금도 눈에 선하다.

홍익대 총장님도 내가 홍익대를 떠나는 것을 퍽 아쉬워했다. 나는 그때 홍익대에서 실력 좋고 잘 가르치고, 학생들과 격의 없이 지내는 좋은 선생으로 인정받고 있었기 때문이다.

내가 연세대로 직장을 옮긴 것은 홍익대가 연세대보다 못한 대학이라고 생각해서가 아니었다. 우선 연세대의 은사 및 선배교수들이 나를 적극적으로 스카우트하려고 했던 게 첫째 이유였고, 둘째는 연세대학교가 역시 나의 모교요 고향이기 때문이었다. 한국의 모든 대학교수들은 대개 강렬한 '귀소본능'이 있다. 그래서 늘 모교가 자기를 교수로 불러주기를 간절히 원하는 것이다.

아무튼 홍익대 교수시절 5년 동안은 내 청춘시절의 황금기였다. 연세대로 가서도 나는 '아직은 젊은 교수'에 속했는지라 여학생들과의 로맨스가 꽤 많았지만, 홍익대에서만큼 마음 편히 여학생들과 연애해본 적은 없었다. 동료 교수들의 삼엄한 감시도 원인으로 작용했다. 내 연구실이 찾아온 여학생들로 들끓는다는 소문이 나자, 몇몇 선배 교수는 노크도 하지 않고 내 연구실 문을 벌컥벌컥 열어보며 점검을 하기까지 했다.

홍익대는 학생들뿐만 아니라 교수들도 거의 다 야하고 화통했다. 작은 학교라서 무엇보다도 아주 가족적이었다. 그래서 교수들끼리 호방한 술자리를 가진 적도 많았는데, 연세대에 가서는 그런 '놀자판' 술자리를 교수들과 가져본 적이 없다. 홍익대는 특정 이념을 거창하게 표방하는 대학이 아니었고, 연세대는 골수 기독교 대학이라서 그런지도 모른다.

또 기억에 좋게 남아있는 것은, 홍익대에서는 학과(學科) 내부에서의 '파벌 싸움' 같은 게 전혀 없었다는 사실이다. 연세대 국문학과는 언제나 파벌싸움이 심하고 '권력싸움'이 치열했다. 그래서 나처럼 '홀로 가기'를 좋아하는 사람은 늘 '왕따'가 될 수밖에 없었다. 그래서 나는 나이가 많아 고참이 된 지금도 연세대 국문학과의 '왕따 교수'로 지내고 있다. 하지만 그게 억울하지도 않다. 오히려 혼자라 편해서 좋다.

(2012)

그래도
살라는
즐겁다
마광수

'노동 해방'을 위한 투사
'군사 독재'에 항거하는 투사 등
우리나라엔 많은 투사들이 있었다

그러나 '위선'에 맞서는 투사는
별로 없었다
그것이 얼마나 필요한지를 몰랐다

–시 「나는 위선에 맞서는 투사」에서

35세의 봄

매년 새봄을 맞이할 때마다 내 마음은 퍽 착잡해진다. 생일이 4월 14일이기 때문에 나이를 한 살 더 먹게 되는 때가 바로 봄이기 때문이다. 내가 태어난 해는 1951년. 한국전쟁 때 1 · 4 후퇴로 이리저리 쫓겨 다니다가 어느 시골 객지에서 어머니는 나를 산파도 없이 낳으셨다. 그래서 나는 한창 전쟁통이라 어머니 뱃속에 있을 때부터 못 먹었고, 나온 뒤에도 어머니가 영양 부족이라 모유 한 방울 못 먹고 억지로 겨우겨우 자라났다. 우유가 있을 리 없었으니, 내가 먹고 자란 것은 좁쌀미음뿐. 더군다나 산후조리를 제대로 못했기 때문에 어머니는 그 이후로 계속 산후병으로 시달렸다. 그래서 4월만 되면 어머니는 온몸이 더 쑤시고 아프다고 호소하며, "널 낳고 나서부터 이렇게 아프다"는 말을 곧잘 하시는 것이다.

올해(1986) 나는 만으로 서른다섯이 된다. 작년까지는 "아직 서른네 살이니 30대 초반이야" 하면서 젊은 치기(稚氣)를 가지고 매사에 대들고, 가끔씩 어린애 같은 재롱을 피워대기도 했는데, 이제부터는 불혹의 나이로 달려가는 셈이니 그렇게 어린 흉내도 못 낼 것 같다.

작년까지 나는 극단적인 자유로움을 추구하려고 노력했다. 이성보다는 본능을 더 중요시했고, 솔직한 배설, 자유분방한 배설만이 문학의 정도(正道)라고 믿었다. 그러나 올 봄부터는 그러한 패기발랄한(혹은 그러한 태도를 위장하는) 자세가 조금씩 흔들릴 것 같은 예감이 든다. 내 생활에 구체적인 변화가 왔기 때문이다.

작년(1985) 말에 난 조금은 늦은 혼인을 했다. 그러니 올해부터는 가장으로서의 임무가 나에게 주어진 셈이다. 될 수 있으면 혼자서 자유롭게 사랑하고, 글 쓰고, 술 마시고, 떠들며 한평생 지내보려고 생각했는데, 운명은 나를 안정된 가정 속으로 이끌어주었다. 머리가 슬슬 빠지기 시작하면서 '아, 이제는 나도 늙었으니 결혼을 하긴 해야겠구나' 하고 막연히 생각하기 시작했는데, 그만 그것이 갑작스러운 현실로 닥친 것이다.

상습적으로 몰려오는 외로움을 극복하기 위한 방법으로 결혼은 가장 좋은 해결책이라고 생각한다. 더 늦게까지 버티고 있어봤자, 육체적 본능의 욕구가 정신적 대상물(代償物)을 찾게 되어 이중적인 자기 은폐에 빠지고 말 것 같기 때문이다. 나만은 무언가 예외에 속한 사람이 되고 싶었는데, 결국은 상식적인 생활인이 되어버리고 말았다는 것이 조금 섭섭하기도 하지만, 그래도 늙어 죽을 때까지 젊은 체하며 정신적 기백을 자랑해 대는 추루(醜陋)함보다는 훨씬 낫다고 생각한다.

그래서 이 봄은 더욱 각별한 느낌으로 내게 다가온다. 어머니의 산후병을 더욱 이해할 수 있을 것도 같고, 가족주의(家族主義)에 빠져드는 많은 지식인들의 소시민적 태도를 납득할 수 있을 것도 같고, 안도(安堵)도 단란(團欒)도 만나볼 수 있게 될 것 같다. 그리고 무엇보다도 '나이 먹는 것'을 두려워하지 않고 차분하게 오묘한 생활의 섭리에, 삶이 주는 평범한 진리에 빠져들게 될 것도 같다.

이제 사치스런 반항도, 폭음(暴飮)도 없어질 것이다. 사주팔자에 이끌려가는 착하디착한 서민적 삶이 나를 기다려줄 것이다. 물론 과거에 잠깐씩은 신났던 감미로운 사랑의 추억들이 추억되지 않는 것은 아니다. 행복으로 빛나던 짧은 예감들이 그립지 않은 건 아니다. 하지만 그래도 나는 이제부터는 덜 삭은 젓갈이나 덜 익은 김치보다는, 푹 곰삭은 젓갈이나 김치를 사랑하게 될 것 같다. '잘 먹고 잘 살려고' 노력하는 것을 창피하게 생각하지 않게 될 것도 같다.

올 봄의 이런 변화들 때문에 지금의 내 마음은 착잡하다. 하지만 이러한 착잡함이 기분 나쁘지만은 않다.

(1986. 3)

나를 풍파 속으로 내몬 시

—「나는 야한 여자가 좋다」

나는 야한 여자가 좋다

나는 야한 여자가 좋다
꼭 금이나 다이아몬드가 아니더라도
양철로 된 귀걸이나 목걸이, 반지, 팔찌를
주렁주렁 늘어뜨린 여자는 아름답다
화장을 많이 한 여자는 더욱더 아름답다
덕지덕지 바른 한 파운드의 분(粉) 아래서
순수한 얼굴은 보석처럼 빛난다
아무것도 치장하지 않거나 화장기가 없는 여인은
훨씬 덜 순수해 보인다 거짓 같다

감추려 하는 표정이 없이 너무 적나라하게 자신에 넘쳐
나를 압도한다 뻔뻔스런 독재자처럼
적(敵)처럼 속물주의적 애국자처럼
화장한 여인의 얼굴에선 여인의 본능이 빛처럼 흐르고
더 호소적이다 모든 외로운 남성들에게
한층 인간적으로 다가온다 게다가
가끔씩 눈물이 화장 위에 얼룩져 흐를 때
나는 더욱 감상적으로 슬퍼져서 여인이 사랑스럽다.
현실적, 현실적으로 되어
나도 화장을 하고 싶다
분으로 덕지덕지 얼굴을 가리고 싶다
귀걸이, 목걸이, 팔찌라도 하여
내 몸을 주렁주렁 감싸안고 싶다
현실적으로
진짜 현실적으로

나의 시 「나는 야한 여자가 좋다」는 1979년에 『문학과 지성』지(誌)에 발표한 작품이다. 발표 당시에는 별 반응이 없이 묻혀 있다가, 1989년에 이 시를 내 에세이집 제목으로 쓰자 폭발적인 반응이 터져 나왔다. 그러니까 얌전한 연세대학교 교수로 학교 연구실에 처박혀 있던 나를 떠들썩한 저잣거리로 내보낸 첫 작품이라고 말할 수 있다.

에세이집 『나는 야한 여자가 좋다』에는 「나는 야한 여자가 좋다」라는 제목의 에세이가 수록되어 있지 않다. 단지 이 시가 표지 왼쪽 날개에 적혀 있을 뿐이다. 첫 에세이집을 내게 되어 이것저것 잡탕 원고들을 긁어모아 한 권 분량으로 만들고 나자, 막상 에세이집에 붙일 적합한 제목이 생각나지 않았다. 그래서 이것저것 여러 제목들을 만들어 보다가 결국 제목으로 정하게 된 게 이 시의 제목이다.

나는 그저 아무 생각 없이 낸 에세이집이었는데도 『나는 야한 여자가 좋다』는 불티나게 팔려나가 금세 베스트셀러가 되었고, 아울러 이 시도 논란의 도마에 오르게 되었다. 몇몇 평론가들이 이 시를 분석하는 글들을 써서 발표했고, 아직도 이 시는 인터넷의 바다 속을 떠다니며 내가 쓴 다른 시 「가자, 장미여관으로」와 함께 내 대표작처럼 되어 버렸다.

에세이집 『나는 야한 여자가 좋다』는 많이 팔리기도 했지만 욕도 많이 얻어먹었다. 심지어 이 책을 반박하는 책이 출간될 만큼, 나는 '천하의 역적'이 되고 말았다. 또 내가 재직하고 있던 연세대학교에서는 교수의 품위를 떨어뜨리는 불량 도서를 냈다는 이유로 나를 징계처분하기까지 했다.

그러니까 시 「나는 야한 여자가 좋다」는 나를 처음으로 세상의 거친 풍파 속으로 내몬 작품이라고 할 수 있다. 이 작품에 대한 반발세력들의 험담 때문에 나는 몇 해 후인 1992년에 소설 『즐거운 사라』가 야하다는 이유로 긴급체포까지 당하며 감옥살이를 하게 되고, 또 직장에서도 쫓겨났으니 말이다. 세상에 내던진 첫 화두로서의 이 시가 나의 한평생을 지배하게 된 셈이다.

(2011)

그래도 나는 야한 여자가 좋다

—『나는 야한 여자가 좋다』 구설 시말기(口舌 始末記)

1989년 1월 20일자로 초판이 나간 내 첫 수필집『나는 야한 여자가 좋다』의 출간은 정말로 우연히 이루어졌다. 나는 그때까지 시집이나 논문집 등의 저서는 몇 권 선보였으나 수필집은 한 번도 내본 적이 없었다. 그래서 비록 짤막한 글들일망정 그것을 한데 묶어 책으로 내보자는 출판사측의 제의를 아무런 생각 없이 받아들였고, 주섬주섬 여기저기 흩어져 있는 원고들을 모아 이럭저럭 책 한 권의 분량이 되도록 꾸며 보았던 것이다. 내가 워낙 게을러 스크랩을 안 해 두는 탓에 원고 준비 기간만 한 서너 달이 걸렸다.

마지막 교정을 보는 순간까지도 나는 부끄러움과 불만을 많이 느껴, 팔린다는 것은 기대조차 하지 못했다. 그때까지 내가 펴냈던 책들이 천 부를 넘어 본 적이 없었기 때문이다. 고등학교 때 쓴 수필이나 콩트들로부터 1988년에 이르기까지 근 20년에 걸쳐 써 놓은 글들이었기 때문에, 내용에 중복도 많았고 또 요즘 세태와는 다른 분위기의 글들도 많았다.

교정을 다 보고 난 다음에도 출간에 이르기까지 우여곡절이 많았다. 내가 처음 계약했던 출판사는 대학 후배가 경영하는 Y출판사였는데, 회사 경영의 부실로 사장이 잠적해 버리는 바람에 또다시 다섯 달을 끌었던 것이다. 자유문학사에서 그 소식을 듣고 지형을 인수하여 책으로 만들어 내기까지 1년 가까운 시간이 소요된 셈이다. 글쎄, '한 송이 국화꽃'을 피우기 위하여 그토록 오랜 기간이 필요했던 것일까?

책 제목을 정할 때도 무척 고심했다. 잡다한 내용을 한데 뭉뚱그려 대표할 만한 제목이 얼른 떠오르지 않았기 때문이다. 여자의 긴 손톱에 대한 내용의 글들이 많아서 처음에는 '손톱'으로 정하고 표지에도 내가 손톱 그림을 그려 넣었다. 그런데 출판사측에서 '손톱'은 아무래도 싱겁고 일반 독자들에게는 잘 이해가 가지 않을 것 같다는 얘기가 있어 이것저것 떠올려 보다가, 결국 자유문학사 편집부에 근무하는 여류시인 남궁현순 씨의 강력한 권유로 '나는 야한 여자가 좋다'라는 제목으로 낙착을 보게 되었던 것이다. 이 제목을 붙인 까닭은 책 안에 '야하다'는 단어나 야한 데 대한 이야기들이 많이 나올 뿐더러, 그것이 내가 1979년에 『문학과 지성』지에 발표했던 시의 제목이기도 했기 때문이었다. 이 제목이 그토록 많은 논란과 화젯거리가 되리라고는 전혀 예상하지 못했다.

'제목'이 화제의 대상이 되었다고 내가 말한 까닭은, 많은 사람들이나 매스컴 등에서 내 책에 관해서 언급할 때 내용을 자세히 읽어 보지도 않은 채 제목만 가지고 비난한 글을 여러 번 보았기 때문이다. 어떤 문학 잡지를 통해 내가 읽어 본 어떤 글에서는 내용에 대해선 한 마디 언급도 없이 제목만 가지고 서너 페이지가 넘게 공격을 퍼부어 대고 있었다. 그 문학평론가는, '야한 여자'가 좋다는 것은 결국 '야한 여자들'이 좋다는 얘기가 아니냐, 그러면 이 여자 저 여자하고 마구 놀아나겠다는 얘긴데 그게 말이나 되는 얘기냐 하는 식으로 흥분하고 있었다. 아무튼 이 제목이 그토록 비도덕적이고 관능적인 느낌을 준다고는 도저히 생각할 수 없었다.

수필집의 서문에서도 밝혔다시피 나는 '야하다'를 '야(野)하다'의 뜻으로 사용하여 허위의식이나 위선에 빠지지 않고 본능에 비교적 솔직한 사람을 가리키는 데 쓰고 있기 때문이다. 또 사실 야한 여자를 '성에 헤픈 여자'라거나 '천박한 여자'의 뜻으로 사용하는 사람들이 많다는 걸 나는 잘 몰랐다. 그저 화려하게 몸을 꾸미거나 좀 자유로운 생각을 가진 사람을 가리킬 때 쓰는 말로만 알았다. 지금도 난 그 생각에는 변함이 없다. '옷이 야하다' '화장이 야하다'고 할 때, 그저 '화려하고 관능적이다'의 의미 정도로 쓸 뿐이지 '성에 문란하다'의 뜻으로 사용하는 사람이 과연 몇 명이나 될까?

그런데 나의 글에 대해서 공박하는 글들을 보니 거의 전부가 야한 여자를 천박한 여자, 부도덕한 여자, 사치와 방탕에 빠져 있는 여자 등의 뜻으로만 쓰고 있었다. 아직도 나는 왜 '야하다'는 말이 그런 의미로 통용되어야만 하는지를 잘 알 수 없다. 아마도 이 시대의 도덕군자들은 '관능적인 것'은 무조건 소돔과 고모라 식의 극단적 퇴폐풍조와 통하는 것이라고 오해하고 있는 모양이다.

처음에는 책이 잘 나가 상당히 기분이 좋았다. 어느 누구라도 자기 책이 많이 읽혀지는 것을 마다할 사람은 아마 이 세상에 없을 것이다. 책이 많이 팔리니까 내가 상업주의자라고 욕하는 분들이 많았는데, 아무리 고상한 학술서적이라도 많이 읽히기를 바라는 건 마찬가지다. 모든 '발표 행위'는 일단은 '상업주의적 의도'를 내포하지 않을 도리가 없는 것이다.

독자의 반응도 상당히 좋은 편이었다. 내 책상에는 소위 팬레터 비슷한 것들이 쌓여 갔고 여기저기서 칭찬과 격려의 말을 얻어 듣게 되었다. 그런데 책이 나온 지 서너 달쯤 지나면서부터 갑자기 몇몇 군데서 신경질적인 거부반응이 나타나기 시작했다. 그것은 합리적인 비판이라기보다는 거의 욕설에 가까운 것들이 대부분이었다. '변태성욕자의 몸부림' '남성우월주의의 횡포' '여성의 상품화를 부추기는 글' '5공 독재정권이 길러 낸 종마(種馬)' '퇴폐적 부르주아의 망상' 등이 그 내용들 가운데 눈에 띄는 말들이었다.

그 다음부터 재미있는 현상이 벌어지기 시작했다. 게다가 『문학사상』 1989년 5월호부터 관능적 상상력의 해방을 주제로 하는 장편소설 『권태』를 연재하기 시작하고, 시선집 『가자, 장미여관으로』를 출간한 다음부터 구설이 더욱 분분해졌다. 특히 '가자, 장미여관으로'라는 제목이 또 말썽이 되었던 것이다. 그 제목 역시 1985년에 시 전문지인 『심상(心象)』에 발표했던 시의 제목을 딴 것이었는데, 그 때는 아무 반응이 없다가 갑작스레 화제가 되고 이러쿵저러쿵 말이 많아졌다. 우리나라에서는 상징이나 비유, 또는 상상력에 대해서 너무나 이해가 부족하다는 생각이 들었다.

내게 대한 비난은 '마광수의 야한 여자론을 비판한다'라는 부제를 달고 모씨가 출간한 『단지 그대가 여자라는 이유만으로』가 나옴으로

써 절정에 달했다. 또 모 교수는 「나는 야한 여자가 싫다」라는 글을 연재하기도 했는데, 그러다가 나는 '징계'의 뜻으로 연세대에서 1989년 2학기의 강의를 못 맡게 되는 지경에 이르렀다.

먼저 나는 내 수필집이 '여성학'이나 '현대의 성윤리'와 같은 거창한 제목을 붙일 수 있는 체계적이고 논리적인 학술서적이 아니라 '수필집'이라는 점을 강조하고 싶다. 물론 수필이라는 장르는 소설이나 시와는 달라서 허구적 사실이 아니라 자신의 체험이나 사색을 바탕으로 쓰여지는 것이지만, 역시 문학은 문학인 것이다.

내 수필집에는 성 문제나 야한 여자에 관한 이야기 말고도 노장 사상에 바탕을 둔 이야기들이 많고, 또 문학관이나 인생관, 또는 처세관에 대한 글도 많다. 그런데도 나를 공박하는 글에 단골로 인용되어 오르내렸던 것이 거의 몇 개의 문장에 한정되어 있었다는 것은 참으로 이해할 수 없는 일이다.

그리고 나에 대한 비난 중에서 '성을 상품화하고 있다'는 내용도 상당히 많았는데, 거기에 대해서 나는 이렇게 반문하고 싶다. 이 시대에 과연 '상품화'되지 않은 게 어디 있냐고 말이다. 학벌이나 경력 · 외모 등이 폭넓게 말해서 모두 다 '상품화'되고 있다. 또 그래서 자유 경쟁 체제가 발전하는 것이다.

성의 중요성을 강조했다고 해서, 그것이 곧 좁은 의미에 있어서의 성의 상품화, 즉 매춘(賣春)을 의미하고 있는 것은 아니지 않은가? 나는 내 수필집에서 '여성을 상품화하자'는 내용의 글을 단 한 줄도 쓴 적이 없다. 다만 나는 야한 여자를 좋아한다는 것, 특히 관능적 백치미를 가지고 긴 손톱에 매니큐어를 칠한 여자를 좋아한다는 것을 '고백'

했을 뿐이다.

이성에 대한 이러한 '개인적 취향'은 어떤 종류의 글에서도 표현 가능한 것이고, 또 가능해야만 하는 것이다. 내가 화장을 야하게 한 여자를 좋아하고, 비교적 덜 감각적인 여자를 싫어한다는 것이 무어 그리 대단한 죄가 된단 말인가. 화장한 여자를 좋아하는 게 죄가 된다면 우선 화장품 회사를 다 없애야만 한다는 말이 되는데, 말하자면 화장품 제조회사들이 모든 여성을 상품화하는 데 앞장서고 있고, 화장을 안 해야만 순수한 마음씨를 유지할 수 있는 여자들을 타락시키고 있는 셈이기 때문이다. 화장만 안 하면 여자들이 모두 순수해질까? 아마 여성들도 남성들에 대해 어떤 '기호'나 '취향'을 가지고 있을 게 틀림없다. 모든 문학 작품에서 '개인적 개성과 취향'을 말살하는 것은 문화의 다양성 있는 발전이나 민주적 사회 분위기의 정립에 저해 요인이 될 뿐이다.

내가 보기에 '야한 여자'(또한 야한 사람)는 겉과 속이 다 개방적이고 민주적인 여자, 그리고 화통한 여자를 말하는데, 특히 '화장하는 여자'가 되라는 나의 충고가 그토록 기분 나쁘게 들렸다면 그 사람은 아마도 진짜로 '반(反)여성적'인 사람이고 남성숭배 심리를 가진 여자임에 틀림없다.

화장을 하고 멋을 내어 자기 몸을 가꾸고 싶은 것은 남녀의 공통된 욕구인데, 현대로 올수록 그러한 권리가 주로 여자에게만 부여되어 있다. 그래서 나는 오히려 여자들의 그러한 특권을 부러워하고 있는 사람이다. 외모가 주는 형식미는 내용을 지배할 수 있고, 자신의 몸매를 가꾸면서 느낄 수 있는 '건강한 나르시시즘'은 곧 건전한 인격과 정신건강으로 연결되기 때문이다. 또 사실 요즘에는 남성용 화장품 선전도 점점 늘어나고 있지 않은가?

그 다음에 문제가 된 것은 내 수필집이 '종속적 여성상을 심어 준다'는 지적이었다. 아마도 내가 '여자는 마조히스트라야 행복하다'고 썼기 때문에 이런 오해가 빚어진 것 같다. 하지만 나는 수필집에서 마조히즘의 긍정적 효용에 대해서도 충분히 설명했다. 종교적 복종심의 면이라든지, 모성애적 포용의 면 등으로 말이다. 마조히즘을 꼭 채찍에 얻어맞는 식의 좁은 의미로만 쓴 것은 아니었다.

나는 음양 이론이 가장 간요하게 이 세계의 운행 질서를 설명해 주고 있다고 믿는 사람이다. 그래서 음양 이론을 모든 생활 철학의 기본으로 삼았던 동양에서는 서양의 중세기와 같은 '성의 억압'의 역사가 전혀 없었다. 물론 여성의 사회적 권리를 제한했던 적은 많았으나, 성 그 자체를 죄악시한 적은 한 번도 없었던 것이다.

음과 양은 서로 '적대 관계'가 아니라 '상호 보완 관계'에 있다. 특히 성적인 면에서는 더욱 그러한데, 음과 양을 성적인 면과 결부시켜 현대 심리학의 용어로 비유하여 설명할 때는 사디즘과 마조히즘이라는 용어가 가장 적당하다. 남녀가 평등해야 한다는 주장에 대해서 나는 이의가 없다. 사회적, 법적으로 여성은 남성과 동등한 권리를 가져야만 한다. 그러나 남녀 간의 애정 문제나 성 문제에 있어서만은 상징적 표현으로서의 사도마조히즘적 관계가 가장 이상적이라고 나는 생각한다.

성기의 구조가 다르고 남녀의 애정 심리가 다른데, 그것을 억지로 똑같이 만든다면 남녀 간의 사랑은 피곤한 적대 관계의 연속일 수밖에 없다. 특히 심리적 마조히즘이 포용적인 성격을 포함하고 있다는 면에서 본다면, 어머니가 될 수 있는 여성은 반드시 긍정적 의미로서의 마조히스트여야만 행복해진다고 나는 믿는다. 획일적이고 관념적인 남녀평등을 주장하는 요즘의 여성 운동은 그래서 조금 문제가 있다. 보다 실질적이고 구체적인 '남녀의 상호 보완 관계'에 더 초점을 맞춰야 할 것이다.

내가 성 일변도의 가치관에만 몰입되어 있다는 비판도 많았다. 거기에 대해서 나는 이렇게 대답하고 싶다. 성이 뭐 그리 나쁜 것이냐고 말이다. 식욕과 성욕 없이 우리가 과연 살아갈 수 있을까. 역사의 비극(특히 서양 중세기의 암흑시대)이 모두 육체적 본성을 천시하고 비하시킨 데서 나왔다는 사실을 상기하여 보라. 나는 변화무쌍한 이 시대의 흐름에 우리가 유연히 대처하기 위해서라도, 성 해방 이전에 '성에 대한 논의의 해방'을 이루기 위하여 성 문제를 강조한 것뿐이다.

물론 성 문제 말고도 정신 문제나 도덕 문제 또한 중요하다. 정신적 사랑이 없이 성적인 사랑만 가지고 원만한 사랑이 이루어질 수는 없다. 그러나 요즘 우리나라의 문화 풍토가 이상하리만치 '정신우월주의'적이기 때문에 나는 성 문제에도 관심의 눈길을 돌려 보도록 애쓴 것뿐이다. 성범죄가 나날이 늘어나고 있는 마당에 무조건 성을 외면만 한다고 해서 해결책이 나올 수 있을까? 원인 파악을 확실히 해봐야 되지 않겠는가? 문화 상층부에 있는 분들은 마치 모두 다 성불구자라도 되는 양 성 문제에 대해 언급을 회피하고 있는데, 그것은 내가 보기에 그들이 모두 다 성의 중요성을 인식하지 못해서가 아니라 일종의 보신주의(保身主義) 때문인 것 같다. 문화인은 누구나 보수적 윤리주의자 행세를 해야만 안전하기 때문이다.

성 문제에 대한 올바른 가치 정립 없이 무조건 성 자체를 추악하고 더럽다고만 생각하여 은폐시켜 버린다면, 우리나라는 더욱더 이중적 은폐구조를 가진 병적인 사회가 될 수밖에 없다. 내가 성 문제를 다룬 것은 요즘 많은 남녀가 똑같이 성 문제로 고민하고 있기 때문이다. 경제 형편이 조금 나아지게 되면서, 식욕 쪽으로만 돌려져 있었던 본능적 욕구가 이제 서서히 성욕 쪽으로 방향을 바꾸고 있기 때문이다. 말하자면 과도기인 셈인데, 이러한 과도기에 미리 성에 대한 근본적 점검을 해둔다면, 미국 같은 선진국이 되었을 때 발생하는 혼란 현상을 막을 수 있지 않을까 생각한다.

나는 '사랑은 관능적 욕망이다' '인간의 행복은 성욕의 충족에서 온다'는 등의 표현을 책 안에서 했는데, 이것은 프로이트의 '범성욕설(汎性慾說)'을 원용한 것이다. 그런데 프로이트 역시 인간의 정신과 행동을 성(性)의 지나친 강조를 통해 설명했다는 비판을 받았다. 그러나 나는 프로이트의 학설을 그대로 받아들이고 있진 않다. 프로이트는 교조적 헤브라이즘과 당시 유럽 부르주아 사회를 지배하던 정신우월주의를 벗어나지 못했기 때문에, 그의 주장은 관념적인 이론일 뿐이었고, 실제적 처방은 전혀 내려주질 못했다.

특히 그가 모든 비생식적(非生殖的) 섹스를 '변태'라고 규정한 것에 나는 불만이다. 특히 구강섹스 등의 변태는 남에게 피해를 주지 않는 한 개성적 취향이나 기호로 인정되어야만 한다. 변태성욕에 대한 프로이트의 편견은 그의 남근숭배 심리 이론과 함께 그의 이론의 치명적 결함이라고 나는 본다. 동양의 경우에는 『노자(老子)』에서도 여성이 지닌 현빈(玄牝)의 도(道)를 극구 칭찬해 대고 있다. 프로이트 이론은 성의 중요성을 일깨워 주었다는 점에서만 의의가 있는 것이다.

내가 이렇게 많은 한계를 지닌 프로이트를 조금 벗어날 수 있었던 것은 동양 철학과 사상의학(四象醫學)이라는 두 가지 통로를 통해서였다. 사상의학의 체질론에 따르면, 사람을 권력지향의 태양인, 재물지향의 태음인, 정신지향의 소양인, 관능지향의 소음인으로 나누어 볼 수 있다. 자기 체질에 따라 성이 중요할 수도 있고 권력이나 정신이 더 중요할 수도 있다. 그러므로 우리는 사상의학 이론을 통해 프로이트의 획일주의를 어느 정도 극복할 수 있는 것이다.

그러므로 내가 특히 강조했던 것은 생식적 섹스보다도 '관능적 놀이'로서의 성이었다. 그것은 생식적인 성과는 달리 어떤 체질의 사람에게라도 꼭 필요한 것이다. 그래서 자주 페팅을 이야기했는데, 그것은 우리나라의 현실로 보아 특히 혼전의 자유로운 성교가 사실 불가능하다고 보기 때문이다. 페팅, 즉 애무조차 허락 안 된다고 보는 사람이 있다면 그것은 시대착오적 발상이다. 혼전에 성행위를 하는 것이 여자들에게 피해를 주기 쉽기 때문에 애무로 끝나는 게 좋다고 현실적 처방을 제시한 것이 그렇게 문제가 될 줄 몰랐다.

서양에 비하면 동양에서는 성을 죄악시하지도 않았고, 그에 대한 논의도 개방되어 있었던 편이다. 특히 전통적 한방이론에서는 음을 양보다도 더 중요시한다. 생식을 주관하는 신(腎)의 기(氣)가 생명 유지의 원동력이 된다고 보는 것이다. 또 경락의 분포를 보아도 신(腎)의 지배를 받는 방광 경락이 전체 경락의 60퍼센트 이상을 차지하고 있기에, 동양에서는 성을 중요시하지 않을 수 없었다. 이렇게 보다 합리적이고 실용적인 동양철학의 기반에서 나는 억압된 성의 해방을 주장했던 것이지, 단순한 프로이트주의자로서 무조건적 서양 숭배 사조에 빠져 있었던 것은 아니었다.

현재 우리 사회의 성 개방 풍조는 진정한 의미의 개방이 아니라, '은

폐된 개방', 즉 이중 구조를 가진 개방이기 때문에 문제가 있다. 이것은 미국 사회의 이중 구조를 뒤쫓는 것으로서, 겉으로는 근엄한 도덕주의를 표방하면서 실제로는 음성적으로 온갖 매춘과 음란, 퇴폐 문화가 판을 치는 것이다. 바로 이러한 이중 구조의 해체가, 내가 진정 바라는 성 해방이다.

그러기 위해서는 성 해방 이전에 '느낌으로서의 해방' '관능적 상상력의 해방'이 더욱 절실히 필요하다. 상상력마저 비난의 대상이 된다면 우리의 정신은 완전한 질식 상태에 빠져, 오래 굶다 못해 도둑질하게 되는 식으로 파행적이고 자포자기적인 성적 일탈 행위로 빠져들 수밖에 없다.

일단 '개방'하고 나서 '관리'를 잘하는 것이 중요하다고 나는 본다. 우리나라는 개방도 안 하고 관리도 안 한다. 그러니 모든 것을 '숨어서 잘해 봐라'는 식이다. 걸리면 병신이고 재수가 없는 것이다. 정말 눈 가리고 아웅이요, 되는 것도 없고 안 되는 것도 없는 사회라고 볼 수 있다.

사실, 인류 역사의 발전 과정에서 모든 종교의 교리와 모든 성인(聖人)이 주장한 게 결국 '사랑'인 셈인데, 왜 지금 이 세상이 사랑으로 가득 찬 곳이 되지 못하고 있는가 하는 문제도 여기에 그 원인이 있다고 나는 생각한다. 즉, 사랑을 정신적인 것만으로 받아들인 게 문제의 발단이 되었다. 그러나 이를테면 예수의 사랑은 절대 정신적이기만 한 사랑이 아니었다. 성경을 보더라도 예수는 '터치(touch)'를 무척 많이 하는 걸 알 수 있다. 또 하느님이 인간을 빚어 낸 뒤 '땅끝까지 충만하라'고 했다는 것은 바로 성을 전제로 한 말이라고 볼 수 있지 않은가.

이런 기독교가 바울에 의해 정신 편향으로 왜곡되고, 기독교가 콘스탄티누스 황제에 의해 로마제국의 국교로 공인되어 정치와 결탁하면서 '사랑' 자체가 왜곡되기 시작했다. 말하자면 민중을 억압하고 통제하기 위한 수단으로 성을 이용하기 시작한 것이다.

사랑은 정신과 육체가 하나일 때 실현된다. 그런데 서양처럼 육체적 사랑에 대하여 죄의식을 가질 때, 성에 대한 굶주림이 생기고, 그 성적 기아증의 대리적 보상행위로서 정신적 명분을 핑계로 한 종교전쟁 같은 집단적 사디즘의 형태가 나타난다. 그래서 우리는 정신만이 아니라 성이 거기에 당연히 포함된, 불구적 사랑이 아닌 총체적 사랑으로 돌아가야만 한다. 그런 사랑에는 반드시 아름다움의 요소가 들어갈 수밖에 없다. 아름다움이란 사실 1차적으로는 이성에게 성적으로 어필하기 위하여 존재하는 것이기 때문이다. 그러나 2차적으로는 자기 자신의 마음도 평화롭게 해줄 수 있다는 데 아름다움의 무궁한 효용이 있다.

아름다움을 나 자신에 대한 '건강한' 나르시시즘으로 느끼면 마음이 평화로워지고, 전 세계에도 평화가 올 수 있을 것이라고 나는 생각한다. 나를 '유미주의자'라고 공격하는 분들은 유미주의의 긍정적 효용 가치를 잘 모르고 있는 것 같다. 요즘 우리나라처럼 모든 게 핏발 선 투쟁 일변도로만 나갈 때, 유미주의는 거기에 대한 하나의 처방으로 선용될 수 있다.

이런 생각은 내가 빌헬름 라이히와 오스카 와일드 그리고 화이어스톤 같은 사람들의 생각으로부터 영향 받은 것인데, 그들의 주장을 종합하면 관능적 즐거움과 아름다움에의 욕구가 차단되면 성적 억압에 기인한 성적 울분이 집단적으로 폭발하여 그 대리적 보상행위로서 파시즘이나 민족중심주의 등의 테러리즘이 탄생된다는 것이다.

이것은 우리가 평범한 일상생활에서도 늘 경험하는 일이다. 사랑이 잘 이루어지지 않을 때 우리는 공연히 신경질을 부린다. 아이들도 마찬가지다. 부모에게 사랑(말로만의 사랑이 아니라 살갗접촉을 수반하는)을 받지 못하고 자라난 아이는 문제아가 될 수밖에 없다.

나의 문학관에 대해서도 말들이 많았다. 나는 문학의 목적을 '상상적 일탈행위를 통한 상징적 카타르시스'에 두기 때문이다. 리얼리즘을 싫어하진 않지만, 요즘의 우리나라처럼 리얼리즘 일변도의 문학 풍토는 지양되어야 한다고 생각한다. 또 최근 유행하고 있는 리얼리즘은 묘사적 기법의 리얼리즘이 아니라 문학이 관념에 종속될 수밖에 없는 사회주의적 리얼리즘에 가깝다는 데 문제가 있다.

나는 말하자면 체질적으로 낭만주의자이기 때문에 현실보다는 상상을 더 중요시하여 문학을 일종의 '인공적인 꿈'으로 본다. 그래서 문학이 현실 파악을 위해 필요하지만 인간의 미래지향적 꿈을 위해서도 필요한 것이라고 믿는 것이다. 그런데 민족, 민중문학 등의 사조가 이 시대의 요구에 의해 문단의 큰 세력으로 자리 잡고 있는 게 오늘의 현실이기 때문에, 나의 문학관은 시대착오적인 타락한 부르주아의 문학관으로 매도당하는 수가 많다.

나는 그런 생각이 바로 '문화 독재주의'라고 생각한다. 다들 독재를 욕하면서도, 이상하게도 요즘 문화인들은 '내 생각이 아니면 다 적이다'라는 투의 지극히 교조적이고 독재적인 사고방식을 갖고 있다. 양면성과 다양성이 없는 문화는 죽은 문화일 수밖에 없다.

예술이 중요한 것은, 그것의 속성이 필연성이 아니라 개연성에 바탕하는 '미래지향적'인 데 있다. 눈앞의 현상에만 집착한다면 그건 예술이 아니다. 그래서 작가의 미래지향적인 상상력은 참으로 중요하다. 어떻게 보면 예술가들이 현실에만 집착하는 것을 안주(安住)라고도 볼 수 있다. 현실 상황의 개선은 정치가들이 하는 것이고 일부의 예술가들이 거기에 참여하면 족한 것이다. 예술가들이 모두 정치가, 운동가, 사회적 지도자가 되어 그 일에 끼어든다면, 분업의 의미는 필요가 없다.

민중의 꿈은 누가 공급해 주고 도락(道樂)으로서의 예술은 누가 창출해 내며, 미래는 또 누가 예견하고 제시해 주는가? 나는 예술가의 상상력은 언젠가는 꼭 실제적으로 실현된다고 믿는 사람이다. 그렇기 때문에 비현실적이거나 소위 변태적인 상상, 공상까지도 모두 인정해 줘야 한다고 생각한다. 그러한 상상력들이 뭉쳐지면 소위 융(Jung)이 말한 것처럼 집단무의식으로 발전하고 드디어 현실로 이루어질 수 있다.

나는 우리나라의 민중 지도자라는 사람들을 보면서 가끔 걱정을 하는데, 그 사람들 중에 자꾸 적개심만을 강조하는 사람들이 적지 않기 때문이다. 나는 적개심이라는 것은 무조건 나쁘고, 그것이 당장은 효험을 보더라도 언젠가는 반드시 화근이 될 수밖에 없다고 믿기 때문에, 비록 그것의 외형이 '도덕성'이든 '민족 민주'든 '지식인의 양심'이든 별로 좋아하지 않는다.

역사는 필연성의 세계이고 예술은 개연적 가능성의 세계다. 따라서 나는 목적문학을 배격하는 것이다. 나도 한때는 이데올로기 문학이나 목적문학에 빠진 적이 있었다. 내 석사논문의 제목은 '언어 표현을 통한 문학의 사회적 효용성 연구'였는데 그 내용이 주로 목적 문학 옹호론이었다. 문학의 목적성은 인정돼야 한다는 식으로 어쩌고저쩌고 했는데, 그 때까지만 해도 나는 지식인 특유의 건방진 시혜의식(施惠意識)과 개인적 적개심(주로 장래에 대한 불안에서 오는 신경질적 히스테리)이 한데 뭉쳐 공분(公憤)을 핑계로 정신없이 헷갈리고 있었던 셈이다. 특정 이데올로기에 국한된 문학은 시공을 뛰어넘는 보편성을 획득하지 못한다. 이데올로기나 관념적 교훈은 문학과는 상관 없는 것이다.

지나간 역사를 돌아보면 유미주의자들이 당대에는 상당한 탄압을 받았다. 미(美), 특히 개성적 미는 억압받을 수밖에 없었다. 상식을 뛰어넘었다는 이유에서였다. 그래서 거기에 대한 과장적 반발심리로 퇴폐적 탐미로까지 가고, 탐미주의자 오스카 와일드나 사드가 투옥되기까지도 했다. 그러나 유미주의자들은 아름다움이 중요하다는 것을 시사해 준 것만으로도 굉장히 중요한 역할을 담당했다. 아름다움에 대한 기존의 통제는 결코 도덕적인 순수한 이유에서가 아니었다.

그것은 곧 계급 차별과 민중 억압의 수단으로 변해버렸다. 우리 조선시대만 해도, '백의 민족'이었다는 게 자랑이 될 수는 없다. 그것은 미(美)에 대한 통제였던 것이다. 머리도 옷도 거의 획일적이고 귀고리도 없었고 목걸이도 없었다. 이를 보면 신라나 고려 때보다 조선은 오히려 개인의 자유보장 면에서 퇴보했다. 나를 유미주의자라고 공박한 분들은 동시에 내가 사치를 동경하는 귀족주의자라고 욕했다. 그들한테는 아름다움이란 전혀 쓸데없는 사치로밖에 여겨지지 않았던 모양이다. 특히 여성단체에서 그런 공격을 많이 했는데, 그 분들이 입고 다니는 옷들은 다 아름답지 않은 것뿐이었나 보다.

아름다움과 사치는 구별되어야 할 성질의 것이다. 물론 그런 일면도 없진 않지만 야한 아름다움은 돈을 많이 들이지 않아도 얼마든지 가꿀 수가 있다. 내가 글에서 손톱의 예를 자꾸 든 것은, 그것이 '가학성의 승화' 차원에서뿐만이 아니라, 가장 싼 값으로 야하게 치장할 수 있는 대상이기 때문이다. 또 미에 대한 기준도 고상한 미, 저급한 미, 이렇게 자꾸 구별하는데 나는 그것이 오히려 귀족주의적 발상이요, 일종의 폭력이라고 생각한다. 나는 고상한 미란 기본적으로 없다고 본다. 왜냐하면 앞서 언급했다시피, 미 자체가 원래 이성의 성욕을 도발하기 위한 목적에서 생겨난 개념이기 때문이다. 성과 관계없는 미는 없다. 균형 잡힌 고전적인 미, 또는 정신적인 미라고 하는 것은 다 지배계급의 독재적 발상이다. 아름다움의 민주화를 내가 책 속에서 누누이 얘기한 것은 그 때문이었다.

내가 쾌락주의에 대해서 긍정적 입장에 서 있다는 점에 관해서도 거부반응이 많이 나타났다. 다만 『조선일보』에 기고한 재미 학자 김상기 교수의 글에서만 나의 쾌락주의적 인생관에 대해 공감을 표시해 주었다. 김 교수는 그 글에서 나를 가리켜 '현대의 양주(楊朱)'라고 했는데, 나는 그분이 가진 객관적 통찰력이 참으로 정확하다고 느꼈다. 우선 다른 글들과는 달리 내 수필집을 꼼꼼히 읽어 보고 나서 쓴 최초의 글이었다는 점에서 감사한 마음이 들지 않을 수 없었다. 사실 나 역시 양주를 좋아하기 때문이다.

양주는 제자백가의 한 사람으로서, 『열자(列子)』에 나타난 그의 사상을 한 마디로 요약하자면 '이기적 쾌락주의'가 될 것이다. 그가 한 이야기 중 가장 유명한 것은, "나는 나 자신만을 위하기 때문에, 머리털 하나를 뽑아서 천하를 이롭게 한다 하더라도 뽑지 않겠다"는 말이다. 그만큼 양주는 자기의 몸을 위했고 이러한 위아주의(爲我主義)는 곧 전생보진(全生保眞), 즉 생명을 온전히 하여 참 진리를 보전한다는 생각으로 이어졌다.

우리는 이제껏 이기주의자가 되지 말고 이타주의자가 되라는 교육만을 받아 왔다. 그래서 모든 사람들이 나보다는 남을, 그리고 국가와 민족을 위하는 마음이 가장 바람직한 민주 시민의 마음가짐이라고 알고 있다. 그러나 이기주의 혹은 개인주의는 그릇된 삶의 태도가 아니라 오히려 지극히 당연하고 올바른 삶의 태도인 것이다. '나'를 위하지 않는 사람은 '남'도 또한 위할 수 없다. 따라서 민주사회가 지향해야 할 목표는 개개인 모두가 각자의 개성대로 진정 행복하다고 느낄 수 있는 상태를 이루는 것이다.

내가 이번에 책을 내고 느낀 것 중의 하나는, 개인의 개성에 대한 침해를 스스럼없이 자행해 대는 우리나라 문화 풍토에 대한 놀라움이었다. "넌 긴 손톱을 좋아하냐? 난 짧은 손톱을 좋아하는데……"가 아니라, "난 짧은 손톱을 좋아하는데 왜 너만 유별나게 긴 손톱이 좋다고 하냐, 이 나쁜 놈아!" 식의 감정적 매도가 대부분이기 때문이었다.

최근 어떤 의사의 흥미 있는 보고서를 읽었는데, 그에 따르면 이기주의적 성격을 가진 사람이 암에 걸리는 비율이 제일 적었고, 이타주의적 성격을 가진 사람의 암 발생 비율이 제일 높다는 것이다. 원래 인간은 이기적으로 살아가게끔 되어 있고 따라서 '사랑'만큼이나 '미움' 역시 존재할 수밖에 없는데, 억지로 이타주의적 생활을 하며 자기희생을 감수하다 보니 갈 곳 없는 적개심이 자기 내부로 향한다는 것이다. 뿐만 아니라 이타주의자들의 행동은 많은 이웃을 괴롭히기도 한다.

나라와 민족, 종교를 위한다는 대의명분을 내걸고 얼마나 많은 역사상의 위인들이 국민들을 괴롭히거나 피 튀기는 전쟁을 일으켰던가? 일본의 군국주의나 전체주의도 그 좋은 예요, 백성을 위해 십자가를 더 지겠다고 했던 박정희 씨의 10월 유신도 좋은 예다. 몇몇 열사니 의사니 하는 이들의 자기희생은 죽은 뒤에 명예라도 얻을 수 있었지만, 그러한 이념이 국가적 차원으로 발전하여 수많은 국민들을 사지(死地)로 몰아갈 때, 죽어 가는 사람들 개개인 모두가 과연 보람을 느낄 수 있었을까?

최근에 나는 쾌락주의자라는 말에 대해 오해가 많아 '복지지상주의(福祉至上主義)'라는 말을 더 자주 사용하고 있다. 이제는 정말로 이타주의를 빙자한 국수주의적 민족주의나 이데올로기 중심주의는 불식되어야만 한다. 세계의 많은 석학들이 '이데올로기의 종언'을 외쳐대고 있는 마당에, 유독 우리나라에서만 이데올로기적 명분주의가 세도를 부린다는 것을 나는 이해할 수 없다.

모든 만물이 음과 양의 법칙에 의해서 돌아가듯이, 우리의 인생도 두 가지 상반된 측면이 상호 조화를 이룸으로써 평정을 유지할 수 있다. 밤이 있으면 낮이 있고, 일이 있으면 휴식(또는 놀이)이 있고, 선이 있으면 악이 있는 것이다. 내가 쓴 글들에 대한 오해나 분노는 모두 다 '획일주의적 사고방식'에 근본 원인이 있다. '낮과 밤의 분리' '일과 놀이의 분리' '현실과 상상의 분리' '공적 생활과 사적 생활의 분리' '은폐 심리와 노출 심리의 분리'가 자연스럽게 이루어질 수 있다면 아무 문제가 없었으리라.

낮에는 근엄한 신사라 하더라도 밤에는 야수 같은 정력을 지닌 호색한이 될 수도 있다. 그것은 절대로 나쁜 것이 아니다. 사생활이나 각자 개인의 프라이버시 보호가 우리 사회에서 잘 이루어지지 못하고 있는 것은 밤과 낮을 구분하지 못하고 있기 때문이다.

꿈에서조차 우리의 사생활이나 쾌락 욕구가 보장받을 수 없다면 우리는 미쳐 죽을 수밖에 없다. 내가 수필집 말미에 「서기 2200년까지 어떻게 기다리지?」라는 콩트를 수록했더니 그게 또 공격의 표적이 되었는데, 다들 현실과 상상의 분리를 용납하지 못하는 답답한 사람들이라고 생각했다. 내가 상상의 나래를 펼쳐 아라비아의 하렘 속으로 날아간들 그것이 무어 그리 해가 되는가? 여성이라면 거꾸로 남자 첩들이 우글거리는 고대 여왕의 궁전으로 날아갈 수도 있다. 특히 상상적 일탈을 통한 상징적 카타르시스의 효과는 우리의 안정된 심리 상태에 큰 도움을 준다. 탐정이 악당을 언제나 일망타진하기만 하는 셜록 홈즈 시리즈보다 언제나 완전범죄를 자행하는 괴도 뤼팽 시리즈가 더 재미있고, 평범한 선남선녀의 러브 스토리보다 '이루어질 수 없는 불륜의 사랑'을 그린 소설이 더 재미있는 것은 이런 까닭에서다.

어떤 평론가는 나의 「가자, 장미여관으로」는 더럽고 추악한 도시주의적 발상에 기인한 퇴폐시이고, 이상화의 「나의 침실로」는 건전한 애국시라고 비교해 가면서 또 나를 공박했다. '침실'이나 '장미여관'이나 무엇이 다르단 말인가. 「나의 침실로」를 꼼꼼히 읽어 보면 역시 관능적 사랑의 도피장소로서의 '침실'을 그리고 있기는 마찬가지라는 것을 알 수 있다. 도대체가 '도시주의적' 발상을 무조건 공격만 해대는 것이 지식인의 양심이라고 믿고 있는 요즘 문화인들의 의식구조 자체가 문제다. 그렇다면 다들 시골로 이사갈 일이지 왜 도시에 남아 있는가?

자연 속에 함입(含入)된 사랑이나 성(말하자면 화장기 하나 없이 순수한 얼굴)은 괜찮고, 화장하고 매니큐어를 칠한 여자와 도시에서 벌이는 사랑이나 성은 무조건 추악하다는 증거가 대체 어디에 있는가? 이상하게도 소재주의적 발상에 바탕을 둔 민중주의의 도그마가, 이 땅의 문화인들 뇌리 속에는 무슨 철칙처럼 '보신주의적 방패물'로 자리 잡고 있는 것 같다.

결국 내가 하고 싶은 말은, 한시 바삐 우리나라에도 '개방적인 사고'와 '개성 존중'의 풍토가 이룩되어야겠다는 것이다. 비이기적 개인주의야말로 민주사회의 초석이 된다. 명분만 그럴 듯하면 도덕적 테러리즘을 서슴없이 자행하더라도 모든 게 덮어질 수 있다는 사고방식이 우리 사회의 진정한 민주화를 가로막고 있다.

더불어 강조해 두고 싶은 것은 교수 또는 문화 상층부의 사람들이 보다 더 '진보적 탐색'에 노력을 아끼지 말아야겠다는 것이다. '수구주의적 문화' 또는 '정신주의적 문화'는 곧 상수도 문화요, '개방주의적 문화' 또는 '육체주의적 문화'는 더러운 하수도 문화라는 편견이, 그들의 의식구조 밑바닥에서 '보신주의'와 손을 맞잡고 그들을 타협주의자나 기회주의자로 몰아가고 있다.

음대 교수가 노래를 하면 '성악가'가 되고 가요를 부르는 사람이 노래를 하면 '가수' 또는 심지어 '딴따라'가 된다. 내가 '교수'라고 해서 꼭 근엄한 권위주의나 수구적 경건주의에 영합해야 할 필요는 없지 않은가. '교수'란 이 사회의 모든 면에 대해서 관심을 기울일 수 있어야 하고 또 그래야만 할 의무가 있는 것이다.

입으로는 민중을 운운하면서도 사실 '문화적 귀족주의'의 사고방식에 젖어 있는 이 시대의 일부 고급 지식인들을 보면서 나는 상당한 분노를 느끼지 않을 수 없었다. 모두들 겉으로는 그럴 듯한 이데올로기를 내세우지만 속으로는 개인적 욕망과 이기주의로 가득 차 있기 때문이다. '겉'과 '속'이 달라야만 이 시대를 그럴 듯하게 행세하며 살아갈 수 있다면 그건 지옥을 자초하겠다는 말이나 다름없다.

석가나 예수가 다 같이 인간의 '마음'의 중요성을 강조했던 것은, 그만큼 '겉과 속의 다름'이 우리의 인생을, 우리의 사회를 지옥으로 몰아가고 있다는 것을 마음속 깊이 뼈저리게 느끼고 있기 때문이었다.

(1990)

나도 싸우고 있다

지난 1990년 8월에 연세대학교에서는 남북통일을 위한 '전민족대회'가 열렸다. 전국 각지에서 모여든 만 여명의 학생들이 8월 13일부터 15일까지 통일기원의 축제마당을 한판 벌인 것이다. 이 모습은 겉으로 보기엔 마냥 즐거운 축제로만 보였다. 기념 티셔츠나 빙과류나 김밥 등을 파는 장터가 서고, 백양로에서는 통일을 주제로 하는 미술 전시회가 열렸다. 노천강당에서는 '우리의 소원은 통일' 등 힘찬 노래들이 계속해서 울려퍼졌다.

나는 젊음에 넘쳐 있는 대학생들을 무척 부럽게 생각했고, 내가 대학을 다닐 때 노천강당의 집회와 데모에 참여했던 기억이 되살아났다. 그때의 주된 이슈는 '3선개헌 반대' '교련교육 반대' 등이었는데 무슨 이슈든간에 여러 사람이 모여 노래를 하고 구호를 외치면 웬일인지 눈물이 났던 기억이 난다. 학생 시절에 갖는 '유토피아니즘'은 센티멘털리즘의 정서와 결합되게 마련인 것 같다. 아직 마음이 순진한 탓인지, 요즘도 나는 학생들의 노래를 들으면 공연히 콧날이 찡해지며 눈물을 글썽거린다.

8월 15일에도 나는 원고를 쓰기 위해 학교에 갔는데, 신촌 로터리부터 통제된 바람에 연구실까지 들어가는 데 무진 애를 먹었다. 학교 안은 벌써 최루탄 연기로 자욱했고 여기저기 쌓여 있는 돌무더기들이 보기에 안쓰러웠다.

가까스로 내 방에 도착해 보니 편지가 한 장 문틈에 꽂혀 있다. 이번 집회에 참석한 어느 전남대학교 학생이 보낸 편지였다. 그 내용은 이러했다.

"마광수 교수님,

교수님은 정말 훌륭한 안목을 가지고 있고 그래서 많은 사람들에게 어필하고 있습니다. 저도 교수님이 이상의 시 「오감도(烏瞰圖)」를 성적(性的) 상징으로 풀이해 논 것을 특히 감명깊게 읽었습니다.

그렇지만 예술은 사회의 발전과 인간의 노동, 그리고 미래의 희망과 깊은 관계가 있습니다. 지금 우리에게 필요한 예술가는 이 사회를 올바르게 인식하고 민중과 함께 가는 민중 예술가입니다. 자본주의 예술의 다양성 이론에 기초한 교수님의 에로티시즘 문학은 지금 소용이 없다고 봅니다. 계급 대립이 치열해져가고 온갖 억압과 착취가 횡행하는 이 사회에서 에로티시즘을 운운하는 것은 시대착오적 망발이라고 생각합니다……."

나는 이 편지를 읽고 한참 동안 생각에 잠겨 보았다. 그리고 몇 자라도 답장을 쓰고 싶어졌다. 그러나 학생 이름을 밝히지 않았기 때문에 편지를 보낼 수가 없어서, 지면을 통해 몇 자 적어보기로 한다.

"물론 학생의 말은 옳다. 인간사회는 예로부터 지금까지 부조리와 모순, 그리고 억압으로 가득차 있다. 그래서 '민주화'든 '자유화'든 어떤 형태로든지 개혁이 필요하고, 또 그래서 지금 개혁이 진행돼가고 있는 것이다.

그런데 나는 진짜 민주화된 사회, 억압과 착취가 없어진 사회를 이룩하려면 다양한 방면에서의 투쟁과 개선이 필요하다고 본다. 물론 한 가지 문제를 집중적으로 개혁한 뒤 그 다음에 다른 것을 개혁해 나가야 더 효율적이라는 주장도 있을 수 있다. 하지만 나는 이 사회가 원체 다원화되고 복잡한 사회이기 때문에, 그리고 인간이라는 동물이 워낙 착잡하고 복합적인 심성을 가지고 있기 때문에, 우리가 바라는 이상향의 건설을 위해서는 다양성과 융통성에 기초하는 분업(分業)정신이 필요하다고 생각한다.

내가 에로티시즘을 중심으로 한 인간심리를 집중적으로 파고드는 이유는, 내가 부르주아 예술가로서 안주하기 위해서는 절대로 아니다. 어떤 형태로든 나는 '고루한 의식'과 '비민주적 고정관념'에 대항하여 싸우고 있는 것이다. 나는 '빵의 평등' 못지않게 '사랑의 평등' 역시 중요한 문제이고, 외형상의 민주화만이 아니라 진짜 '의식의 민주화'를 이룩하지 않고서는 진정한 개혁은 어렵다고 생각한다. 특히 '개방적 사고'에 기초하는 '다양한 개성의 인정'과 '표현의 자유 보장' 없이는, 이 사회의 갈등요인을 근본적으로 척결할 수는 없다고 보는 것이다.

또한 조선조식 봉건윤리야말로 독재 이데올로기를 정당화시키는 원흉이기 때문에, 정치적 민주화를 이룩하기 위해서라도 봉건윤리를 척결할 필요가 있다.

그래서 나는 지금 내게 편지를 보낸 학생 못지않게 여러 가지 형태로 싸워나가고 있다. 어느새 나는 '야한 싸움꾼'이 되어 버렸다."

(1990.8.)

8

내 창작의 원동력

아담과 이브가
그들의 성기를 가린
나무 잎사귀를 과감하게
떼어버릴 수 있을 때
우리는 다시금 파라다이스로
되돌아갈 수 있지

–시 「낙원으로의 회귀」에서

나를 변화시킨 책

인생의 시련기를 겪을 때마다 그 책으로 위안을 받거나 힘을 얻을 만큼 감동을 받은 '딱 한 권의 책'은 사실상 없다. 기독교인이라면 그런 책으로 『성경』을 꼽을 수 있겠고, 불교인이라면 『불경』을 꼽을 수 있을 것이다.

그러나 나로서는 그렇지 못했다. 성경이나 불경을 발췌해서 읽으면 어느 정도 위안을 주는 구절을 얻어낼 수 있었다. 그렇지만 둘 다 전체적으로는 지나치게 소극적인 인생철학으로 일관하고 있다는 인상을 받았다.

그래서 나는 철학에세이 『비켜라 운명아, 내가 간다』와 『인간론』과 『성애론』을 써서 출판하여 나 스스로 위안과 용기를 얻어 보려고 했는데, 『즐거운 사라』 사건을 통해 우리 사회가 갖고 있는 폐쇄적인 봉건

성과, 도덕을 빙자한 폭력에 대해 처절하게 절망할 수밖에 없었기 때문이다.

물론 그동안 여러 가지 시련을 겪을 때마다 나름대로 위안을 준 책들은 많았다. 결혼 후 이혼의 고비를 맞아 고통에 시달릴 때는 『성의 변증법』(화이어스톤 저. 풀빛 간)이 그런대로 위안과 용기를 주었고, 육체적 질환으로 괴로울 때는 『생명의 실상』(谷口雅春 저. 태종출판사 간)이 일시적으로나마 용기를 갖게 했다.

그리고 직장이나 사회의 사람들 틈바구니에서 가학적 매도나 중상을 당해 괴로울 때는 프로이트의 정신분석학 이론들이 상당한 위안을 주었다. 겉과 속이 다르게 행동하며 이중적 자아분열로 갈 수밖에 없는 사람들의 심리를 이해할 수 있게 해주었기 때문이다.

그러나 보다 직접적으로 내게 영향을 미친 책을 꼽으라면, 문학인이기 이전에 자유롭고 합리적인 개방적 사고의 유포를 위해 노력하는 나에게 가장 인상 깊게 읽힌 책은 에리히 프롬이 쓴 『환상의 사슬을 넘어서』가 될 것 같다.

이 책에는 '프로이트와 마르크스와의 만남'이라는 부제가 붙어 있는데, 한국어 번역본은 『프로이트냐 마르크스냐』로 제목이 붙어 문학세계사에서 나왔다.

에리히 프롬이 이 책에서 가장 강조하고 있는 것은 '창조적 불복종'이다. 그는 신에 대한 이브의 배반과 프로메테우스의 배반이 인류의 진보를 가져왔다고 말한다. 그리고 근대 이후 가장 '창조적 반항'을 보여준 인물로 마르크스와 프로이트를 꼽고, 이들이 자신의 사상에 미친 영향들을 기술한다.

그는 마르크스가 구소련 같은 관료적 공산독재를 주장한 것은 아니었다고 변호하면서, '자유로운 개성인'이 창조적으로 살아갈 수 있는 사회가 그의 목표였다고 설명한다.

프로이트는 인간의 무의식의 근원을 폭로하여 도덕이라는 환상을 제거해 버리려고 노력했다는 점에서, 새로운 '자유'의 획득을 위해 창조적으로 반항한 대표적인 인물로 상찬(賞讚)되고 있다.

나는 이 책을 통해 '창조적 불복종'의 개념을 얻어내게 되었고, 그것은 '금지된 것에의 도전'이 곧 문학의 본질이라고 믿어온 내게 커다란 용기와 위안을 갖게 했다.

물론 내가 마르크스와 프로이트의 생각에 전적으로 공감하는 것은 아니다. 그러나 그들이 던져준 화두(話頭)가 좋게든 나쁘게든 인류에게 엄청난 영향을 끼쳤다는 점을 감안할 때 프롬의 견해에 수긍이 갔던 것이다.

『환상의 사슬을 넘어서』와 비슷한 감동으로 다가왔던 책은 버트런드 러셀이 지은 『나는 왜 기독교인이 아닌가』와 카뮈의 『반항인』이다. 이 두 책에서는 '창조적 불복종'의 개념이 크게 강조되지 않았을 뿐, 한결같이 미신적 사고의 타파와 주체적 반항의 중요성을 얘기하고 있다.

나는 『나는 왜 기독교인이 아닌가』를 대학교 때 읽고 예수를 신의 아들로서가 아니라 인간으로 바라보게 되었고, 특히 성을 무조건 죄악시하는 금욕주의적 교리의 폐해에 대해 입장을 분명히 하게 되었다. 또한 『반항인』을 통해 '문학적 반항'의 소중함에 대해 인식을 새롭게 하게 되었다.

프롬이나 러셀, 그리고 카뮈 등의 생각은 말하자면 지식인의 '반골정신(反骨精神)'에서 비롯된 것이라고 할 수 있다. 이러한 반골정신의 뿌리는 어떻든 '합리주의적 사고'이고 서양의 근대화를 촉진시켜준 패러다임이다.

요즘 우리나라엔 '합리'와 '이성'의 시대가 이미 갔다고 주장하는 지식인들이 많은데, 실로 답답한 노릇이다. 내가 보기에 지금 한국 지성계의 수준은 합리주의의 시대조차 아직 못 맞고 있는 근대 이전의 미신적 상황에 놓여 있기 때문이다.

(2005)

내 문학적 상상의 동행자 '긴 손톱'

나는 손톱이 긴 여인을 무지무지 좋아한다. 어린 시절부터 지금까지 나의 머릿속을 떠나지 않고 맴돌며 관능적 상상력을 키워 준 것은 언제나 '긴 손톱'의 이미지였다. 내가 평생 동안 동행(同行)해온 내 문학적 상상의 파트너는 다름 아닌 '길디긴 손톱'이 주는 관능적 엑스타시였던 것이다.

손톱은 원시시대의 인류에게는 다른 동물의 경우처럼 일종의 가학적 무기였을 것이다. 그래서 비수처럼 날카로운 여인의 긴 손톱은 사디즘을 연상시킨다. 그러나 현대에 이르러서는, 길고 날카로운 손톱이 '가학적인 손톱'이 아니라 그로테스크한 '미학적(美學的) 손톱'으로 되었다.

손톱이 길면 손톱이 부러지는 게 아까워, 누구를 할퀴는 등의 '가학

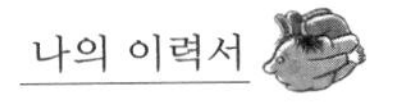

적인 손 놀리기'가 불편해진다. 그래서 싸움이 없어지고 평화가 실현된다. 이것을 나는 '탐미적(耽美的) 평화주의'라고 부른다. 이제는 모조손톱이 나와 얼마든지 손톱을 길게 만들 수 있게 되었다. 거기에다가 '네일 아트'를 하면 금상첨화이다. 여인의 길디긴 손톱에 내 몸 전체를 긁히우고 싶다. 나는 손톱을 길게 기른 여자에게만은 마조히스트다.

가학적인 용도로 쓰이던 손톱이 이젠 화사한 아름다움의 상징으로 변했다는 점, 그로테스크한 관능미의 심벌로 변했다는 점에서 나는 인류의 미래를 밝게 바라볼 수 있는 어떤 희망적인 예감을 얻는다.

인간의 가학성이 미의식과 합치되어 아름다운 판타지로 승화될 수 있을 때, 진정한 인류의 평화, 전쟁이 없는 세계가 건설될 수 있다. 주관과 객관, 감정과 사상, 관념과 사물의 대립을 지양하고 그것을 생동력 있게 통일시킬 수 있는 근원적 에너지가 바로 '관능적 판타지'에 간직되어 있기 때문이다.

'관능적인 아름다움'과 '관념적 사랑이 아닌 성애적(性愛的) 사랑'이 합치될 수 있을 때, 우리는 이데올로기의 질곡에서 벗어나 개개인의 당당한 쾌락추구에 기초하는 진정한 평화와 행복을 이룰 수 있을 것이라고 나는 믿는다.

누구나 잘 사는 사회, 누구나 스스로의 야한 아름다움을 나르시시즘으로 즐길 수 있는 사회를 만들어야만 한다. 여자 남자 가릴 것 없이 모든 사람들이 '괴로운 노동'으로부터 해방되어, '즐거운 노동', 이를테면 화장이나 손톱 기르기 등을 통해 자신의 아름다움을 가꾸는 노동에서 나르시시즘의 관능적 쾌감을 얻을 수 있도록 구체적인 해결책을 모색해 봐야 할 것이다. 따라서 탐미주의에 바탕을 둔 쾌락주의, 또는 육체지상주의(肉體至上主義)가 요즘의 내 신조라면 신조라고 할 수 있다. 고통만이 악(惡)이요, 쾌락만이 선(善)인 것이다.

즐거운 권태와 감미로운 퇴폐미(頹廢美)의 결합을 통한 관능적 상상력의 확장은 우리의 사고(思考)를 보다 자유롭고 풍요롭게 만들어 준다. 인류의 역사는 상상을 현실화시키는 작업의 연속이었다. 꿈이 없는 현실은 무의미한 것이고 꿈과 현실은 분리되지 않는다. 꿈은 우리로 하여금 현실적 실천을 가능하게 해주는 원동력이 되어 주기 때문이다. 제발 이제부터는 퇴폐적이고 관능적인 상상을 단죄(斷罪)하는, 문화적 후진국의 작태를 되풀이하지 말았으면 한다.

(2012)

오 그녀의
긴 손톱에,
긁히고
싶어
마광수

9 나와 '즐거운 사라'

참된 불성(佛性)은 계율을 떠나서 있느니
섹스가 무슨 죄가 되랴

"산은 산이고 물은 물"인 것처럼
섹스는 즐겁고 여자는 탐스럽다

평상심(平常心)이 곧 도(道)
배설은 언제나 즐겁다

–시 「원효」에서

1992년 10월 29일

1992년 10월 29일 아침 일찍 누군가 내 아파트 문을 세게 두드렸다. 잠에서 덜 깬 눈을 비비며 나가 보니 우락부락하게 생긴 세 명의 사내가 서 있었다. 그들은 집안으로 몰려들어와 잠깐 같이 가줘야겠다고 말했다. 누구냐고 물어봤더니 검찰에서 나온 수사관들이라고 했다.

그들은 구속영장도 제시하지 않고 나를 양쪽으로 붙잡고 차에 태워 검찰청으로 끌고 갔다. 갑자기 당한 일이라 어안이 벙벙하고 몹시 곤혹스러웠다. 내 소설 『즐거운 사라』 출간 이후 보수층의 비난이 쏟아져서 어렴풋이 불안한 예감을 느끼고는 있었지만, 전례가 없던 일이고 또 한창 '민주화'와 '개방화'가 외쳐지고 있는 때라서, 애써 낙관적인 기대감을 가지려고 노력했기 때문에 더욱 그랬다.

검찰청 현관에 도착하니 검찰에서 미리 연락을 해놓았는지 기자들이 몰려와 있었다. 우르르 달려들어 사진을 찍거나 TV 카메라를 들이댔다. 태연한 표정을 연기해 내기가 무척이나 힘들었다.

기자들이 마이크를 들이대며 자꾸 한마디 얘기해 보라고 했다. 나는 할 말이 얼른 생각나지 않았다. 그래서 우물쭈물하고 있다가 간신히 입을 떼고 이렇게 말했다.

"문학작품을 가지고 작가를 사법처리한다는 건 우리나라가 아직 문화적 후진국이라는 증거입니다."

수사관들에 이끌려 검사실로 들어갔다. 검사실 명패 위엔 '특수부'라고 씌어 있었다. 잠시 후 청하출판사의 장석주 사장이 연행되어 끌려 들어왔다. 그리고 나와 장 사장은 각각 다른 방으로 끌려가 취조를 받게 되었다.

취조실에 들어서니 창문이 보이지 않았다. 완전히 밀폐된 방이었다. 그래서 나는 섬뜩한 공포감을 느끼지 않을 수 없었다. 곧이어 검사가 들어왔다. 검사는 내 나이 또래의 남자였다. 그런데도 그의 얼굴에서는 '70년대식 허무'가 풍겨 나오지 않고 있었다. 너무나 의기양양하고 자족적(自足的)인 표정이었다. 나는 참 이상하다고 생각했다.

검사가 질문을 하고 수사관이 타이프로 받아 적었다. 신문(訊問)이 시작되자 검사의 얼굴표정이 바뀌었다. 어딘지 모르게 살기가 감돌고 몹시 위압적이었다.

범죄행위라는 게 소설을 쓴 것이고, 죄목이라는 게 소설이 음란하다는 것인 만큼 기이한 신문이 될 수밖에 없었다. 증거조사도 있을 수 없고 뚜렷한 가해자나 피해자도 있을 수 없었다. 롤랑 바르트가 말했듯이 그야말로 '내가 보면 예술, 남이 보면 외설'인 게 에로티시즘 예술에 대한 판단기준일 수밖에 없는데, 검사가 자꾸 나를 파렴치한 현행범처럼 몰아가니 정말 답답하고 암담한 기분이었다.

그러니 자연 문학적 논쟁을 벌일 수밖에 없었는데, 검사의 문학관은 구태의연한 권선징악적 교훈주의에 머물러 있어 대화가 되지 않았다. 마치 벽에다 대고 말을 하는 것 같은 기분이었다. 외설이나 음란이라는 게 보는 사람에 따라 다른 것인데도, 검찰 측에서 음란하다고 보면 곧바로 '죄'가 되는 것이었다. 중세기의 마녀재판이 연상되는 중에서도, 나는 그래도 한껏 설명을 해나가는 수밖에 없었다. 말하는 것조차 너무나 피곤했다.

"현행범도 아닌데 이렇게 불시에 연행을 해도 되는 겁니까?"

할 말은 해야겠다 싶어 내가 얘기 도중 검사에게 물었다.

"사안이 그만큼 중대하기 때문이오. 당신의 소설이 미풍양속을 해칠 가능성이 크기 때문에 구속수사를 하기로 방침을 정한 거요."

"아니 '가능성'이 어떻게 죄가 됩니까?"

검사는 내 물음에 대답하지 않고 굳어진 얼굴로 신문을 계속해나갔다.

"왜 이 소설의 주인공 같은 방탕한 여자를 그렸소?"

나는 하는 수 없이 내 나름대로 답변을 해나갈 수밖에 없었다.

"저는 방탕한 여성을 그린 게 아니라 성에 자유로운 여성을 그린 것입니다. 설사 이 소설의 주인공이 방탕한 여성이라고 해도, 그런 여성은 이 시대의 한 개성으로 적지 않게 실존하고 있는 인물들 중의 하나입니다. 저는 이 소설을 통해 한 젊은 여성이 봉건적 성윤리에 반항하면서, 성에 대한 '학습욕구'를 실천해 보려고 애쓰는 과정을 그려보고 싶었어요. 여성해방운동의 여파로 요즘 우리나라 젊은 여성들 사이에서는 성에 대한 학습욕구가 더 커져가고 있고, 또 혼전순결 등 조선시대의 유교 이데올로기에 저항하는 면을 많이 보여주고 있지요. 이 소설의 여주인공처럼 행동으로까지 옮기지는 못한다 할지라도, 내면적으로는 프리섹스에 공감하고 있는 여성들이 상당히 많은 게 사실 아닙니까?"

"문학이란 독자에게 윤리적 감화를 줘야 하는 것 아니오? 이런 소설을 딸에게 읽힐 수 있겠소?"

"딸이라면 대체 몇 살 난 딸을 말씀하시는 겁니까? 서른 살 먹은 딸도 있을 수도 있고 다섯 살 먹은 딸도 있을 수도 있어요. 저는 법 집행이 합리적 이성에 따라 이루어져야 한다고 생각합니다. 그런데 그렇게 비합리적인 질문을 하시니 몹시 실망하게 되는군요. ……설사 미성년의 딸을 가리켜 말씀하신 거라고 쳐도, 딸에게 어떤 책을 읽어라 말아라 강요할 수는 없어요. 읽으래도 안 읽을 수가 있고 읽지 말래도 읽을 수가 있으니까요. 또 비슷한 나이의 딸들이라 하더라도 독서수준이나 독서취향이 각각 다를 수밖에 없지요. 청소년을 핑계로 표현의 자유를 억압하는 건 말도 안 되는 일입니다. 그럼 성인문학은 존재할 수 없게 되니까요. 그런 논리대로라면 청소년이 보면 안 되니까 어른들이 섹스를 해서도 안 되지 않겠습니까? ……그리고 왜 딸 걱정만 하고 아들 걱정은 안 하시는 겁니까? 이 책의 주인공이 여자가 아니라 남자였다면 시비가 한결 줄어들었을 겁니다."

내 말을 듣고 나더니 검사가 갑자기 화를 냈다.

"그럼 당신이 쓴 책이 음란하지 않다고 생각한다는 말이오?"

"보는 사람에 따라 다르겠지요. 독자들 중엔 '너무 야하다'는 사람도 있었고 '너무 싱겁다'는 사람도 있었어요. 법이란 명백한 기준과 형평성이 있어야 하는 것 아니겠습니까? 제 소설을 음란하다고 보시는 건 자유입니다만, 검사님도 역시 다양한 독자 중의 한 분일 뿐입니다. ……그리고 소설이란 원래 허구적 상상의 산물인데 어떻게 상상을 단죄할 수 있습니까? 이 소설의 여주인공이 설사 현실 속의 인물이라고 해도 잡혀갈 이유가 하나도 없어요. 음란하든 안 하든 합의적(合意的) 섹스만 하고 있으니까요. 소설 속에서 완전범죄의 살인 묘사를 해도 아무런 문제를 삼지 않는데, 자유로운 성행위를 했다고 해서 작가를 처벌한다는 건 저로선 도무지 납득이 가지 않습니다. 또 죄라는 게 살인이나 절도같이 명백한 가해행위가 있어야 하고 또 피해자도 있어야 하는데, 단지 일부 독자에게 외설적인 느낌을 준다고 해서 작가를 처벌한다는 것은 더더욱 납득할 수 없는 일입니다."

검사는 말문이 막혔는지 더욱더 감정적으로 나왔다.

"난 당신 책을 보고 음란한 느낌 정도가 아니라 혐오감이 느껴집디다."

"혐오감을 준다고 처벌할 수 있습니까? 혐오스러운 것을 보여주는 것은 오히려 문학의 중요한 목표 중 하나입니다. 현대소설은 특히 인간과 사회의 추악한 모습을 그대로 드러내는 경향이 많지요. 인간의 동물적 본성이나 사회의 밑바닥을 해부하다 보니 그로테스크한 묘사가 많이 나올 수밖에 없는 거죠. 아름다운 것만 골라서 그린다면 사회나 인간의 실체를 파악할 수 없어요. 그러므로 혐오스러운 것을 보여줬다고 해서 그것이 죄가 될 수는 없습니다. 오히려 아름답지 않은 것을 아름답게 포장하는 것이 위선이지요. 소설의 목적은 금지된 것을 파헤치는 것이고, 과거에 대한 끊임없는 회의요, 미래에 대한 끊임없는 꿈꾸기입니다."

"그럼 표현은 왜 그렇게 천박하게 했소? 문학이란 품위가 있어야 하는 것 아니오?"

"천박하다고 해서 죄가 된다는 것도 납득할 수 없는 발상입니다. 제 경우에는 의도적으로 천박하게 표현했어요. 이유 없이 그렇게 썼겠어요? 문학의 품위주의, 양반주의, 훈민주의, 이런 것들에 대한 반발이지요. 한국의 지식인들은 '가벼움'을 '경박함'이나 '천박함'으로 그릇 인식하는 경우가 많고, 설사 경박하다고 해도 그것이 '의도된 경박성'이라는 것을 아는 이가 드뭅니다. 소설 문장에 사용되는 단어가 일상어 또는 비속어일 경우에 흔히들 그런 인상을 받는 것 같아요. 우리나라에서는 예전부터 한문을 숭상하고 우리말을 폄하해서 보는 습관이 지식층에 형성돼 있기 때문에, 이를테면 '핥았다' '빨았다' 등 순 우리말을 구사한 표현은 쉽사리 조악하고 천박한 표현으로 간주되는 경향이 있지요. 그래서 특히 성희 묘사의 경우 대체로 빙 둘러 변죽 울리고 한자어를 많이 쓰는 문장이 더 품위 있는 문장으로 간주되고, 직설적인 구어체의 문장은 상스럽고 천박한 문장으로 간주되는 것이 보통이었습니다. 말하자면 아무리 야한 내용의 소설을 쓴다고 해도 어법이나 전체적 틀은 경건주의를 유지하려고 애쓰고, 결말부분에 가서 권선징악적으로 끝을 맺는다거나 주인공이 반성을 한다거나 하는 식으로 포장을 하며 양다리를 걸치는 게 정석으로 되어 있었지요. 저는 그런 것에 대한 반발로 이 소설의 여주인공을 부각시키려고 했습니다. 우리나라 소설에 어디 이 소설의 여주인공 같은 여자가 있나요. 성에 조금 자유롭다 싶으면 다 자살하거나 반성하거나 그러지요."

"잘도 둘러대는데, 그럼 대관절 당신의 문학관은 뭐요?"

"저는 문학이 '상상적 대리배설'인 동시에 '관습적 통념과 억압적 윤리에 대한 도전'이어야 한다고 생각합니다. 말하자면 '창조적 반항'

이 문학의 본질이라고 보는 거지요. 현 사회의 지배적인 가치가 정말 옳은 것인지 질문하는 것이 바로 작가가 해야 할 일입니다. 우리가 길들여져 있는 가치관과 윤리관에 대해 끊임없이 회의하면서, 우리가 진리라고 믿고 있는 것이 정말 진리인지 아닌지, 또 왜 그것을 믿어야 하는지를 집요하게 캐들어가는 것이 바로 '작가의 사회적 책임'이지요. 기성윤리와 가치관을 추종하면서 스스로 '점잖은 도덕선생'을 가장하는 것은 작가로서 가장 자질이 나쁜 자들이나 하는 짓입니다. 문학은 무식한 백성들을 가르쳐 길들이는 도덕교과서가 돼서는 절대로 안 됩니다. 그런 문학만이 판치는 사회에서는 독창적 상상력과 표현의 자율성이 질식되고 말아요. 문학의 참된 목적은 지배 이데올로기로부터 탈출이요, 창조적 일탈인 것입니다."

"지배 이데올로기로부터의 탈출이라고 했소? 그럼 당신은 우리나라의 정치체제를 부정하는 거요?"

"저는 주로 수구적 봉건윤리를 말하고 있는 것입니다. 이 책의 여주인공은 오히려 운동권 학생들의 경직된 사고를 비판하고 있지 않습니까?"

"참, 그것도 그렇소. 학생들의 운동 덕분에 대통령 직선제가 관철되고 이만큼 민주화됐는데, 왜 이 소설의 여주인공은 운동권 학생들을 비판하고 있는 거요?"

"운동권 학생들이나 진보적 지식인들 중 상당수가 봉건윤리적 사고방식의 측면에서는 다른 기득권 수구주의자들과 하나도 다를 게 없기 때문에 비판하고 있는 거지요."

대답을 하면서도 나는 속으로 허탈한 웃음이 나왔다. 예전엔 운동권 학생들을 때려잡던 검찰이, 이제 와서는 소설 속 여주인공이 운동권 학생들의 윤리적 경직성을 비판하는 말 몇 마디 한 걸 가지고 트집을 잡고 있기 때문이었다.

"어쨌든 이 소설에는 오럴섹스, 카섹스, 여자가 땅콩을 가지고 하는 자위행위, 마조히스틱한 섹스나 레즈비언 섹스 등 변태적인 장면이 나오고 있소. 이건 분명 수치심을 자극하는 행위묘사에 해당되는데, 그래도 할 말이 있소?"

"오럴섹스나 자위행위, 그리고 카섹스까지도 변태라고 하는 건 납득하기 곤란합니다만, 어쨌든 성희 묘사가 변태스럽다고 해서 그것이 죄가 된다는 건 납득이 안 갑니다. 변태성욕 역시 인간 심리의 다양한 양상 중 하나인데, 그걸 리얼하게 묘사했다는 것이 어떻게 죄가 될 수 있습니까? 범죄소설에서 갖가지 변태심리를 다루는 것이 당연하듯이, 성애소설에서 변태심리를 다루는 것 역시 하나도 이상할 게 없어요. '정상적인 성'이나 '생식적인 성'만 소재가 될 수 있다면 인간의 내면세계를 보다 깊게 파헤칠 수 없으니까요. 사디즘이나 마조히즘 등의 변태심리는 이제 단지 성애의 측면에서뿐만 아니라 정치학이나 사회학에서까지도 폭넓게 응용되고 있습니다. 사드나 마조흐의 소설은 이미 문학사의 고전이 되었고, 에리히 프롬의 『자유로부터의 도피』 같은 책도 마조히즘 심리를 정치사회학적 측면에서 다룬 명저로 취급받고 있지요. 일부 독자의 성관(性觀)에 어긋나는 성행위를 그렸다고 해서 그것을 무조건 음란 퇴폐물로 규정해 단죄한다는 것은, 남성상위 체위 이외의 방법으로 성교하는 사람들을 단죄했던 중세기의 논리와 다를 바 없어요. 변태성욕은 이제 영화나 문학의 단골 소재로 등장하고 있고, 일반 독자들 역시 그런 종류의 묘사에 세련된 반응을 보이고 있는 게 사실입니다. 대다수의 독자들은 오히려 평범하지 않은 사건이나 성애를 바라고 있지요. 상상적 일탈을 통해 심리적 카타르시스를 맛보기를 원하기 때문입니다."

이밖에도 범죄모의 장소(즉 출판계약을 한 곳)나 간행물윤리위원회의 결정에 불복한 이유에 대한 추궁 등, 많은 질문이 있었다. 나중에 수사관이 타이핑한 것을 보여주며 확인하는 뜻으로 손도장을 찍으라고 했다. 요약해서 기록했기 때문에 문맥이 안 맞는 데다가 문법에 틀리는 문장이 수두룩했다. 일일이 다시 써주거나 고쳐 주는 것이 불가능할 것 같아 그냥 손도장을 찍어 주었다.

내가 아무리 답변을 잘한다고 해도 검사든 판사든 "나는 음란하게 봤다"고 하면 그만이기 때문에, 사실 검찰의 신문이나 사법부의 재판은 아무런 의미가 없었다. 살인범이라 할지라도 증거가 충분치 못하면 무죄가 되는데, 이런 식의 문학 재판은 정말 황당한 '원님 재판식' 법집행이라는 생각이 들었다.

검사의 신문이 끝난 후 나는 오랫동안 취조실에 갇혀 있었다. 수사관 하나가 남아서 나를 감시했다. 담배를 못 피우니 미칠 지경이었다. 낌새로 봐서는 구속영장이 발부될 게 분명한데, 앞으로도 계속 담배를 못 피울 생각을 하니 몸서리가 쳐졌다.

저녁때가 되자 수사관이 국밥 한 그릇을 갖다 주었다. 밥이 잘 넘어가지 않았다. 반도 못 먹고 숟가락을 놓자 수사관들이 들어와 나를 양쪽에서 잡고 검사실로 들어갔다. 청하출판사의 장 사장도 끌려 들어와 있었다. 검사가 나를 보고 말했다.

"구속영장이 발부됐소. 할 말 있소?"

나는 몹시 지쳐 있었지만 한마디 안 할 수가 없었다.

"이번 사건처럼 이른바 외설을 이유로 작가를 구속한 일은 한국에서 뿐만 아니라 세계적으로도 유례가 없는 것 같습니다. 한국의 현실에 절망감을 느낍니다."

그러자 검사는 나직한 목소리로 말했다.

"마 선생을 연행한 것이나 구속하는 것이나 나 혼자 결정해서 한 일은 아니오. 이 사건은 국가적 사안(事案)이오."

'국가적 사안'이라는 말이 어쩐지 우스꽝스럽게 들리면서, 한편으로는 나를 몹시 겁나게 했다.

곧이어 나는 검찰청 밖으로 끌려나와 구치소로 가는 자동차에 태워졌다. 기자들이 또 한 떼 몰려와 사진 촬영을 했다.

서울 구치소는 경기도 의왕시에 있었다. 어두컴컴한 하늘 아래서 황량한 모습을 하고 있는 시멘트 건물이 보였다. 나는 구치소 대기실로 끌려들어갔다. 장 사장이 다른 차로 실려와 꿇어앉혀져 있었다.

나도 꿇어앉혀져 있다가 다른 구속자들이 다 들어온 후 다른 방으로 끌려갔다. 우리는 모두 함께 발가벗기운 채 신체검사를 받았다. 몹시 추웠다. 건강을 위한 신체검사가 아니라 담배나 현금 또는 흉기 등을 몸에 숨기고 들어오지나 않았는지 조사해 보는 신체검사였다. 항문과 입 안 등을 교도관들이 샅샅이 검색했다. 그러고 나서 푸른색의 죄수복을 입혔다. 얇은 옷이라 추위가 가셔지지 않았다. 그 뒤 나는 독감방(獨監房)에 수감되고 장 사장은 다른 혼거방(混居房)에 수감되었다.

감방에 들어서니 한 평이 채 될까 말까 했다. 시멘트벽에 마룻바닥이라서 몹시 춥고 을씨년스러웠다. 난방 시설 같은 건 어디에도 보이지 않았다. 덜덜 떨리는 몸을 얇은 매트리스 위에 뉘었다. 희미한 형광등이 독감방 안을 비추고 있었다. 수감자를 감시하기 위해 밤새도록

불을 켜놓는 모양이었다.

몸 하나를 간신히 포용할 정도의 작은 방이 꼭 자궁 속처럼 보였다. 어쩌면 이곳이 진짜 내가 있던 자궁이요 모국(母國)이라는 생각이 들었다. 하지만 자궁치고는 너무나 춥고 을씨년스런 자궁이었다.

매트리스 위에 누웠는데도 밑에서 차가운 냉기가 올라와 몸이 덜덜 떨려왔다. 플라스틱으로 만든 목침을 베고 담요를 잡아당겨 머리 위로 푹 뒤집어 써보았다. 담요가 얇고 가벼워 전혀 포근한 느낌이 밀려오지 않았다.

나는 30대 초반까지 외풍(外風)이 많은 한옥집에 살았는데, 그때는 늘 아주 두꺼운 이불을 머리끝까지 뒤집어쓰고 자야 했다. 그때 붙은 버릇이 지금까지도 남아 있어 나는 항상 두꺼운 이불을 좋아했다. 두껍고 무거운 이불을 뒤집어쓰고 누워 있으면 꼭 자궁 속 같은 포근한 느낌이 왔고, 시야를 차단하는 어둠 속에서 자궁 속의 태아(胎兒)와도 같은 안온한 안식감(安息感) 속에 잠기게 되는 것이었다.

그러나 감방의 얇은 담요는 아무런 도움이 되지 못했다. 냉기를 없애 주지도 못했고 완전한 어둠을 만들어 주지도 못했다. 그래서 그 속은 자궁 속 같지가 않았다.

이런 상태로는 오늘 밤만이 아니라 내일도 모레도 잠을 이루기 어려울 것 같았다.

(1998)

위선적 도덕주의를 우려한다

소설 『즐거운 사라』에 대해 검찰이 음란표현물로 규정하고 수사를 벌이고 있는데 대하여 나는 심한 우려와 두려움을 느꼈다는 걸 솔직히 고백하지 않을 수 없다.

그 우려는 우리 사회가 정치, 사회, 문화적으로 개방화, 자유화, 민주화로의 행보를 멈추고 급격하게 위선적 도덕주의의 보수화로 회귀하는 징후가 아닐까 하는 데서 비롯되는 것이고, 그 두려움은 창의적이고 자유로운 문학예술이 문단의 전문비평가나 독자들의 판단에 맡겨지지 않고 사법적 판단에 의해 작가를 구금시킬 수도 있다는 어이없는 발상을 하는, 비이성적이고 비상식적인 논리가 우리 사회 일각에서 횡행하고 있다는 사실의 확인에서 오는 공포감에서 비롯되는 것이다.

『즐거운 사라』는 덧없는 것의 화려함과 '순간에 충실하기'에 빠져

들고, '우리에게 내일은 없다'라고 외치며 행동하는 신세대들의 가벼운 삶과 의식을 추적한 작품이다.

물론 그것을 표현하는데 성은 아주 중요한 매개가 되고, 그래서 나의 작품에서 성적 표현이 많이 나타나고 솔직했던 것은 사실이다.

『즐거운 사라』의 주인공인 '사라'라는 여대생은 우리 주변에서 흔히 볼 수 있는 그런 인물 중의 하나이다. 사라는 우리 사회에 존재하는 하나의 살아 있는 개성이고, 지금 여기의 현실이다. 나는 이 소설이 사법적 판단의 대상이 된다는 것을 정말이지 죽었다 깨어나도 이해할 수 없다.

한국의 현대문학이 이광수 이래로 고수해온 도덕적 전통이 한국 소설을 정체시키고 답보시켜온 한 가지 원인으로 작용했다는 사실을 인정해야만 한다. 위선적으로 고착된 도덕주의와 경건주의, 그리고 문학작품을 통해 작가의 인격이나 가치관을 저울질해보려는 태도는, 작가들의 상상력과 사회적 입지를 위축시켜 그들을 이중인격자로 만들어버리기 쉽다.

문학이 근엄하고 결벽한 교사나 사제의 역할, 또는 혁명가의 역할까지 짊어져야 한다면 문학적 상상력과 표현의 자율성은 잠식되고 만다. 작가들은 저마다 살아온 배경이 다르고 가진 생각과 세계관이 다르다. 그것의 다양하고도 창의적인 문학적 표현은 마땅히 존중되어야 한다.

그것에 제재를 가해야 한다는 발상은 우리 사회를 획일적 윤리기준에 묶어두려는 독선적이고 전체주의적인 발상에 다름없다. 『즐거운 사라』에 씌워진 음란물이라는 혐의를 벗기려는 나의 노력은, 문학적 상상력과 표현의 자율성을 확보하고 지키기 위한 싸움인 것이다.

*윗글은 1992년 10월 29일 내가 쓴 소설 『즐거운 사라』의 외설 혐의로

구속되기 직전, 『중앙일보』에 입으로 불러 송고한 글 전문이다. 이 글은 내가 구속된 다음 날, 「위선적 도덕주의를 우려한다」라는 제목으로 『중앙일보』에 게재되었다. 원래 내가 붙인 제목은 「문학은 근엄하고 결벽한 교사나 사제(司祭)가 아니다」이다.

(1992)

그래도 사라는 즐겁다

─『즐거운 사라』 필화사건 시말기(始末記)

『즐거운 사라』 필화사건은 외설을 이유로 작가를 전격 구속하고 형사범으로 처벌했다는 점에서 근대 이후 세계 최초의 사건이다. 또한 우리나라 최초의 사건이기도 하다. 근대 이후 20세기 중반까지 세계적으로 몇몇 '외설재판'이 있었지만 작가를 구속하고 단죄한 적은 없었다. 모두 다 '판매금지'를 위한 재판이었을 뿐이다.

『즐거운 사라』 사건은 구시대의 봉건 유교윤리가 새 시대의 자유민주주의 윤리를 억압하는 데 따른 한국의 정신적 혼란상을 여실히 드러내 보여준 문화사적 사건이라는 게 내 생각이다. 단순한 '외설 파문'으로 보아 넘기기엔, 이 사건은 너무나 많은 의문점과 정치적 함의(含意)를 내포하고 있다. 『즐거운 사라』 사건은 어찌 보면 단순한 외설사건처럼 보일지 모르지만, 사실은 겉으로만 자유민주주의를 내세우고 있는 한국 사회의 현실을 상징적으로 보여준 사건이라고 볼 수 있다. 왜냐하면 이 사건은 헌법에 보장된 국민의 자유권을 구속하는 너무나 많은 사례 가운데 하나가 특별히 불거져 나온 사건이기 때문이다.

우선 사건의 개요를 간단히 정리해 보기로 하자.

1992년 10월 29일 아침, 나는 집으로 들이닥친 검찰 수사관들에게 연행되어 서울지방검찰청 특수 2부로 끌려갔다. 그리고 그날로 구속영장이 청구되고, 서울지방법원의 결정으로 그날 저녁 서울구치소에 구속 수감되었다. 검찰에서 내게 적용한 법률은 형법 244조 '음란물 제조' 혐의였다.

구속 당시 나는 연세대학교에서 1,000여 명의 대학생들을 상대로 다섯 강좌의 강의를 하고 있었다. 대학교수가 강의 도중 구속된 예는 거의 없었다. 파렴치한 죄의 현행범이거나 반국가사범 몇 명 정도가 고작이었다. 또 '음란물 제조죄'라는 것이 '징역 1년 이하 또는 벌금 40만원 이하'의 지극히 경미한 죄인데다가 거의 사법화(死法化)된 죄였고, "현행범이면서 증거인멸과 도주의 우려가 있고, 구형량이 3년 이상이 되는 죄"가 아니면 구속하지 않는 것이 원칙이기 때문에, 돌연한 구속은 나뿐만 아니라 한국 사회를 놀라게 했다.

구속 후 나는 구속적부심을 신청하여 2시간 넘게 재판을 벌였으나 상급법원은 이를 기각했다. 그리고 곧바로 서울지방법원의 내 사건 담당 판사에게 보석신청을 했으나 이 역시 기각되었다. 보석신청을 기각하면서 담당판사는 "국가적 사안이므로 보석신청을 기각한다"라고 말했다고 신문에 보도되었다. 그 말이 사실이라면, 한 교수 겸 작가를 전격 구속하여 사회의 부도덕한 성윤리에 경종(?)을 울리는 것이 '국가적 사안'으로까지 격상됐다는 것을 의미한다.

그러고 나서 나는 두 번의 공판 후 1992년 12월 28일 1심 재판에서 징역 8개월에 집행유예 2년을 선고받고 일단 감옥에서 풀려나왔다. 대통령 선거가 끝난 직후였다. 나는 곧바로 1심 판결에 불복하여 항소했으나 2심 재판도 1994년 7월 13일에 기각되었다. 2심 재판 중에는 재판부가 애초에 지정한 감정인인 민용태 · 하일지 씨가 무죄 취지의 감정을 하자, 재판부가 다시 감정인을 바꾸어 재 감정을 하는 일이 일어나기도 했다.

2심 재판 결과를 보고 사법부에 판단을 맡길 수 있는 사건이 아니란 생각과 '달걀로 바위 치기'라는 생각이 들었지만 나는 명분상 대법원에 다시 상고하였다. 그러나 대법원 역시 1995년 6월 16일에 상고를 "이유 없다"고 기각했다. 그 결과 나는 사건 발생 후 직위해제 상태로 재직하고 있던 연세대학교에서 해직되었다. 그러다가 새 대통령이 취임한 직후인 1998년 3월 13일자로 사면 · 복권되었고, 5월 1일자로 복직되었다. 그렇지만 『즐거운 사라』는 아직도 해금되지 않은 상태로 있다.

한국에서 소설의 외설성 때문에 작가가 기소된 것은 내 사건 이전에 딱 한 번 있었다. 1969년에 염재만(廉在萬) 씨가 『반노(叛奴)』로 기소돼 재판을 받은 것이 그것이다. 그러나 그가 겪은 재판은 나와는 전혀 상황이 달랐다. 그는 불구속 기소되었으므로 자유로운 상태에서 재판을 받을 수 있었을 뿐만 아니라, 1심에서는 벌금형, 그리고 2심과 3심에서는 무죄선고를 받았다. 적어도 내 사건에 있어서만은 대한민국 사법부는 20여 년 전보다 훨씬 '비민주적'인 태도를 보였다고 볼 수 있다. 판결 결과를 차치하더라도, 우선 '전격 구속'이라는 위압적인 카드를 쓴 것이 그렇다.

그렇다면 염재만 씨와 나는 기소 과정이나 판결 결과에 있어 왜 그토록 큰 차이가 나는 법 적용을 받은 것일까. 이 문제를 따져보면 『즐거운 사라』 사건의 본질과 한국의 정치적 · 문화적 실상의 시대적 추이를 알 수 있을 것이다.

우선, 미안한 얘기지만 염재만 씨는 당시에 무명 신인 작가였고 나는 꽤 '유명한' 교수요 작가였다. 『즐거운 사라』 이전에 나는 문학이론서 5권, 시집 3권, 장편소설 2권, 에세이집 4권의 저서를 갖고 있었고, 개방적 성의식과 자유주의적 윤리를 주장하여 열띤 호응(주로 신세대층에서)과 비난(주로 기득권 보수층에서)을 받고 있었다. 내가 대중적 지명도를 얻게 된 것은 1989년 초에 발간한 에세이집 『나는 야한 여자가 좋다』 때문인데, 이 책은 상당히 많은 판매부수를 기록하며 찬사와 험담, 그리고 매도의 대상이 되었던 것이다.

자유로운 성적 쾌락의 추구와 수구적 봉건윤리의 척결을 주장한 일종의 문화비평집인 이 책은, 당시까지만 해도 도덕적 설교 위주의 성 담론밖에 없었던 한국 사회에 '새로운 패러다임'의 도출서 역할을 했던 것 같다. 그러고 나서 곧바로 낸 시집 『가자, 장미여관으로』와 장편소설 『권태』 및 『광마일기』 역시 화제를 불러일으켜, 드디어 심의기관인 '간행물윤리위원회'에서는 참다못해(?) 『광마일기』에 '경고' 처분을 했고, '방송위원회'에서는 방송에서의 야한 발언을 이유로 '방송 출연정지' 조치를 하기까지 했다. 이런 상황인데다 나는 또 이른바 '인기 교수'(말하기 쑥스럽지만)였으니, '매스컴 플레이'에 의한 '여론재판'의 희생양 또는 이용물로 썩 좋은 대상이 되었을 게 분명하다.

그 다음으로 생각해 볼 수 있는 것은, 염재만 씨 사건 당시, 또는 1980년대 말까지만 해도 한국 사회의 관심사는 오직 '이데올로기' 문제 하나뿐이었다는 사실이다. 그때는 유교적 충효사상과 반공 이데올로기 두 가지만 가지면 국민훈도가 얼마든지 가능하던 시대였다. 그러나 1992년 당시는 경제성장과 동구 및 구소련의 붕괴 때문에 반유교적 자유주의 윤리(주로 성해방과 개인적 쾌락추구의 자유를 위주로 하는)가 최대의 관심사로 떠오르고 있었고, 마르크시즘이나 반공 이데올로기에 국민 모두가 시큰둥해하던 때였다. 그래서 기득권 지도층에서는 좌파든 우파든 새로운 국민훈육용 카드로 '민족적 국수주의'와 '도덕주의'를 내세울 수밖에 없었다. 다시 말해서 '반공적 매카시즘'이 '도덕적 테러리즘'으로 전환되고 있었던 것이다.

위의 두 가지 이유 때문에 염재만 씨 사건과 내 사건이 그 전개양상에서 커다란 차이점을 보이는 것이고, 염재만 씨 사건 이후 20여 년 만에 죽어 있던 법조문이 벌떡 일어나 '외설소설 사건'을 크게 터뜨리게 된 것이라고 할 수 있다.

사실 한국에서는 작가를 기소하지 않아도 얼마든지 판금을 시킬 수 있는 제도를 갖추고 있다. 문화부에서는 행정명령 하나로 간단히 책의 판매금지를 시행할 수 있다. '간행물윤리위원회'는 그런 목적을 위해 설립된 정부기관인데, 보수적 인사들이 대부분 심의위원 직을 맡고 있다. 간행물윤리위원회에서는 문화부에 '제재'를 건의하고 문화부는 이를 대체로 받아들이는 수순이다. 간행물윤리위원회가 직접 저자와 출판사 대표를 고발할 수도 있는데, 내 경우는 그런 경우가 아니라 검찰의 단독결정에 의한 사건이었다. 사회 여론이 '표현의 자유'쪽으로 흘러가고 있어서 그랬는지, 『즐거운 사라』가 출간된 지 한 달 후인 1992년 9월 말에 간행물윤리위원회가 제재를 건의했음에도 불구하고, 문화부는 내가 구속될 때까지 판금결정을 내리지 못하고 있었던 것이다. 판금결정은 구속이 집행된 직후 검찰의 요청에 의해 황급하게 이루어졌고, 『즐거운 사라』는 인쇄원판까지 압수되었다.

왜 갑자기 유례없는 전격 구속이 일사천리로 집행됐는지, 그 정치적 배경에 관해서 매스컴에서는 의견이 분분했다. 주로 제시된 이유는 "대통령 선거를 위한 전시용 깜짝쇼(공권력의 무서움을 보이고 동시에 당시 여당의 공약인 도덕정치 강화를 상징하는)"와 "건영 특혜사건 은폐용 깜짝쇼" 두 가지였는데, '건영 특혜사건'이란 재벌회사인 건영그룹이 정부의 특혜를 받아 부정한 이득을 취했다고 여론의 의혹을 받은 사건을 뜻한다. 물론 이러한 이유 말고 단순한 이유, 즉 "마광수가 교수의 신성한 직분을 망각하고 전통윤리와 미풍양속을 해칠 가능성이 있는 책을 계속 냈기 때문에 드디어 공권력이 나선 것"이라는 이유가 일부 보수 언론과 보수적 지식인들 측에서는 아주 당연한 이유처럼 강조되었다. 하지만 대부분의 언론은 "마광수도 지나쳤지만 검찰도 너무했다"는 식의 양비론으로 이 사건을 얼렁뚱땅 얼버무리려고 애썼다.

사건의 미심쩍은 배경과 과도한 법 집행에 대하여 계속 반발이 따르자, 사건이 발생한 지 1년 후 한 신문(『문화일보』 1993년 11월 25일자)은 '검찰 관계자들'의 말을 빌리는 식으로 이 사건이 당시 현승종 국무총리의 지시에 의해 급격히 이루어진 것이었다는 내용의 기사를 실었다. 현승종 씨는 6공 말 대통령 선거기간 중에 구성된 이른바 '중립내각'을 맡은 사람인데, 고려대학교 법대 교수 출신으로 전형적인 유교윤리 신봉자이다. 만약 그 보도가 사실이라면, 법학을 전공한 사람이 나의 소행이 괘씸하다는 이유로 '절차의 민주성'을 무시하고 '초법적(*超法的*)인 매질'을 가한 셈이 되는데, 이런 사실이 나를 슬프게 한다. 설사 현 총리의 개인적 결단(?)에 의한 지시로 이 사건이 발생했고, 정치적 배경이 전혀 없다고 해도 이 사건이 갖는 문화사적 의미는 크다.

『즐거운 사라』 사건이 일어나자 검찰과 사법부의 구속 집행을 지지 또는 동조하는 글을 발표한 지식인은 손봉호 · 구중서 · 이태동 씨 등 대여섯 명에 불과했고(그중에는 한국의 보수문학을 대표하는 이문열 씨가 끼어 있어, 공판 중에 담당검사는 이씨가 나를 비난한 글의 한 대목을 일종의 증거로 낭독하기도 했다), 고은 · 문덕수 · 김주영 · 하재봉 · 조세희 · 김수경 씨 등 217명의 문인이 항의서명을, 그리고 최일남 · 임헌영 · 박범신 · 김병익 · 문형렬 · 신승철 씨 등 40여 명의 지식인이 이 사건을 현대판 '마녀사냥'으로 규정하며 작가를 구속하고 문학작품을 법으로 재판하는 행위를 비판하는 글을 썼다. 그중에서 우선 한국외국어대학교 신문방송학과 조종혁 교수가 쓴 「마광수 교수의 도전과 수난」이라는 글의 한 대목을 여기 소개해 보려고 한다. 이 사건의 문화사적 배경과 원인을 잘 지적하고 있다고 생각되기 때문이다.

> 마광수 교수의 커뮤니케이션 행위는 지금까지 한국 사회가 지녀온 '교육의 신화'를 전면적으로 거부하는 것이었다. 신화의 거부 — 이것이 그에게 주어진 모든 지탄과 비난과 억압의 이유였다. 그러나 신화의 거부, 신화의 파괴는 언제나 새로운 의미의 장(場)을 연다. 그것은 새로운 현실 구축의 가능성을, 새로운 출발점을 시사한다. 마광수 교수는 이 땅에 전인교육의 신화를 엮어온 기존의 상징체들, 즉 '대학', '권위', '지성', '윤리', '교수', '학자적 양심' 등의 의미작용에 더 이상 귀 기울이기를 거부한 것이다. 이러한 그의 커뮤니케이션 행위는 『즐거운 사라』를 매체로 구체화되었다. 마광수 교수는 과연 대학으로부터 격리되어야 할 반(反)사회적 교수인가?

또한 신세대 작가 장정일 씨는 『즐거운 사라』의 내용을 언급하며 검찰을 비난했는데 그가 쓴 「마광수 교수 구속은 전체주의적 발상」이라는 글의 한 대목을 여기 소개해 보겠다.

『즐거운 사라』의 여주인공은 한국의 사회통념상 금지된 사제 간의 애정행각을 통해 권위주의를 공격하고, 남성 중심의 성문화에 대한 하나의 대안으로 레즈비언을 시험하기도 한다. 또한 그룹섹스를 통해 순결과 성해방 이데올로기에 동시에 눌린 성적(性的) 이중구조를 풍자한다. 마땅히 제자리에 있어야 할 위계질서와 이성간에게만 허용된 성관계, 그리고 남녀간의 1대1 소유에 의한 규범적 관계를 '즐거운 혼란'에 빠뜨리는 그의 작품이 추구하는 바는, 속으로는 병들고 겉으로는 멀쩡히 위장된 위선적인 사회에 대한 가식 없는 직시와 새로운 성윤리의 요청이다. 또 그 '즐거운 혼란'은 답답한 일상을 초월한 어느 높이에서 한없이 낙관적이고 생(生)의 긍정적인 유토피아를 열어 보인다. 이 점, 경건과 금욕으로 강제된 한국문학사에서 희귀하고 소중한 예에 속한다.

다음은 전북대학교 신문방송학과 강준만 교수가 쓴 「성 혁명과 마광수 교수 구속」의 한 대목.

마 교수의 소설 『즐거운 사라』가 문학이 아니라 음란물이라는 검찰의 견해엔 결코 동의할 수 없다. 마 교수의 문학세계는 총체적으로 파악되어야 한다. 그가 모 월간지에 정기적으로 기고해 온 정치칼럼들은 마 교수가 '사이비'가 아닌 진정한 자유민주주의자라는 걸 잘 보여주고 있다. 그가 추구하는 성(性)의 '자유민주주의'는 논란의 여지가 크지만 적어도 체계성과 철학적 기반을 갖고 있다. 그의 성애론(性愛論)은 그의 확고한 신념이지 결코 인기추구나 돈벌이의 수단이 아니다.

마광수 교수의 주장은 섹스가 소비의 대상이 된 현실을 직시하자는 요청임을 유념할 필요가 있다. 그는 섹스를 모든 금기에서 해방시켜 자유롭게, 주체적으로, 그리고 적극적으로 즐길 것을 제안함으로써 그간 우리 사회에 존재해 온 섹스에 대한 이중성을 타파하고자 한다. 그는 섹스가 육체와 정신의 자연스러운 욕구에 부응하는 '소비행위'임을 분명히 함으로써 '성의 신성화'라고 하는 우리 시대의 뿌리 깊은 위선과 기만에 도전하고 있는 것이다.

나를 두둔하는 쪽의 글만 소개했으니, 이번엔 나를 비난한 글들을 소개해 보기로 한다. 먼저 앞서 언급한 바 있는 이문열 씨는 「문학을 뭘로 아는가」라는 글에서 다음과 같이 말했다.

내가 이 나라에서 글 쓰는 사람들 중에 가장 못마땅해 하는 사람들 중의 하나는 바로 그 『즐거운 사라』를 쓴 마 아무개 교수다. 여기서 굳이 마 교수를 소설가로 부르지 않는 것은 아무리 애써도 그가 어떤 공인된 절차를 거쳐 우리 소설 문단에 데뷔했는지 기억나지 않기 때문이다.

내가 마 교수를 못마땅하게 생각하는 이유로는 크게 두 가지를 들 수 있다. 그 첫째는 그의 보잘 것 없는 상품이 쓰고 있는 낯 두꺼운 지성과 문화의 탈이다. 근년 그가 쓴 일련의 글들은 이미 알 만한 사람에게는 그 바닥이 드러났을 만큼 함량 미달에 정성까지 부족한 불량상품이었으나 그는 어거지와 궤변으로 과대포장해왔다.

둘째, 그가 못마땅한 이유는 이미 자신의 생산에서 교육적인 효과는 포기한 듯 함에도 불구하고 대학교수라는 신분을 애써 유지하는 점이다. 나는 그가 지닌 교수라는 직함이 과대포장된 불량상품을 보증하는 상표로 쓰이고 있는 것 같아 실로 걱정스러웠다.

그런 터에 읽게 된 것이 바로 『즐거운 사라』여서 어느 정도 고정관념이나 편견의 위험은 있으나, 읽고 난 뒤 내가 먼저 느껴야 했던 것은 구역질이었고, 내뱉고 싶던 것은 욕지기였다. 나는 솔직히 이제 어떤 식이든 그런 불량상품이 문화와 지성으로 과대포장되어 문학시장에 유통되는 것을 막아야 한다고 생각한다.

다음은 당시 간행물윤리위원회 심의실장으로 있던 박종렬 씨가 쓴 「마광수 신드롬을 척결하자」라는 글의 한 대목이다.

'마광수 신드롬'은 우리들 스스로의 위기관리 능력에 의해서 척결해야 한다. 5,000년 간 우리 선인들이 쌓아온 미풍양속과 문화를 수호하는 것은 우리 세대의 의무이며 차세대를 책임질 우리의 청소년에게 물려주어야 할 우리의 가장 소중한 유산이다.

다음은 서울대학교 법학과 안경환 교수가 2심 재판부의 재감정 때 제출한 「감정서」의 한 대목.

현대인의 일상생활에 있어서의 성은 도시생활에서의 수도에 비유할 수 있습니다. 도시의 생활에 식용수와 세척용 상수도가 필수적인 만큼 상수도에서 효용을 다한 폐기수와 배설물을 처리할 하수도 또한 필요악입니다. 인간의 생활에도 후손의 창출과 사랑의 표현이라는 숭고한 기능의 성이 있듯이, 인간의 저급한 본능을 충족시키기 위한 성 또한 존재하게 마련입니다.

그러나 양자는 무대가 다르고 영역이 달라야 합니다. 도시계획의 요체는 상수도와 하수도를 적재적소에 배치하고 서로 혼화(混和)되지 않도록 하는 데 있듯이 성을 묘사하는 출판물도 각기 지정된 활동영역 내에서 행해져야 합니다. 성에 관한 출판물도 그 형태와 내용에 따라 문학작품과 문학작품이 아닌 단순한 음란물들은 무대가 엄격히 구분되어 서로 섞이지 않도록 해야 합니다. (……) 위의 비유에 입각하면 『즐거운 사라』는 하수도의 무대에 머물러 있어야 함이 마땅한 작품임에도 불구하고 상수도의 무대에서 막이 잘못 오른 작품이라고 생각합니다.

재미있는 것은, 『즐거운 사라』 사건의 공소장에서부터 1·2·3심 판결문에 이르기까지 검찰과 사법부가 줄곧 일본의 1950년대 초반 판례를 원용하여 '외설'의 법 개념을 규정했다는 사실이다. 즉 검찰과 사법부는 외설성(또는 음란성)을, "그 시대의 건전한 사회통념에 비추어 그것이 공연히 성욕을 흥분 또는 자극시키고 또한 보통인의 성적 수치심을 해하는 것이어서, 건전한 성풍속이나 선량한 성적 도의관념에 반하는 것"이라고 정의하고서 나를 기소하고 유죄 판결했다.

그러나 '사라' 사건의 변호를 담당했던 한승헌 변호사의 주장에 의하면, 이러한 음란의 개념은 1951년에 나온 일본 최고재판소의 판례를 그대로 베낀 것이라고 한다. 그런데 이 판례는 1918년 대정(大正)시대의 판결과 근본을 같이하는 것이고 보면, 한국 대법원의 음란죄 판례는 지금 80세 되는 할머니가 태어나던 때의 성 풍속에 적용하던 판례의 복사판이라고 할 수 있다는 것이다.

지금 일본에서 외설죄가 어떻게 다루어지는지 나로서는 알 길이 없다. 다만 『즐거운 사라』가 1994년 1월에 일본어로 번역 · 출간되어, 아무런 문제없이 한국소설로서는 역사상 최다 판매부수(약 10만 부)를 기록했다는 사실에서 어떤 암시를 받을 수 있을 뿐이다.

어쨌든 적어도 사회적 성 관념의 변화와 문화적 개방성의 추세가 법에 반영돼야 한다는 것이, 사건 당시의 내 생각일 뿐만 아니라 한국의 일반적 여론이었다. 또한 문학작품을 법으로 판단할 수 없고, 굳이 '음란물 제조'라는 죄가 있다면, 처벌 가능성을 예견하고 음성적인 루트로 조잡한 음화 같은 것을 만들어내는 것을 의미한다는 것이 문화계의 지배적 견해였다. 그런데도 검찰과 사법부는 시종일관 "미풍양속을 해칠 '가능성'이 있다"는 이유만으로 나를 형사범으로 단죄했다. 구체적 범죄행위가 있고 거기에 따른 피해자가 있어야 죄가 성립되는데, 상상적 허구의 산물인 문학작품을 막연한 '가능성' 하나만으로 단죄했다는 사실이 나로서는 이해가 가지 않는다. 또한 '형평성'의 문제가 크게 제기될 수밖에 없는데, 국민의 기본권 가운데 하나인 '표현의 자유'를 제한하는 데는 엄격한 기준이 있어야 하고, 그 제한에 있어서 조금이라도 치우침이 있어서는 안 되기 때문이다. 검찰과 사법부가 『즐거운 사라』의 몇몇 구절을 이유로 나를 단죄하려면 같은 정도의 성묘사가 등장하는 다른 작품에 대해서도 똑같이 법 적용을 해야 한다. 법이 특정한 권력자의 구미에 맞게 행사되거나 일부 보수 기득권층의 여론에 의해서 적용된다면, 이미 그 사회는 법치주의 사회라고 할 수 없다.

그러므로 『즐거운 사라』사건은 한국사회의 보수 지배세력과 진보 · 대항세력 모두에게, 최소한의 자유민주주의 체제를 유지하기 위해서 우리가 앞으로 해야 할 일이 무엇인지에 대해 생각할 기회를 준 사건이라고 나는 생각한다. 아울러 신세대의 '여론'이 전혀 무시됐다는 점에서(연세대 국문학과 학생회는 4×6배판 670쪽의 사건 백서인 『마광수는 옳다』라는 책을 사회평론사를 통해 정식 출간하기까지 했다), 한국의 '문화적 민주화'의 미래에 암영을 짙게 드리운 사건이라고 본다. 한국의 민주화는 이제 수구적 봉건윤리와의 싸움에서 이기느냐 지느냐에 따라 좌우되게 되었다.

어쨌든 나는 한국을 사랑한다. 한국을 사랑하기에 나는 지금껏 자유주의 윤리를 강조하는 글을 써왔다. 아무쪼록 이 사건이 한국의 문화 발전에 한 계기로 작용하기를 희망한다.

(1999)

사라와 노라, 마광수와 이광수

내가 쓴 소설『즐거운 사라』에 나오는 '사라'와 헨리크 입센이 쓴 희곡『인형의 집』 에 나오는 '노라'는 서로 이름이 비슷하다. 게다가 둘 다 말하자면 여성 해방을 외치고 있다는 점에서 신기한 우연의 일치라는 생각이 든다. '노라'는 '사라'보다 100년 먼저 나온 여성인데, 사라가 강박된 순결 이데올로기로부터의 탈출을 꿈꾸며 남권 사회의 가부장적 권위주의에 대항하는 미혼 여성이라면, 노라는 중산층의 유부녀로 남편에게서 '인형 같은 아내'로 취급받는 것에 불만을 느껴 결국 가정을 뛰쳐나오는 기혼 여성이다.

노라는 성의 종속 문제보다 '아내'라는 직업 자체에 염증을 느껴 남편에게 대항한다.『인형의 집』 마지막 부분에 나오는 노라의 대사는 그녀의 이런 심정을 잘 대변해 주고 있다.

"당신은 저를 사랑했던 게 아니에요. 저를 인형과 같은 아내로 묶어 두고 장난감처럼 취급해 줬을 뿐이에요. 그 증거로 가정에 위기가 닥치니까 저를 나무라고, 위기가 사라지니까 저를 애무했어요. 저는 8년 동안이나 이 집에서 남과 같이 살면서 아이들을 셋이나 낳았던 거예요!"

결국 노라는 아이마저 버리고 집을 나서는데, 그녀가 위에서 말한 '위기'란 부채 문제를 가리킨다.

『즐거운 사라』의 사라는 노라와는 조금 다른 불만을 갖고 있다. 여대생 사라는 부권적(父權的) 억압으로부터의 탈출 욕구와 부모에 대한 애증의 양가감정(兩價感情), 그리고 순결 콤플렉스와 신데렐라 콤플렉스, 그리고 외모 콤플렉스에서 헤어나지 못하고 헷갈리는 심리적 갈등을 겪고 있다. 그런 와중에서 주인공은 성적 호기심과 학습 욕구를 스스럼없이 드러내어 자발적이면서도 즉각적인 관능적 만족을 추구한다. 하지만 왠지 불안한 상태로 자유분방하게 연애 편력을 해가는 과정에서, 그녀는 결국 여성의 개인적 권리 및 심리적 해방감과 독립성을 회복한다는 것을 암시하는 결말로 끝나고 있다.

이상하게도 우리 사회에서는 남성의 순결에 대해서는 지극히 무관심하면서 여성의 순결에 대해서는 가혹하리만치 엄격하다. 남녀평등 운동이나 여권신장 운동이 활발하게 펼쳐지고 있음에도 불구하고, 심지어 여성운동 단체들에서조차 여성의 순결 이데올로기만을 지나치게 강조하는 경향이 있다. 내가 『즐거운 사라』로 구속되었을 때, 또는 그 이전에 성을 테마로 한 여러 권의 책을 내었을 때, 일부 여성단체가 내게 대해 보여준 극단적인 혐오감과 공격이 이것을 입증한다.

말하자면 여권은 신장되어야 하되, 여성들의 성도덕만은 조선조 시대의 부덕을 그대로 간직해야 한다는 얘기인데, 이는 아무래도 자가당착적인 모순이 아닐 수 없다.

'사라'는 급진적 신세대 여성의 표본이다. 사라가 만약 소설에서처럼 정신적 방황을 통한 '성의 학습 기간'을 거치지 않고 신데렐라 콤플렉스에 굴복하여 그저 그렇고 그런 당세풍(當世風)의 결혼 생활로 접어들었다면, 그녀는 틀림없이 제2의 '노라'가 되어 가정을 파괴시키고 말았을 것이다. 나는 제2의 노라가 양산되는 것을 미리 막아 보자는 의도에서, 우리 사회로서는 보편적으로 받아들이기 어려운 인물이긴 하지만 어쨌든 주체성 있는 성의식을 가지려고 노력하는 사라라는 허구적 여성을 창출해 보았던 것이다.

아닌 게 아니라 요즘 우리나라 중년 부인들 중엔 심리적으로 '노라'와 같은 답답증과 억울함을 느끼며 생활해 가고 있는 이들이 많다. 여성의 사회참여가 늘어갈수록, 가정에만 틀어박혀 가정부나 보모 역할로 만족해야 하는 것이 짜증스럽기 때문일 것이다. 그래서 그런지 요즘에는 아직 극소수이긴 하지만 처녀 시절에 못다 푼 사랑에의 열정을 뒤늦게 쏟아 부어, 불륜의 혼외정사를 남편 몰래 상습적으로 갖는 여성들도 늘어나고 있다. 모두 다 '성에 대한 학습'을 직접적으로든 간접적으로든 남성 위주로만 실시해 온 우리나라의 편협한 남성 우월주의 때문이라고 볼 수 있다.

사라를 대표로 하는 일부 급진적 신세대들의 주장은, 남녀를 막론하고 성이나 결혼은 이제 정상적이고 규범적인 '당위'의 문제가 아니라 '선택'의 문제라는 것이다. 결혼이 필수과목이 못 되고 선택과목이 됨은 물론이고, 사랑의 행위에서조차 어떤 일정한 규준이 적용될 수 없다는 얘기다.

과거에는 사랑의 행위에서조차 일정한 규준(이를테면 남성상위의 삽입성교)만이 온당하고 건전한 것이라고 선전되어 왔다. 그리고 애무의 방법에 있어서도 진한 페팅조차 금기시되는 경향이 있었다. 그러나 이제는 좀 더 자유롭고 개성적인 성희의 형태가 '각자 선택'의 형태로 개발돼 가고 있고, 타인에게 피해를 끼치지 않는 한 그 어떤 '유별난' 성희조차 도착적(倒錯的) 변태로 인식되지 않는다는 이론이 현대 성의학자들에 의해 정착돼 가고 있다.

또한 사랑과 결혼의 등식 관계도 차츰 허물어져 이제는 '계약 결혼'이니 '합의적 동거'니 하는 말들이 그리 낯설지 않게 여겨지게 되었다. 이혼율이 높아지는 것을 예방하려면 결혼 이전에 실험적 예비 단계를 거쳐야 한다는 소리도 슬슬 제기되고 있다. 이혼으로 인해 많은 결손 가정이 생기고 거기서 청소년들의 소외감이 더욱 커지기 때문이다.

노라는 100년 전에 나와 사회적으로 많은 논란을 불러일으키고 작가 역시 보수파들에 의해 호된 비판을 받았다. 그러나 세월이 100년이나 흐른 지금, 미혼 여성의 성적(性的) 자각과정을 그리고 있는 『즐거운 사라』가 일부 수구적 가치관을 가진 이들에 의해 '단죄의 대상'으로까지 지목되고 있다는 것은 참으로 신기한 일이다. 세계가 점점 좁아져 가고 있는 지금, 그리고 우리나라에서도 계속 '국제화'와 '개방화'가 외쳐지고 있는 지금, 유독 성의식만은 남녀칠세부동석 식의 봉건주의의 좁은 틀 안에다가 가둬 두려 한다는 것은 정말로 시대착오적인 발상이 아닐까.

'사라'든 '노라'든 어떤 세대에 속하는 여성일지라도, 아니 여성이든 남성이든 성별에 관계 없이, 이제는 각자의 가치관과 도덕관에 의해 스스로의 인생을 책임질 수 있는 분위기가 한시바삐 마련되어야 한다. 비록 선의의 의도에 의해서일지라도, 남을 위한다는 명목으로 도덕적인 목적을 위해 '비도덕적 수단'을 거리낌 없이 행사하는 것이 용인되는 사회는 민주적인 사회가 아니다. '사라'는 논의의 대상이 되어야지 중세기적 마녀사냥의 대상이 되어서는 안 되고, 또 '즐겁고 행복한 사라'가 되어야지 '괴로운 사라'가 되어서는 안 된다.

사라와 노라의 이름이 비슷하다는 생각을 하다 보니 내 이름과 춘원 이광수의 이름이 비슷하다는 사실에 생각이 미친다. 사실 우리나라에서 '광수'라는 이름은 너무나 흔한 이름이기 때문에 그게 새삼 신기할 것은 없다. 하지만 이광수도 문학을 했고 나도 문학을 하고 있다는 점에서, 그리고 이광수의 문학세계와 나의 문학세계가 크게 다르다는 점에서 묘한 기분이 드는 것이다. 물론 독자들 가운데는 너같이 천한 작가가 어찌 감히 이광수의 문학세계를 갖다 대어 견주느냐고 야단칠 이가 있을지도 모르겠다. 하지만 나 역시 이광수와 마찬가지로 나름대로의 신념을 가지고 문학을 시작했고 또 앞으로도 계속해 나갈 것이라는 점에서, 나와 이광수를 비교해 보는 것이 큰 잘못은 아니라는 생각이 든다.

나는 중학교 3학년 때 당시 중 · 고교생들의 정신적 지주 역할을 했던 월간지 『학원(學園)』에서 주최하는 제9회 '학원 문학상'에 응모하여 「나이테」란 시로 중등부 1등을 한 적이 있다. 그때 담임선생님께서는 나를 칭찬해 주시며 이렇게 말씀하셨었다. "이광수가 시작해 놓은 현대문학을 마광수 자네가 더 크게 발전시켜 보게!" 그때 나는 선생님의 칭찬이 그저 황송스럽기만 해서 별다른 느낌을 가지지도 못했고, 또 내가 이광수와 상반된 문학관을 가지게 될 줄은 꿈에도 몰랐다. 그런데 『즐거운 사라』로 필화사건을 겪고 나니 새삼 그분의 말씀을 머릿속에 떠올려 보게 된다.

나는 『즐거운 사라』의 작가 후기에서도 이광수의 문학관을 비판했다. 그 글에서 나는 한국의 현대문학이 이광수 이래로 고수해 온 도덕주의적 전통이, 한국 문학을 정체시키고 답보시켜 온 한 가지 원인으로 작용했다는 사실을 허심탄회하게 인정해야 한다고 썼다. 그리고 현재까지도 여러 가지 가면을 통해서 노정되고 있는 '이광수주의'의 잔재를 하루빨리 불식시켜야 한다고 주장했다. 어떤 주의(主義)를 갖다 붙이든지 간에 결국 이광수식의 교훈적 설교로 끝맺는 것이 한국 문학이 극복해야 할 가장 큰 결함이라고 믿고 있기 때문이었다. 말 마(馬)자가 마귀 마(魔)자와 통해서 그런지 유별나게 관능적이고 몽환적인 판타지를 즐기는 나로서는, 한국 작가들 대다수가 갖고 있는 이광수식 경건주의가 몹시도 싫었던 것이다.

『즐거운 사라』 역시 나의 반(反)이광수적 문학관을 실험해 본 소설이었는데, 이 작품이 1994년 1월에 일본의 TV 아사히 출판부에서 니가타(新潟) 여대의 구마타니 아키야스(熊谷明泰) 교수에 의해 번역 출간되자, 한국에서와는 전혀 다른 반응을 얻게 되었다. 에로틱하거나 외설적인 소설이라고 보는 독자들은 거의 없었고, 성 묘사에 있어서는 오히려 싱겁다는 반응이 나왔다. 그 대신 "보수적 경향이 대부분인 한국소설에서 이렇게 당돌하고 발랄한 여주인공이 등장할 수 있다는 사실이 놀랍다", "사라의 애정편력보다는 그녀의 반(反)유교적 사고방식과 솔직한 인생관에 더 흥미를 느끼게 된다"는 반응이 대부분이었다.

특히 쯔쿠바(筑波) 대학에서 한국사상사를 강의하고 있는 후루타

히로시(古田博司) 교수는 『즐거운 사라』를 읽고 나서 방한(訪韓) 시에 나를 찾아와, 내가 한국사상사에 있어 폐쇄적인 유교 가치관에 대해 최초로 이의를 제기한 지식인이라고 하며 격려해 주었다. 그는 나의 생각이 유교로 말하면 주기론(主氣論)에 입각해 있다고 본다면서, 조선의 유학이 주기론을 배척하고 주리론(主理論)에 치우치게 되는 바람에 결국 나라를 쇠퇴하게 만들었다는 이론을 폈다. 말하자면 그는 '주기론'을 내가 주장하는 '육체주의'와 비슷한 의미로 받아들인 것이었다. 그는 귀국한 뒤 나와 이광수를 비교하는 내용으로 된 「광수가(光洙歌)」라는 제목의 한시를 한 수 지어서 보내 줬는데, 나는 그 시를 읽고 나서 나와 이광수의 차이를 다시 한 번 더 생각해 보게 되었다. 후루타 교수가 지어서 보낸 「광수가」는 다음과 같다.

李光洙乘理僞婉
馬光洙依氣旣嫋
昔日儒林夢已遠
近況有識何爲權
勿謂賤也我又賤
汝不識氣蓋世堅
(이광수는 理를 타고 거짓 아름다움 그렸지만,
마광수는 氣에 의해 야한 아름다움 이루었네.
옛날 옛적 유생들의 헛된 꿈은 멀어졌는데,
오늘날의 식자들은 어찌 그리 힘을 쓰나.
그를 천하다 말라, 우리 또한 천하니,
너는 氣가 세상 굳게 덮음을 모르는도다.)

누구나 칭찬을 받고 나면 기분 좋은 법. 나는 내 소설의 잘 되고 못됨을 떠나 내가 보여 주려 했던 주제를 그가 정확히 파악해 준 것이 무척이나 고마웠다. 그는 내 에세이집을 대학원 학생들의 강독 교재로 쓰겠다는 말까지 했는데, 아무튼 처음으로 진짜 성실한 독자를 만난 듯한 기분이 들었다.

이광수의 생각과 내 생각이 크게 다르다고 하지만 솔직히 말해서 작품의 '계몽주의적 성격'에 있어서는 비슷한 면도 있다. 이광수가 도덕을 계몽한 것과 마찬가지로 나 역시 성에 대한 인식이나 자유로운 관능적 상상력에 있어 불모지나 다름없는 우리나라 문화계를 '계몽'시켜 보려고 애썼기 때문이다. 다만 이광수는 예수의 말 그대로 '진리가 너희를 자유케 하리라'고 주장했는 데 비해, 나는 그 말을 뒤집어 '자유가 너희를 진리케 하리라'로 바꾸었다는 점이 크게 다른 점일 것이다. 나는 '진리'라는 말이 갖고 있는 결정론적 도그마에 빠질 위험성을 경계했기에 진리보다 자유가 우선 선행되어야 한다고 믿었다.

이름 얘기를 하다 보니 언젠가 겪은 또 하나의 에피소드가 있다. 1994년 5월 17일에 개최된 한국사회문화연구원 주최 〈급변하는 신세대 문화, 그 문제점과 대안〉 심포지엄에 참석해 보니 동 연구원 회장으로 있는 한완상 전 부총리의 '인사말씀'이 배부되었다. 그 글에서 한완상 박사는 "신세대 문화는 1990년대 와서 급변하는 단면을 보게 됩니다. 마르크스에서 마광수로 넘어가는 것 같은 느낌이 듭니다"라고 쓰고 있었다. 마르크스와 내가 같은 마씨라는 점에서 퍽이나 재미있는 발상이라는 생각이 들었다.

(1994)

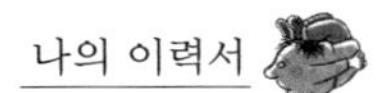

10

나의 인연과 악연

요절하지 않으면
변절하지 않을 수 없게 만드는 나라
오오 내 사랑 대한민국

도덕이라는 괴물이
가장 부도덕하게 자유를 옥죄는 나라
오오 내 사랑 대한민국

–시 「대한민국」에서

윤동주 생각

정지용의 서문이 붙은 윤동주의 유고 시집 『하늘과 바람과 별과 시』가 처음 간행된 것은 1948년이다. 그러나 해방이 가져다준 감격의 소용돌이 속에서 오랫동안 잊혀져왔던 윤동주를 문학적으로 재평가하고, 그에게 정당한 위치를 찾아주려는 노력이 활발하게 일어나기 시작한 것은 1970년대에 들어오면서부터였다.

윤동주의 생애는 지극히 짧은 것이었다. 그는 1917년 12월 30일 북간도 용정에서 아버지 윤영석과 어머니 김용의 맏아들로 태어났다. 그의 집안은 학문에 대한 열의가 대단하고 애국정신이 강했으며 경제적으로도 넉넉한 편이었다. 기록에 의하면 할아버지는 함경북도 회령에서 간도로 이주하여 개척사업과 교육사업에 공헌한 지도적 인사였고, 아버지 또한 학교 교원으로 일했다고 돼있어 지사적 기개가 넘친 집안임을 짐작케 한다. 그리고 조부와 부친이 똑같이 그곳 교회에서 장로직을 맡은 것으로 보아 윤동주의 성장 배경에는 가정적으로 기독교적 분위기가 상당히 강했던 것 같다.

아동 잡지 <어린이>의 애독자였던 그의 어릴 적 이름은 해환이었다. 1931년 명동소학교를 마치고 중국인 관립학교에서 공부하다가 1935년 평양 숭실중학교에 전입했다. 그러나 숭실중학교가 신사참배 문제로 문을 닫고 일본 사람 손에 접수되자 용정으로 돌아와 광명중학교에 전입했다.

그즈음부터 동시를 많이 써서 <가톨릭 소년>지에 「빗자루」(36년) 「병아리」(36년) 등을 '동주(童舟)'란 이름으로 발표했다. 1938년엔 연희전문학교 문과에 입학하여 1941년 11월에 졸업한다. 이때 스스로 추려 뽑은 시집 『하늘과 바람과 별과 시』를 자비출판하려 했으나 일본 경찰의 단속을 걱정한 스승 이양하의 만류로 단념하고, 1942년 초 '평소동주(平沼東柱)'란 이름으로 창씨개명을 했으며, 동년 4월 일본 동경의 입교대학 영문과에 입학했으나 가을에 경도의 동지사대학 영문과로 전학했다. 1943년 여름방학에 귀국하려던 그는 고종사촌 송몽규와 함께 사상범으로 체포되어 고문 섞인 취조를 받았다. 결국 그는 1945년 2월16일 28세의 나이로 운명하고 만다.

그는 경술국치 이후에 태어나서 민족광복을 맞이하기 직전에 죽었다. 그가 시를 썼던 시대(1936년~1943년)는 모든 사람들이 시를 외면하던 때였다. 중일전쟁과 대동아 전쟁의 소용돌이 속에서 그가 즐겨 바라보던 하늘에서는 공습경보가 울리고 있었고 거리에는 군가가 흘러넘쳤다. 그의 시 곳곳에 나타나는 '부끄러움'의 이미지, 그리고 「병원」이나 「위로」 같은 작품에서 보이는 소외의식에 넘친 절망적인 몸부림은,

이러한 시대상황 속에서 창백하고 무기력한 식민지 지식인으로서의 자기 자신을 한탄하는 윤동주의 처절한 고백이라고 할 수 있다.

그의 시에 자연을 소재로 한 상징적 어구들이 자주 보이는 것도 그 당시 문학인들에게 만연했던 현실도피, 자연귀의(自然歸依)의 사조와 아주 무관하진 않다. 그러므로 윤동주는 저항시인이 아니라 순수한 휴머니스트로 보아야 한다는 게 나의 생각이다. 그의 시 어느 곳에도 저항의 기백은 나타나 있지 않다. 그가 옥사한 것은 어찌 보면 군사독재 시절 이한열 군이나 박종철 군의 죽음과 견주어질 만한 것으로서, 시대를 잘못 태어난 양심적 지식인의 억울한 비명횡사라고 보는 편이 맞을 것이다.

그는 깊은 애정과 폭넓은 이해로 인간을 긍정하면서도 실제로는 회의와 혐오로 자신을 부정한, 어찌 보면 결벽증에 가까운 휴머니스트였다. 그는 변변한 연애 한번 못해보고 낭만적인 폭음 또한 멀리했던, 당시로 보면 '시인답지 않은 시인'이었다. 기독교 가정에 기독교 학교로만 일관한 그의 환경이 그를 청교도적 죄의식으로 이끌어갔을 것이라고 생각된다. 남에 대한 애정이 곧 자기 자신에 대한 자괴감(自愧感)과 부정의식으로 변모하는 그의 인생관이 그의 시 곳곳에 나타나 있다. 「투르게네프의 언덕」「간(肝)」「쉽게 씌어진 시」 같은 작품이 그 보기라 할 수 있다.

그러나 윤동주를 투쟁적 이미지의 저항시인으로 보지 않고 회의적 휴머니스트로 본다고 해서 그의 시의 가치가 깎여지는 것은 아니다. 무엇보다도 그는 스스로에 진짜로 '솔직한' 시인이었기 때문이다. 시의 가치가 정치 · 사회적 상황과 함께 생각될 수는 없다. 시는 시인의 자기통찰과 자기연민, 그리고 본능적 욕구의 대리배설로 이루어질 때 한결 진솔한 감동을 준다. 그런 점에서 볼 때 윤동주의 저항은 끊임없는 자기 내면 또는 본능적 자의식과의 투쟁이었다. 이러한 '투쟁'이야말로 진정한 '저항'이 되는 것이라고 나는 확신한다.

스스로의 시인기질에 따른 시인으로서의 역할을 잘 자각하고 있었던 그는 시가 정치나 이데올로기에 참여해야 한다고는 생각하지 않았다. 그는 자신의 욕구와 비애를 시 창작을 통해서 극복하려고 했으며 철저한 자기분석을 통해서 자아의 변증법적 발전을 시도했던 것이다. 그가 목표했던 저항의 대상은 외부로부터의 물리적 압박이나 조국의 현실이 아니라 바로 자기 자신이었다. 「자화상」「참회록」「또 다른 고향」 등의 작품을 통해서 우리는 그의 내적 투쟁의 기록을 역력히 읽을 수 있다.

특히 그의 시에 나타나는 자학적이며 자기부정적인 이미지의 대표적 보기를 들면 이 점이 분명해진다. 앞서 말했듯 '부끄러움'이란 시어가 나오는 작품이 10편이나 되는데, 이는 예나 지금이나 우리나라 시인들이 표피적 정서나 표피적 이데올로기(또는 사상)만을 좇는 경향과 비교해 보면 가히 파격적이리만큼 독특한 문학세계를 형성하고 있다.

말하자면 그는 무언가를 '부르짖거나' '가르치거나' '과장적으로 흐느끼는' 대신 스스로를 '발가벗기고' 있는 것이다. 물론 윤동주의 '발가벗기'는 다분히 실존적 현학의 냄새나 종교적 형이상성의 냄새를 풍기는 발가벗기이다. 그래서 좀 더 자신의 심층 아래로 내려가 본능적 욕구를 발가벗기는 데는 미치지 못하는 것 같은 아쉬움을 느끼게 한다. 그렇지만 그는 '퓨리터니즘'이라는 옷을 태어날 때부터 두텁게 입을 수밖에 없었고 또 그 당시 지식인들의 정신적 정황이 본능보다는 관념에 치우칠 수밖에 없었다는 점을 감안해 볼 때, 윤동주의 '발가벗기' 정도만 가지고서도 우리 문학사에 커다란 기여를 했다고 본다. 그때나 지금이나 우리의 문학은 이광수 류의 계몽적 시혜주의에서 한 발자국도 못 벗어나고 있기 때문이다.

윤동주 시의 또 다른 장점은 그가 어느 계파나 유행에 연연하지 않고 스스로의 독자적 시세계를 구축해 나갔다는 사실이다. 1930년대라면 대부분의 시들이 정지용 류의 감각적 서정주의나 카프 식의 정치적 이데올로기 시, 둘 중 하나일 때였다. 또 자연을 노래한다고 해도 전원주의적 회고주의가 고작이었고 윤동주처럼 자연을 내적 갈등의 상징으로 응용한 시인은 없었다. 남들이 모더니즘이니 초현실주의니 하고 외국의 유행사조에 민감해 있을 때, 그는 다만 일기를 써나가는 형식으로 경향에 구애받지 않고 스스로의 심경을 담담히 고백해 나갔던 것이다.

나는 문학은 문학일 뿐 그것이 문학 이상의 엄청난 힘을 가지고 있다고 보지 않는다. 여기서 말하는 '엄청난 힘'이란 문학이 혁명가나 사제의 역할까지 하는 것을 말한다. 그러나 문학은 문학 나름대로의 '힘'을 어찌됐든 가지고 있다. 그 힘은 물리적인 것이 아니라 정신적인 것이요, 정신 중에서도 이성에 속하는 것이 아니라 감성이나 감각 또는 본능에 속하는 것이다. 그러므로 문학은 정치나 이데올로기처럼 단기간에 효력을 나타낼 수는 없다. 문학의 효력은 서서히 나타나 인간의 의식 자체를 변모시킨다.

여기서 말하는 '의식'이란 이성과 감성, 본능과 도덕이 합쳐서 이룩되는, 보다 통체적인 직각(直覺)의 양태를 가리키는 것이다. 윤동주는 옥사하고 싶지 않았을 것이다. 절대로 '총각 귀신'이 되고 싶지 않았을 것이다. 그러나 역사는 이상하게도 '투사'보다는 '유약하지만 솔직한 사람'을 한 시대의 상징적 희생물로 만드는 일이 많다. 윤동주는 바로 그러한 역사의 희생물이라고 할 수 있다. 그러나 그의 작품들은 일제 말 암흑기, 우리 문학사의 공백을 밤하늘의 별빛처럼 찬연히 채워주었다.

(1983, 박사학위 논문 『윤동주 연구』 중 「들어가는 말」)

이 순(李 筍)
선배님께

이순(李筍) 선배님, 선배님이 지금 죽었는지 살았는지, 나는 그것조차 모릅니다. 인터넷으로 검색을 해 봐도 개인정보가 안 나오고, 또 선배님과 친했던 여자 선배님들에게 물어봐도 다들 모른다고 하더군요. 그래서 이렇게 잡지의 지면을 빌려 편지를 써보게 되었습니다.

이순 선배님이 대학교수와 소설가로 활동하시다가 갑자기 뇌막염에 걸려 쓰러지신 것이 내 기억에는 1986년 9월입니다. 아름다운 용모를 가진 학과(學科) 여(女)선배님으로서(나보다 나이가 두 살 많으셨지요), 또 같이 문학을 하는 동지로서 우리의 인연은 무척 따뜻하고 보람찼습니다. 그런데 선배님은 남편과 두 아들을 남겨두고 갑자기 쓰러져 긴 병환에 시달리게 되었던 것입니다.

병의 증상은 백치 상태가 되어 글도 못 쓰는 형편이었고, 결국 학교

(청주대 국문학과)에도 못 나가게 된 것이지요. 그때 내가 얼마나 안타까워했는지 모릅니다. 내게는 가장 가까운 이성(異性) 친구이자 문학 동지였으니까요.

학창 시절의 이순 선배님이 생각납니다. 내가 1969년에 연세대 국문학과에 입학했을 때 선배님은 3학년이셨죠. 선배님은 항상 미니스커트를 입고 다녔고, 머리를 허리께까지 길게 길러 순진무구한 내 마음을 황홀한 선망(羨望)으로 가득 채워 놓았습니다. 하지만 1학년 초년생인 나에게 3학년 누나인 선배님은 감히 '쳐다보지도 못할 나무'로만 보였습니다.

그러다가 우리가 친해지게 된 건 1969년 가을에 국문학과 연극부에서 공연했던 작품에 우리 둘이 배역을 맡으면서부터였습니다. 내가 이순 선배님의 아버지 역할을 맡았었지요.

그 뒤 선배님은 학부를 졸업하고 곧바로 대학원 석사과정에 진학했고, 24세 되던 나이에 열두 살 연상의 부군(夫君)과 서둘러 결혼을 하셨습니다. 그때 내가 결혼식장에 하객(賀客)으로 참석하여 내심(內心) 얼마나 배가 아팠는지 모릅니다. 웨딩드레스를 입은 헌칠한 키의 선배님이 꼭 동화 속 공주님같이 느껴져서입니다.

그때는 나도 대학원에 입학해서 학과 조교 일을 보고 있었는데, 선배님의 첫 직장을 내가 소개해 드리게 되는 일이 그래서 생겼습니다. 국문학과 사무실로 어느 여자고등학교에서 교사 추천을 의뢰해 와, 내가 학과장님께 말씀드려 선배님을 보내게 된 것입니다.

그때 선배님은 박사과정에 들어가 대학 강사를 할 처지가 못 되었습니다. 부군이 직장을 그만두셔서 가계(家計)를 책임져야 했기 때문입니다. 그때 내가 얼마나 안타까워했는지 모릅니다. 그러면서 나는 시

(詩)로, 선배님은 소설(小說)로 문단에 등단을 했고, 틈틈이 작품을 발표했습니다. 그러나 아이 둘을 기르면서 학교 교사 노릇까지 하는 선배님께선 자주 글을 쓸 형편이 못 되었습니다. 그런 도중에도 우리는 꽤 자주 만나 문학에 대한 토론을 벌이기도 하고, 장래 문제에 대해 서로 걱정하기도 했습니다.

선배님이 작가로서 제2의 탄생을 하시게 된 것은 1979년 동아일보 신춘문예 중편소설 부문에 당선하여, 재(再) 데뷔를 하면서부터였습니다. 그 뒤 선배님은 많은 원고 청탁을 받게 되어 학교 교사생활을 그만두고 전업 작가의 길을 걸어가시게 됩니다.

때마침 내가 박사과정을 마치고 홍익대에 전임교수로 취직된 것도 1979년 봄이었습니다. 그때 내가 이순 선배님과 만나, 한껏 즐거운 마음으로 우리 두 사람의 새로운 출발을 술을 마시며 자축(自祝)했던 기억이 새롭습니다. 그러다가 1년 후 선배님은 연세대 국문과 박사과정에 진학했지요. 그때 내가 선배님을 도와드릴 겸 해서 홍익대학교에 시간강사 자리를 주선해 주었습니다.

그래서 우리는 다시 홍익대학교의 내 연구실 안에서 많은 대화를 나눌 수 있었습니다. 그러다가 내가 1984년 봄에 연세대 국문학과로 직장을 옮길 때, 다행히 이순 선배님도 청주대 국문학과 전임교수로 발령받아 가시게 되었죠. 그리고 2년 있다가 그만 병마(病魔)에 쓰러지신 것입니다.

더욱 내가 가슴 아팠던 것은, 몇 년 후 선배님을 간병하던 부군께서 먼저 암(癌)으로 세상을 뜨신 것입니다. 참으로 무서운 불행의 연속이었습니다. 그 소식을 잡지를 통해 접한 이후로, 나는 더 이상 선배님 소식을 들을 수 없었습니다. 이사를 가셨는지 전화를 걸어도 받는 사람이 없었고, 지인(知人)들도 전혀 소식을 전해 주지 않았기 때문입니다.

인생이 참으로 무섭다고 느끼게 된 것은 선배님의 급병(急病)이 처음이었고, 그 다음에 내게 닥쳐온 불운 때문이었습니다.

나는 1989년부터 장편소설 『권태』를 시작으로 소설도 쓰게 되었습니다. 그러다가 얼마 안 된 1992년에 소설 『즐거운 사라』로 감옥살이까지 하게 되었고, 결국 대법원에서 유죄 판결을 내려 학교에서도 해직되었습니다.

그런 뒤 1998년에 복권되어 학교로 다시 복직했는데, 2000년에 가서는 학과 교수들의 집단 따돌림으로 '교수 재임명 탈락' 사건이 났어요. 다행히 학교 당국에서 배려해 줘서 잘리는 것은 면했지만, 가까이 지냈던 친구 교수들에 대한 격심한 배신감으로 인해 나는 심한 우울증에 걸려 3년 반이나 학교를 휴직하게 되었습니다.

그러면서 정신병원에 입원하기도 하고 자살 시도도 몇 차례 하다가, 겨우 정신을 차려 학교에 복직한 게 2004년입니다. 그리고 다시 2007년 내 인터넷 홈페이지에 실은 작품이 외설죄에 걸려 또 법적(法的) 처벌을 받았지요.

이렇게 어려운 일을 당할 때마다 간절히 생각하는 게 선배님이었어요. 내게는 정말 누님 같은 조언자(助言者)였기 때문이죠. 그러나 도저히 선배님의 근황(近況)은 알아볼 길이 없었습니다. 정말 살아갈수록, 무서워지는 게 '인생살이'입니다. 한 치 앞의 위험을 모르고 불안하게 살아가는 것이 우리의 실존(實存)이니까요.

세상이 무섭고, 사람이 무섭고, 운명이 무서울 때마다 나는 이순 선배님의 돌연한 불행을 생각해 보게 되더군요. 요즘 예전에 내게 증정해 주신 선배님의 소설을 다시 읽어보고 있습니다. 장편소설로 『바람이

닫은 문』과 단편집으로 『우리들의 아이』, 『백부(伯父)의 달』이 있더군요. 그리고 수필집도 내셨는데, 『제3의 여성』이라는 책이었습니다.

다시 읽어봐도 상당한 문재(文才)가 느껴지는 작품들입니다. 그래서 다시 인터넷 헌책방을 뒤져 선배님의 다른 장편소설 『네게 강 같은 평화』와 『숨어있는 아침』도 구입하게 됐습니다. 너무 아깝게 잊혀진 작품들이라고 생각되어, 나는 선배님의 소설들을 가지고 학술 논문도 한 편 써서 학회지에 발표하기까지 했습니다. 그게 선배님과 가까이 지냈던 후배의 도리가 아닌가 해서요.

지금의 내 나이가 환갑을 바라보고 있으니, 이순 선배님도 환갑쯤 되셨을 겁니다. 예전에 캠퍼스에서 함께 젊은 낭만을 즐겼던 때를 추억해 보면, 정말로 세월의 무상(無常)함이 느껴집니다.

나도 이제 늙어 몸 아픈 곳이 많습니다. 언제 선배님처럼 쓰러질지 몰라요. 그러나 작가에게 가장 두려운 것은, 육체의 고통보다 '잊혀지는 것'일 것입니다.

이순 선배님은 안타깝게도 잊혀진 작가가 되었습니다. 그리고 나는 이른바 문단이나 학계의 '왕따'입니다. 내가 겪은 필화(筆禍)사건도 벌써 잊혀져 가고 있고, 또 내가 죽으면 그 사건은 물론이고 내 작품들 또한 잊혀질 것입니다. 선배님의 불행을 생각하면, 자꾸만 나의 미래가 점점 더 불투명하게만 보입니다.

이순 선배님, 아직 서울 어디엔가 계시다면 부디 건강을 회복하시기 바랍니다. 그래서 우리 둘이 다시 만나 이야기꽃을 피워보고 싶습니다.

(2010)

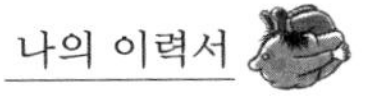

우정은 없다

우정은 너무나 포괄적인 의미로 쓰여 우리를 피곤하게 한다. 세상을 살아가다 보면, 아주 가까운 친구가 아니더라도 '우정'이라는 말을 사용하게 되는 경우가 많다. 이를테면 고등학교 동창이나 대학 동창들과의 관계에서도 '우정'이라는 말이 쓰이는 게 좋은 예이다. 일 년에 한 번 정도 만나는 사이라 할지라도 동창회 자리에서는 우정을 위장해야 하는데, 그것은 무척이나 피곤한 일이다.

또한 두 사람 사이의 우정은 각자 어느 정도 사회적 성취감을 느끼는 상황에서만 가능하기 때문에, 자칫하면 공허한 관계로 시종하기 쉽다. 학교 동창생의 경우, 재학 시절엔 무척 친했다 하더라도 한 사람은 잘되고 한 사람은 못됐을 때 우정을 지속시키기는 어렵다. 친구 사이에도 질투심이 개입될 수밖에 없고, 열등감이나 우월감을 피해가기 어렵기 때문이다.

현대사회에서의 우정은 대개 다음 세 가지로 나뉜다. 첫째는 진짜로 의기투합하여 뜻과 행동을 같이하는 친구 사이의 우정이요, 둘째는 단지 사교상의 목적으로 만나면서(이를테면 '술친구'따위) 이루어지는 우정이다. 그리고 셋째는 사업이나 직업 관계로 만나면서 생기는 우정인데, 직장 동료 사이나 문단의 교우(交友) 등이 여기에 속한다.

위의 세 가지 중에서 두 번째와 세 번째 종류의 우정은 우정이라고 말할 수도 없는 것이다. 그런데도 우리는 그런 종류의 우정에 많은 시간을 할애하며 살아간다. 먹고 살기 위해서도 그렇고, 심심하고 권태로워서도 그렇다. 하지만 언제나 뒷맛이 씁쓸할 수밖에 없다. 그렇다고 해서 첫 번째로 꼽은 진짜 우정이 있는 것도 아니다. 정말로 참된 우정은 없다.

설사 그런 우정이 있다고 해도 우정이 애정보다 더 은근히 오래가는 기쁨을 선사해 주는 것은 아니다. 우정은 '정신적'인 것이기 때문에 우리를 더 귀찮게 한다. 정신적인 것은 언제나 맺고 끊는 것 없이 우리를 결박하기 때문이다.

나는 학창 시절에 애정보다 우정에 더 중점을 두었다. 그래서 애인 여자와 만나기로 했을 때, 남자 친구에게서 연락이 오면 먼저 약속을 취소하고 친구를 만날 정도였다. 그런 친구 중의 하나가 지금 연세대 국문학과 교수로 있는 K이다. 내 결혼식 사회를 맡아줬을 정도로 그는 나와 절친했던 연세대 국문과 1년 후배였다. 그는 대학원 진학이 늦어, 그가 대학 강의를 시작할 때도, 교수가 될 때도 나한테 많은 도움을 받았다.

그러던 그가 태도를 돌변하여 2000년에 나를 연세대 국문학과 교수직에서 내쫓으려고 했다. 마침 그가 학과장 직을 맡고 있었기 때문이다. 돌아가면서 하는 봉사 직인 학과장 보직을 이용해 몇몇 학과 교수들(그들도 나와 친했던 동료, 후배들이다)을 규합하여 나를 재임명 탈락시켜야 한다는 국문학과 인사위원회(나도 몰랐던 조직이다)의 결의서를 학교 본부에 제출했다.

내가 업적이 많고 학생들도 거세게 반발하여 학교 측은 결정을 보류했다. 그러나 나는 극심한 배신감에 의한 외상성(外傷性) 우울증으로 3년 반이나 휴직하고 정신과 병원에 입원도 해가며 자살시도까지 할 정도로 고생했다. 나는 지금도 K가 무섭다(미운 것보다도). K 등 모든 친구 교수들의 나에 대한 분노의 원인은 오로지 하나, 즉 막연한 질투였던 것 같다. 우정은 정말로 없다.

(2011)

미술과 나

한때 장차 미술을 전공할까 하고 생각했던 적이 있었다. 그러다가 결국 문학을 전공으로 택하게 되었지만, 그 뒤로도 줄곧 미술에 대한 미련을 떨쳐버릴 수가 없었다. 그래서 나는 틈틈이 문인화를 그리며 미술에 대한 욕구를 달래곤 했는데, 자유분방하고 관능적인 이미지를 꿈꾸는 나의 미술가적 기질은 내가 쓴 문학작품에도 그대로 반영되어, 여러 가지 탐미적 묘사를 가능하게 한 것 같다.

그러다가 내가 본격적으로 그림을 그리게 된 것은 순전히 우연이었다. 본격적인 그림이래봤자 삽화에 불과한 것이지만 어쨌든 나는 독자들한테 내 그림을 선보이게 된 것이다. 1989년 봄부터 1992년 가을까지 『일간 스포츠』지에 〈마광수 칼럼〉을 연재하면서 나는 직접 삽화를 그렸는데, 내가 그린 『나는 야한 여자가 좋다』의 표지화를 보고 신문

사측에서 삽화까지 의뢰해 왔기 때문이다.

그 뒤로 나는 내가 쓰는 신문, 잡지의 연재소설 삽화까지 의뢰받아 더 자주 그림을 그리게 되었다. 그러다가 개인전과 단체전 등 꽤 많은 미술전시회를 하게 되었다. 시화집도 내고 단행본 소설에도 내가 그린 삽화들을 넣었다. 또 내 책의 표지화는 다 내 그림들이다.

여러 번 전시회를 하면서 나는 다시 한 번 미술이 주는 카타르시스 효과를 새롭게 실감할 수 있었다. 문법을 따져가며 토씨 하나하나까지 신경을 써야 하는 글쓰기와는 비교가 되지 않았다. 특히 손으로 비비고 문지르며 나이프로 긁어댈 수도 있는 캔버스 작업은 내게 진짜로 시원한 카타르시스를 선물해 주었다. 그림이 잘되고 못되고를 떠나 우선 나 스스로 카타르시스의 즐거움을 맛보기 위해 붓을 휘둘러 대었는데, 그러다보니 캔버스 작업은 대부분 즉흥성에 의존한 것이 많다.

밑그림을 그리거나 전체의 구도를 미리 머릿속에서 생각해 놓고서 그리는 그림이 아니라, 일단 뭔가 발라놓고 나서 무슨 형상을 만들 것인가를 즉흥적으로 결정해 나가는 것이다. 이러한 즉흥성과 우연기법은 사실 비구상 회화에서나 시도하는 기법일 것이다. 그렇지만 구상일지라도 그것이 가능하다는 것을 나는 알게 되었는데, 이 색 저 색 마구 칠해놓고 나서 나중에 억지로 정리를 하다 보면 신기하게도 상징적인 그림이 되어버렸다.

짧은 싯귀가 들어가는 문인화적 회화는 일필휘지로 그려야만 하고, 또 주제와 상징적 상관성이 있는 형상을 만들어야 한다는 점에서 부담을 주었다. 그러나 나의 시인 기질과 잘 맞아떨어져서 어렵긴 해도 큰 즐거움을 안겨 주었다.

예부터 시(詩)·서(書)·화(畵) 이 세 가지는 문인들이 당연히 습득해야 할 분야였으므로 각자가 분리된 적이 없었다. 그런데 요즘 와서는 문학과 미술 간의 거리가 점차 멀어져가고 있다. 나는 그런 간격을 좁혀보려고 했다.

매번 그림을 그리면서 느끼는 것은, 내 작품들이 무슨 재료를 써서 그렸든 모두 다 문인화(文人畵)의 범주에 들어간다는 사실이다. 그러므로 나의 미술 작업을 외도(外道)라고 야단치지는 말아줬으면 좋겠다.

(2012)

내가 2010년에 쓴 러브 레터
— 너를 사랑해, 미치도록

오늘은 수요일.

어제 예기치 않게 술을 많이 마시게 되어 꾸물꾸물하다 보니 학교에 안 가고 그냥 집에 있었다. 한여름의 수요일이라 에어컨을 틀어놓고 있는데도 덥기만 하고, 왠지 마음이 답답하고 외로워진다. 요즘이 한창 휴가철이라서 손에 손을 맞잡고 산으로 바다로 여행을 떠나는 젊은 연인들 쌍쌍이 그저 부럽기만 하다.

그러다 보니 집에 틀어박혀 책만 읽고 있는 나 자신이 한심해 보이기도 한다. 하긴 학교 연구실에 나가 있어봤자 고독감이 덜해질 리 없겠지만 말이다. 학생들이 국내외로 여행을 떠나 캠퍼스 안이 텅 비어 있을 테니까.

지금은 저녁 8시. 텔레비전을 보고 있는데 화면 속에 나타나는 것은 온통 너의 얼굴뿐이다. 왜 이리 우리는 마음껏 뭉칠 수 없는 걸까? 저절로 한숨이 나온다. 하지만 그래도 너를 만나게라도 된 것이 다시 한번 기적같이 여겨지고 새롭게 정열이 용솟음쳐 온다.

오늘 하루 종일 이 책 저 책 닥치는 대로 조금씩 읽어보다가, 옛날에 읽어서 다 잊어버린 전혜린의 수필집 『그리고 아무 말도 하지 않았다』와 일기 및 서한집 『이 모든 괴로움을 또다시』 두 권을 찬찬히 정독했다. 고독에 찌들고 가정생활의 부조화에 찌들고 삭막한 시대 상황에 찌들어 괴로워했던, 그래서 자살할 수밖에 없었던 그 여자의 시름이 내 시름처럼 가슴에 와 닿았다.

나도 1992년 말에 일어난 『즐거운 사라』 필화사건 때 감옥에서 풀려나와 학교에서도 잘리고 항소심과 상고심을 힘겹게 해나가면서, 문화적으로 척박하기 그지없는 한국 땅에서 살아가야 하는 것에 절망해 자살 시도를 해본 적이 있다.

또 2000년 가까스로 연세대 교수로 복직한 지 2년 만에 국문학과 동료교수들의 집단 따돌림에 의해 '교수 재임용 탈락'의 위기를 겪게 되자 심한 외상성(外傷性) 우울증에 걸려 자살 시도를 해본 적이 있다.

다행인지 불행인지 나의 자살 시도 모두 다 미수에 그쳐, 지금껏 구차한 목숨을 지탱해오고 있다. 그래서 그런지 전혜린의 고독한 자살이 내겐 남의 일같이 생각되지 않았다. 그리고 시대는 달라도 그녀나 나나 '한국에 태어난 죄'로 끊임없이 갈등하는 인생을 살아가야만 하는 업보라면 업보가, 너무나 무거운 멍에처럼 생각되는 것이다.

이거 내 푸념과 팔자타령이 너무나 길었구나. 미안해. 전혜린 때문에 그렇게 됐어.

너는 나를 지금 보고 싶어 하고 있을까? 모르겠어. 사랑에 빠지면 언제나 이쪽만 손해를 보고 있다는 생각이 들게 마련이니까.

너를 사랑해. 아주 아주 미치도록. 지금 난 너 때문에 살아가는 것 같아. 하지만 헤어질 때마다 굳어 있는 네 표정을 보면 죽고 싶어져. 실컷 키스라도 하고 나서 (그 다음엔 물론 짙은 페팅도 왕창 하고) 헤어지고 싶은데 그게 마음대로 안 되더구나. 너무 뜸하게 만나니까 기다리다가 진이 다 빠져나가 버리는 것 같다.

너는 어떠니? 너무 남자가 많아서 나를 만나는 게 피곤하기만 하니? 네가 도와주면 나도 꽤 멋지고 로맨틱한 글을 많이 쓸 수 있을 것 같다. 정말이야. 나를 더 깊이 사랑해 줘. 나이 차이 같은 건 따지지 말고.

문득 달력을 보니 얼마 안 있어 입추(立秋)로구나. 가을이 오는 소리가 들리는 것 같다. 더 섹시하고 소프트해진 네가 내 곁에서 미소 짓고 있는 것 같다.

가을은 고독과 조락(凋落)의 계절이라고 하지만, 네가 있는 한 나에게 가을은 그런 계절이 아니야. 가을은 쿨한 사랑의 계절이야. 부디 나를 사랑해보려고 노력해줘. 너의 운명과 나의 운명, 그리고 우리의 기이한 만남을 축복하고 싶다.

— 광마(狂馬)가

질투에 대하여

주변 사람들의 질투심 때문에 억울하게 화를 당하는 사람들이 요즘도 많다. 역사를 들여다보면 재주가 뛰어나 능력이 특출한 인물들이 질투 어린 중상을 당해 어이없는 불행을 겪은 사례가 흔하다. 우리나라의 경우라면 이순신과 조광조 같은 인물이 대표적인 예가 될 것이다. 또한 을지문덕과 호동왕자 같은 인물 역시 그들이 세운 혁혁한 공적에도 불구하고 나중에 참소를 당해 말로가 좋지 않았다.

소크라테스가 어이없는 재판의 희생양이 되어 독약을 마실 수밖에 없었던 것도 그의 대중적 인기를 시샘한 기득권 세력의 질투 때문이요, 예수가 십자가에 못 박힌 것도 따지고 보면 당시 기득권 지식인들의 질투 때문이었다.

조금이라도 시대를 앞서간 예술가들이 받은 질투와 중상은 특히 심

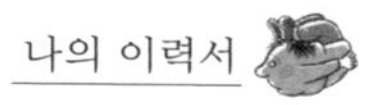

하다. 지금은 사실주의 문학의 완성자로 불리는 발자크는, 그토록 방대한 저작량과 대중적 인기에도 불구하고 프랑스 아카데미 회원 선거에서 번번이 떨어졌다. 오스카 와일드는 인기 절정의 상태에서 감옥소로 갔고, 영화 〈아마데우스〉의 내용이 사실이라면 음악의 천재 모차르트 역시 라이벌 작곡가의 질투 때문에 비명횡사해야 했다.

나는 이순신 장군이 마지막 해전(海戰)에서 장렬하게 전사한 것이 오히려 그분에겐 다행스런 일이 아니었을까 하는 생각을 해볼 때가 있다. 만약 임진왜란 종전 후까지 살아남아 전쟁 영웅 대접을 받았더라면, 반드시 참소를 당해 더 비참한 종말을 맞았을지도 모르기 때문이다. 복닥대는 전쟁의 와중에서도 중상모략을 당해 형벌의 화를 입었거늘, 하물며 할 일 없는 이들이 남을 헐뜯는 걸로 일을 삼는 평화시에랴. 어느 민족인들 질투심이 없으랴만, 한국 민족은 특히나 질투심이 심하다는 생각이 든다.

질투와 중상의 진원은 오히려 가까운 주변 사람들이다. 특히 오래된 친구는 가장 위험한 적이 될 수도 있다. 젊었을 때 비슷한 조건에서 동문수학한 친구가 나중에 자기보다 능력 면에서 월등 우월해질 경우, 우정과 신의가 여간 깊지 않은 한 곁에 있는 친구는 질투심을 못 이기기 쉽다. 우리가 관중과 포숙아의 우정 즉 '관포지교(管鮑之交)'를 두고두고 기리는 까닭은, 관중과 포숙아가 우여곡절 끝에 정적(政敵)이 되어 결국 포숙아 편이 승리했음에도 불구하고, 포숙아가 관중을 사면시켜 준 것은 물론 그의 능력을 높이 사 자기보다 높은 자리를 내주었기 때문이다.

스승과 제자 간에도 질투심은 존재한다. 아무리 능력이 뛰어난 제자라 하더라도 제자가 잘되는 것을 진심으로 기뻐하는 스승은 드물다. 나는 우리나라 대학 교육이 '우수한 교수를 배척하는 풍토' 때문에 망가져가고 있다고 보는데, 대학의 원로교수들 대다수가 '말 잘 듣고 아부 잘하는 제자'에게 교수 자리를 주길 원하지 '진짜 실력 있는 제자'를 밀어주는 경우는 극히 드물다는 사실을 경험으로 알고 있기 때문이다.

복지부동(伏地不動)이 나쁘다는 것은 누구나 다 알고 있다. 그러나 한국같이 폐쇄적 권위주의와 상명하복식 위계질서에 의해 모든 것이 움직여지는 사회에서는 복지부동하지 않으면 살아남기 어렵다. 다시 말해서 '아무것도 안 하고 적당히 눈치만 보는 사람', '개성 없이 적당주의로만 일관하는 사람'만이 '성격이 원만한 사람'으로 간주되어 출세가도를 달릴 수 있다. 내가 당한 경우를 예로 들기는 쑥스럽지만, 어쨌든 나는 시대를 앞서간 내용의 책을 너무 많이 썼기 때문에 결국 화를 당할 수밖에 없었다. 현학적 아카데미즘을 방패삼아 적당히 굴러가는 것을 원칙으로 했더라면 나는 지금쯤 '문단의 원로'나 '학계의 중견'이 되어 있었을 것이다.

이른바 '명문 대학 교수' 되기가 어디 그리 쉬운가. 그런데도 나는 '귀머거리 3년, 벙어리 3년'의 처세 원칙을 지키지 못해 연세대 부임 초부터 '음담패설로 학생들의 인기를 끈다'는 등 온갖 험담에 시달려야 했고, 『나는 야한 여자가 좋다』라는 책을 내고 나서는 한 학기 동안 강의권을 박탈당하는 '징계'를 당하기까지 했다. 또 나중에 『즐거운 사라』를 문제삼아 나를 감옥소까지 몰아간 간행물윤리위원들도 대다수가 교수들이었다. 그리고 2000년 7월에 나를 교수 재임용 심사에서 탈락시키려고 적극적으로 덤빈 것도 연세대 국문학과의 친한 동료교수들이었다.

질투심에 따른 불행은 부모 자식 간이나 형제간에도 발생한다. 『성경』에 따르면 인류 최초의 살인은 형 카인이 동생 아벨을 질투심에 못 이겨 죽인 사건이었다. 조선시대의 영조 임금은 질투심과 의심에 휩싸여 아들 사도세자를 죽였고, 후백제의 견훤은 권력을 쥔 아들을 질투하여 아들을 죽여달라고 부탁하며 고려의 왕건에게 투항했다.

질투심은 무섭다. 질투심이 단지 선망(羨望) 정도로 그친다면 그것은 진취적 의욕을 북돋우는 자극제가 된다. 그러나 그것이 중상모략이나 막연한 가학욕구로까지 이어지면 당사자의 희생은 물론 한 사회 전체를 침체의 늪에 빠뜨린다. 아, 우리나라는 질투심이 너무나 당당하게 춤추는 나라다.

(2012)

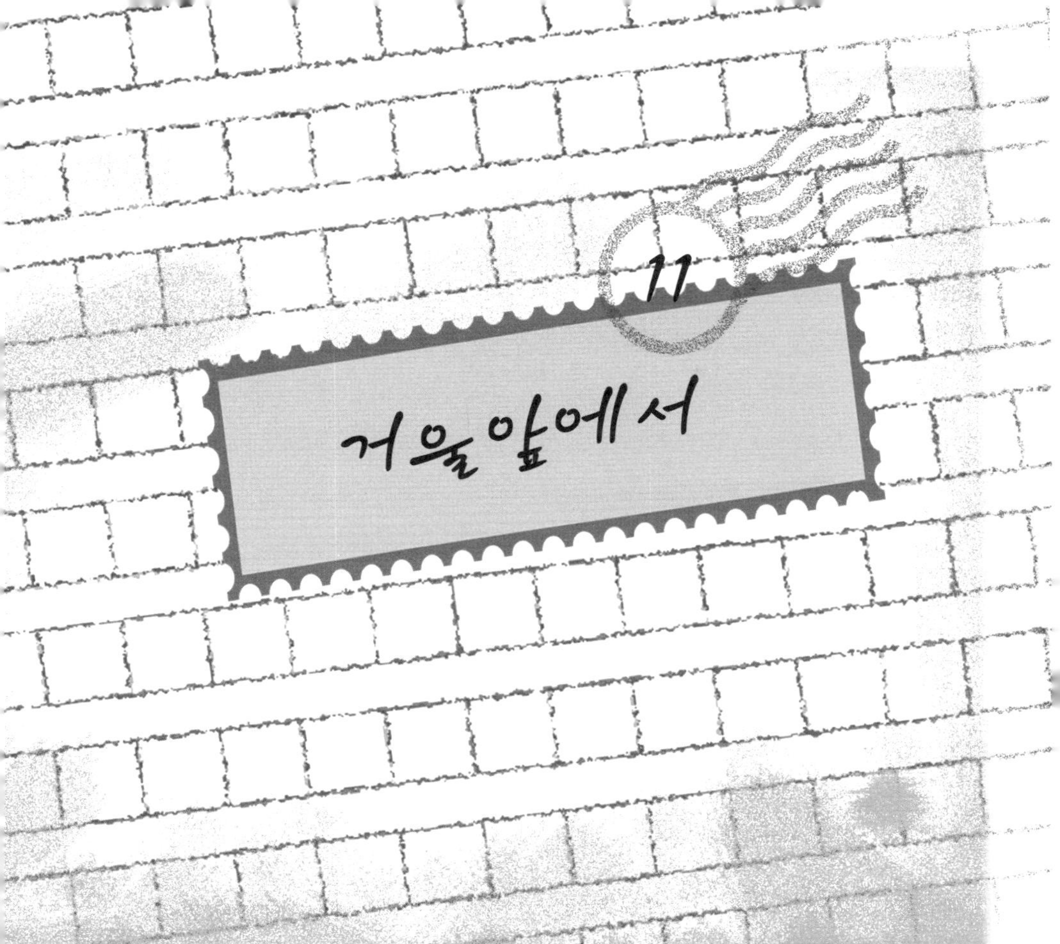

나는 매일 매일 거울을 들여다봤지
그랬더니 늙고 못생긴 내 얼굴도
아주 근사하게 보이는 거야
젊은 꽃미남으로, 잘생긴 플레이보이로

나는 더 뚫어져라 거울을 들여다봤지
정성을 들이고 애정을 담아……

–시 「나르시시즘 만세」에서

나의 자화상
ㅡ나는 정신적 트랜스젠더

지금(2012)의 '나'를 그리기는 싫다. 너무 늙고, 지치고, 병들었기 때문이다. 그래서 나는 상징적으로 '야한 여자'를 나의 자화상으로 그려본다.

사실 나는 젊었을 때 잘생겼다는 이야기를 많이 들었다. 특히 코가 오뚝하고 손가락이 날씬하게 길다는 칭찬이었다. 그러나 현재의 내 모습은 그동안의 풍파 때문이지 형편없기 그지없다.

나는 다시 태어난다면 '야한 여자'로 태어나고 싶다. 나는 그런 면에서 정신적으로는 '여성 트랜스젠더'이다. 그만큼이나 나는 평생 '야한 여자'를 동경했고, 사모했으며, 부러워했다. 내 평생은 실제적으로도 야한 여자에 대한 추적과 사랑과 섹스에 바쳐졌다.

논문이나 평론들을 제외한, 지금까지 쓴 나의 시, 수필, 소설들은 거의가 '야한 여자' 예찬론으로 채워져 있다. 처음으로 사회적 주목을 받은 수필집 『나는 야한 여자가 좋다』부터 나를 10여 년간(어쩌면 지금까지도) 실업자로 만들고 문단과 학계의 왕따가 되게 하고, 사회적으로 공인(?)된 '변태'로 만들어버린 그 악명 높은 소설 『즐거운 사라』와 시집 『가자, 장미여관으로』는 나의 '야한 여자 예찬론'의 정점에 서 있는 작품들이다.

그리고 그 이후에 쓴 소설 중 『발랄한 라라』의 '라라', 『귀족』에 나오는 '헤라', 『별것도 아닌 인생이』에 나오는 '로라'는 『즐거운 사라』의 주인공인 '사라'의 야한 이미지를 변주시킨, 야하디야한 여자들이다.

나는 그런 면에서 진짜 페미니스트이다. 나는 남자로 태어난 게 정말 억울하고 슬프다. 여자처럼 마음껏 섹시하게 꾸미고 치장할 수 있는 자유가 없는 탓이다. 물론 요즘엔 화사하게 꾸미고 다니는 꽃미남들이 많아졌지만, 그래도 여자보다는 '꾸밈의 한계'가 있다.

또 남자는 군대에 가야 하고, 용감해야 하며, 슬퍼도 울지 말고 참아야 하고, 가족을 반드시 부양해야 한다. 이건 참 억울하다. 그러니 같은 우울증을 앓더라도 자살에까지 이르는 확률이 남자가 여자의 세 배나 된다. 여자처럼 마음껏 울고, 수다 떨며 하소연 늘어놓고, 누구(대개는 남자) 핑계를 대며 원망할 수 없기 때문이다.

이렇듯 나는 지독한 여성동경주의자이건만, 이상하게도 나는 대다수 페미니스트로부터 '공공의 적'으로 낙인찍혔다. "여성의 외모를 상품화하고 여성을 섹스 노리개로 몰아간다"는 이유에서다. 나는 그런 보수적 페미니스트들이 너무나 원망스럽다. '내 글을 한 번이라도 차근차근 읽어본 걸까'하는 의구심이 든다. 아무튼 나는 남자로서의 내 삶이 싫다. 나도 야한 여자처럼 길디길게 손톱 기르고, 화려하고 음란하게(?) 덕지덕지 화장을 하고 싶다.

요즘 TV에 나오는 내 나이 또래의 여성 연예인들을 보면 정말 안 늙어 보인다. 대머리 유전자가 없는 것도 한 이유일 것이다. 그런데 남자들은(특히 나는) 대개 팍삭 늙어 보인다. 그러니까 내가 꼭 '영계 여자'만 밝히는 건 아니란 말이다. 오히려 요즘 나는, 지긋이 나이 들고도 여전히 뻔뻔스럽게 화려무쌍한 차림새로 다니는 여자가 영계 여자들보다 훨씬 더 섹시해 보인다. 원숙미가 느껴지기 때문이다.

그건 그렇고, 어쨌든 나는 문학작품으로나마 계속 내가 야한 여자로 탈바꿈하는 '상상적 카타르시스'를 맛보고 싶다. 그래서 더 음탕한 여자가 돼보고 싶다. 그러니 제발 '검열'과 '처벌'로 나를 괴롭히지 말아주기 바란다.

(2012)

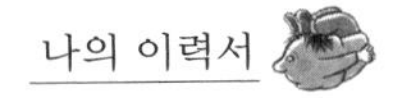

내 인생에서 가장 후회되는 한 가지
— 결혼 그리고 결혼식

60여 년이나 되는 삶을 살아오면서 후회되는 일이 어찌 한 가지만 있을까마는, 딱 한 가지를 말해보라고 한다면 나는 내가 결혼한 것을 후회하고 있다고 말할 수 있겠다. 또 거기에 부수되는 문제로서, '결혼식'을 올려 많은 하객들에게 불편을 끼친 점을 또한 몹시 후회하고 있다.

내가 결혼한 것은 1985년 12월, 그러니까 내가 서른다섯 살 때였다. 그때만 해도 결혼이 '선택과목'이 아니라 '필수과목'으로 여겨질 때라서, 나는 주변 분위기에 휩쓸려 결혼이라는 대사(大事)를 겁도 없이 치르게 된 것이다.

지금은 '싱글맘'이 생겨날 정도로 독신주의 문화가 서서히 뿌리를 내리고 있다. 그래서 결혼을 '필수과목'이 아닌 '선택과목'으로 여기는 사람들이 점차 늘고 있다. 내가 인생을 꽤 오래 살아오면서 느끼게 된 것도 역시, 결혼을 꼭 해야 하는 것은 아니라는 것이다. 짝을 못 구해 독신자가 되는 게 아니라, 결혼 역시 그 사람의 성품이 '결혼 체질'이라야만 행복한 삶을 위한 기폭제 역할을 할 수 있다는 사실을 나는 이제 확실한 결론으로 이끌어 내게 되었다. 다시 말해서 모든 남녀는 '결혼 체질'과 '독신 체질'로 나뉜다는 것을 알게 됐다는 얘기다.

나는 3년 같이 살고서 1년 별거하고 나서 합의이혼을 했는데, 이혼 전후로 받은 스트레스는 정말 상당한 것이었다. 그것은 아마 나의 전처 역시 나와 같았을 거라고 본다.

우리가 이혼을 결행하게 된 것은 성격 차이나 성적(性的) 차이 같은 것 때문만은 아니었다. 전처는 확실히 결혼 체질이었던 것 같은데(나와 이혼하고 나서 얼마 안 있어 곧 재혼했으므로), 내가 결혼 체질이 아니라 독신 체질인 것이 이혼의 근본 원인으로 작용했다. 나의 그런 체질은 이혼 이후 그대로 삶에 적용되어, 아직껏 독신으로 지내고 있다.

요즘은 마흔 살 먹은 총각이 흔하지만, 내가 결혼할 때까지만 해도 남자는 서른 살 전후까지는 결혼해야 하는 걸 사회적 철칙으로 삼고 있었다. 그래서 나는 서른 살이 넘은 이후부터 주변 사람들로부터 "직장(대학교수)도 안정돼 있는데 왜 결혼을 하지 않고 있느냐"는 소리를 귀에 못이 박히도록 들었다. 그래서 서른다섯 살이 되던 해 여름부터 드디어 결혼하기로 작심하고, 오랫동안 알고 사랑해왔던 전처와 겨울에 결혼식을 올린 것이다.

신혼 6개월 동안은 그런대로 행복했다. 그런데 그 뒤부터 여러 가지로 불편한 것을 알게 되었다. 우선 둘이 같이 자는 것도 불편했고, 저녁 시간이 자유롭지 못한 것도 불편했다. 그 밖에 여러 가지 문제들이 돌출하여 나나 전처나 심신이 몹시 고단해졌다.

지금 생각하면 전처에게 내가 참 미안한 짓을 했다는 생각이 든다. 전처는 꽤 열심히 살아보려고 했는데, 내가 잦은 병(이를테면 종기나 심한 감기 등)에 시달리는 등 정신신체증 비슷한 게 자주 찾아와 괴로워하는 것으로 그녀에게 부담을 안겨줬기 때문이다. 그래서 별거를 했다가 다시 합쳐보기도 하며 어려움을 타개해 보려고 하다가, 결국엔 합의 이혼으로 종지부를 찍고 말았다.

이혼을 하고 보니 결혼식을 해서 바쁜 사람들에게 부담을 주며 하객 노릇을 시킨 게 영 마음에 걸리는 것이었다. 호텔에서 하지도 않고 작은 규모로 적은 인원을 초대하여 식을 거행했는데도 불구하고 못내 마음이 찜찜했다. 그래서 결혼식을 올린 게 또 한없이 후회되는 것이다.

지금까지도 나는 많은 결혼식에 초대를 받고서 하객으로 참석하는 일이 잦은데, 세 쌍이 결혼하면 한 쌍이 이혼하는, 이혼율이 35%에 육박하는 현실에서 왜 그토록 비싼 결혼식을 해야 하나 하는 의구심을 느낄 때가 많다. 요즘엔 웬만한 집안에서는 으레 호사스러운 호텔 결혼식을 하는 게 보통이기 때문이다.

비싼 꽃으로 식장을 도배하고, 비싼 식사를 제공하고, 또 때에 따라서는 축하객을 늘리기 위해 아르바이트생까지 써가며 호화결혼식을 올리는 요즘의 결혼 풍토는 정말 시정되어야 할 것 같다는 생각이 든다. 로맨틱한 서구 영화에서 보는 것처럼, 단 둘이 결혼 절차를 밟을 수도 있는 것이 아닌가. 그래서 나는 내가 결혼한 것 자체와, 결혼식을 올렸다는 사실이 몹시도 후회되는 것이다.

(2012)

잊혀지지 않는 여인

박인환 시인은 「세월이 가면」이란 시에서, "지금 그 사람 이름은 잊었지만, 그 눈동자 입술은 내 가슴에 있네"라고 노래했는데, 점점 나이를 먹어갈수록 이 시구(詩句)가 내 마음속에 실감으로 와닿는 것을 느끼게 된다. 나도 40대 초반까지는 이 시구를 그저 흔하디흔한 유행가 가사 정도로만 보아 넘겨버렸다. 그런데 이 여인 저 여인과 만남을 계속해가며 사랑의 실체를 경험하면서부터, 이 시구가 내포하고 있는 의미가 그럴듯한 진리라고 생각하게 된 것이다.

사람들은 처음엔 누구나 사랑의 실체를 '입술'이나 '눈동자'에서보다 '이름'에서 찾기 마련이다. 입술이나 눈동자로 상징되는 사랑은 말하자면 '육체적인 사랑'인 셈이고, 이름으로 상징되는 사랑은 '정신적인 사랑'인 셈이다.

설사 그때그때 본능적인 욕망에 못 이겨 육체적인 사랑에 탐닉하는 경우가 있다 할지라도, 마음 한 구석에서는 정신적으로 이심전심이 가능한, 또는 내 영혼의 구원까지도 가능한 구원(久遠)의 여인상(또는 남성상)을 찾아 헤매게 된다.

그러나 나이를 차츰 먹어가면서, 이 세상이 그렇게 낭만적인 이상이나 환상의 실현이 가능한 곳이 아니라는 사실을 확인하면서부터는, 사랑의 '양다리 걸치기' 작전이 시작된다. 즉, 정신적으로도 어느 정도 통하고, 육체적으로도 어느 정도 통하는 절충적인 애정을 가장 바람직한 사랑의 형태로 받아들이는 것이다.

나도 처음엔 정신적인 사랑을 찾아 헤매었다. 그러다가 그것이 결국 환영(幻影)에 불과한 것이라는 것을 깨닫고, 사랑은 결국 '육체적 접촉에 의한 그때그때의 순간적 황홀감'이라고 생각하게 되었다.

특히 지나간 시절의 여인들과의 만남을 회고해 보면 더욱 그렇다. 그 여자와 나누었던 대화나 정신적 교류 같은 것은 기억 속에서 없어져버린다. 그러고는 그 여자의 육감적인 입술, 길고 투명했던 손가락, 유달리 짙었던 그녀의 향수냄새 같은 것들만 가슴 속에 남는다. 특히 그녀의 손을 처음 잡아보았을 때의 그 감미로웠던 감촉의 기억과, 그녀의 뺨에 내 뺨을 갖다 대었을 때의 감각들이 계속 내 가슴속에 생생하게 살아서 움직이고 있다. 그래서 나는 이제 박인환의 시를 이렇게 고쳐 부른다. "지금 그 사람 이름은 잊었지만, 그 눈동자 입술만 내게 남아 있네"라고.

그래서 나에게 있어 가장 잊혀지지 않는 여자는 손톱을 유난히도 길게 길렀던 K이다. K는 내가 삼십대 초반의 젊은 대학교수였던 시절에 나와 연애했던 연세대의 싱싱발랄한 여학생이다.

나는 어렸을 때부터 여자의 긴 손톱에 특별히 미쳤다. 적당히 예쁘게 길러 매니큐어를 한 손톱 정도로는 성에 차지 않았다. 아주아주 길게 손톱이 휘어질 정도록 기르고, 거기에 그로테스한 색깔의 매니큐어(검정색이나 파랑색 같은)를 바른 여인을 보면 나는 심장이 멈출 것만 같은 충격을 받으며 순간 진짜 황홀한 관능적 법열감을 느끼곤 했다.

그러나 우리나라에서는 그렇게 길게 손톱을 기른 여자는 흔치가 않았다. 그래서 다만 상상 속에서 그런 손톱의 여인을 그리워하고 있었는데 뒤늦게 K가 나타난 것이다.

K는 연세대 XX학과에 다니고 있던 여학생이었다. 얼굴은 서구적으로 생긴 얼굴이었고 키가 유난히 헌칠하게 컸다. 그리고 옷을 야하게 입고 다녔다. 그리고 무엇보다도 손톱을 아주아주 길게 길렀다. 손톱에 바르는 매니큐어도 아주 섬뜩하고 번쩍이는 색깔들로만 발랐다.

그때는 내가 총각으로 있으면서 연세대 국문학과 교수로 강의를 하고 있을 때였다. 총각교수라 그런지 내 연구실엔 내 강의를 듣는 학생들의 발길이 잦았는데, 그중에 K도 끼어 있었다.

나는 그때 배짱 하나로 버티던 때라 여학생들에게 용감하게 접근했다. 아니, 사실 내가 먼저 접근하기 전에 여학생 쪽에서 내게 접근해오는 일이 많았다. K도 그중 하나였다. 나는 처음 K를 봤을 때부터 그녀의 길디긴 손톱에 군침을 흘리고 있던 참이었다. 그런데 그녀가 내 방에 자주 들락거리게 되자 여러 학생들이 보는 데서 그녀는 선뜻 나에게 데이트 신청을 했고, 나는 별 군말 없이 그녀의 제의를 수락했다.

처음으로 그녀와 단 둘이 만났을 때, 그녀는 다짜고짜로 나에게 여관으로 갈 것을 제의했다. 남의 눈치를 볼 것 없이 솔직한 얘기를 주고받을 수 있고, 또 육체적 페팅도 가능하기 때문이라는 것이다. 나는 물론 순순히 그녀의 말을 들어주었다. 그때가 1984년인데 젊은 여대생들이 야하게 놀기로는 요즘과 별 차이가 없었던 듯싶다. K말고도 같이 여관으로 간 연세대 여학생이 꽤 있었기 때문이다. 촌스럽게 폼을 재거나 생색을 내거나 하는 여학생을 나는 단 한 명도 보지 못했다. 물론 내가 그 당시 젊고 인기가 많은 남자교수라서 더 그랬을 것이다. 내가 섹스에 대해서 솔직하게 이야기하면 그들은 그것 자체를 좋아했고, 그래서 나는 '여관 데이트' 를 가끔 하곤 했다.

그때 우리가 간 곳은 연세대 앞에 있는 그 유명한 '장미여관'이었다. 그녀는 겁도 없이 바로 학교 앞의 여관으로 나를 데리고 갔다. 말이 여관이지 내부 시설은 요즘 모텔들과 똑같은 수준이었다. 그 당시에는 '모텔'이란 말이 별로 사용되지 않았다. 그래서 학생들은 장미여관을 데이트 장소로 애용하고 있었던 것이다.

방에 들어가자마자 나는 옷을 홀딱 벗어제꼈고 그녀도 흔쾌히 옷을 벗었다. 예전이나 그때나 내가 여자하고 부담감 없이 페팅을 하는 방법은 오럴섹스였다. 그랬던 경험이 있는지 없는지는 잘 모르겠지만, 어쨌든 그녀는 당당하고 씩씩하게 잘 핥고 빨고 해주었다.

애무를 하는 동안에도 나는 그녀에게 그녀의 길고 날카로운 손톱으로 내 몸뚱어리 여기저기를, 특히 페니스를 갈작갈작 부드럽게 할퀴라고 주문했고, 그녀는 자신의 긴 손톱을 사랑해주는 나를 애정어린 눈빛으로 바라보며 그로테스크한 손톱 놀림을 게을리하지 않았다.

그런 다음에도 우리는 자주 만나 장미여관으로 갔다. 맥주를 시켜 그녀의 입을 술잔삼아 받아 마시기도 했다. 안주는 반드시 그녀 손을 안 쓰고 입으로만 머금어 내 입안에 집어넣도록 그녀에게 시켰다. 애널링구스는 물론 기본사항이었다. 그녀가 길디긴 손톱들이 매달려 있는 손으로 내 페니스를 붙잡고서 펠라티오를 해 줄 때면, 나는 긴 손톱만 봐도 진한 쾌감이 왔고 배가 불렀다.

그녀는 진심으로 자신의 긴 손톱을 사랑하고 있기에 더욱 좋았다. 남들이 보라고 손톱을 가꾸는 것은 한계가 있기 마련인데, 그녀는 스스로 나르시시즘에 빠져 손톱을 한없이 길게 길렀기 때문에 더욱 나의 관능적 심미안(審美眼)을 충족시켜 주었다.

나는 그녀를 만날 때마다 그녀의 손톱만 가지고 놀았다. 그녀와는 별로 대화를 나눌 필요가 없었다. 원체 그녀는 말수가 적은 편이었기 때문에 마치 고형(固形)의 물체처럼 내 가슴에 안기곤 했다.

그녀는 천생적(天生的)으로 손톱을 길게 기를 수 있도록 태어난 것 같았다. 보통 여자들은 손톱을 길게 기르면 중간에 부러지거나 찢어지는 것이 예사인데, 그녀의 손톱은 절대로 부러지거나 찢어지는 일이 없었다. 그렇다고 손톱의 두께가 투박스럽게 두꺼운 것도 아니었다. 얇고 날렵한 모양의 손톱이 절대로 중간에서 상하는 일 없이 길게 길게 뻗어가는 것이다. 또 내가 신기하게 생각했던 것은, 그녀의 손톱은 아무리 길게 자라도 절대로 둥글게 휘거나 각각의 손톱마다 다른 각도록 흉한 불균형을 이루며 구부러지는 일이 없었다는 점이다. 길디긴 손톱들이 모두다 한결같이 빳빳하게 곧추세워진 형태로 뻗어나가고 있었다. 나는 그 뒤로도 그녀와 같은 손톱 재질을 갖고 있는 여자를 만나보지 못했다.

그러나 그때까지도 나는 사랑에는 무언가 조금은 정신적인 것이 가

미되어 있어야 한다고 믿었던 것 같다. 계속 헷갈리고 있었던 셈이다. "손톱만으로는 안 된다. 무언가 더욱 진한 정신적 일체감을 경험하고 싶다……."라고 바보같이 뇌까리고 있는 마음을 나는 바보같이 억제하지 못했다. 그리고 나하고 시큰둥한 만남을 '우정'을 핑계로 간헐적으로 계속해주고 있는 G를 마음속으로 여전히 사모하고 있었다.

G는 내가 대학원 시절부터 사랑해온 여자였는데, 한마디로 그 우라질놈의 '지성미'를 갖고 있는 여자였다. 그녀는 10년 연상의 어느 남자를 오랫동안 사랑하고 있어서, 내 구애를 받아주지 않고 있었다. 그러면서도 가끔 나를 만나주기도 하니 난 미치고 환장할 지경이었다. 그러니 G와 만났을 때 내가 그녀와의 육체적 애무를 바란다는 것은 언감생심(焉敢生心) 마음먹을 수조차 없는 일이었다.

그렇게 K와 G 사이를 오락가락하며 나는 1년 정도의 시간을 보냈다. 그러다가 나는 드디어 G에게 청혼을 하기에 이르렀다. 지금 생각해보면 정말 바보같이 웃기는 짓이었다. 속궁합도 못 맞춰본 여자를 내 마누랏감으로 선택했으니 말이다. 그런데 이게 웬일, G는 보름쯤 있다가 나의 청혼을 수락하는 게 아닌가. 아무래도 그 10년 연상의 남자가 자기에게로 와줄 것 같지 않다는 계산과, 또 당시로는 G가 혼기를 넘기고 있어서 내심 결혼에 초조해하고 있었던 게 원인이 아니었나 싶다. 그리고 내가 일류대학 교수라는 '겉간판'도 그녀의 결혼 결심에 플러스 요인으로 작용했을 것이다.

그래서 G와 나의 결혼은 일사천리로 진행되었고, 나는 손톱이 긴 K를 버리고 손톱은 짧더라도 지성(?)을 갖추고 있는 G를 선택한 셈이 되었다. 그러나 그녀와 나의 결혼생활은 3년이 못 가 깨지고 말았다. 도

무지 속궁합이 맞지 않았을 뿐더러, K가 갖고 있었던 '백치적 복종의 매너'와 '능동적 페팅과 펠라티오 기술', 그리고 무엇보다도 '긴 손톱'을 한사코 거부했기 때문이다. 나는 정말 '밤'이 너무나 재미없었다.

하지만 이제 시간이 흘러 늦은 중년의 나이가 된 나로서는, 지금까지도 K가 너무나 너무나 그립다. K의 길디긴 손톱이 그립다. 그래서 지금 나는 사랑에는 아무런 정신적 차원의 것도 필요없다고 결론 내리게 되었다.

같은 가치관이나 인생관, 고상한 사랑의 대화 따위는 소용이 없다. 사랑은 그저 내가 좋아하는 그녀의 아름다운 '부분', 즉 페티시(Fetish)를 만지작거리면서 느낄 수 있는 관능적 희열감일 뿐인 것이다. 물론 페팅(주로 오럴섹스와 사디즘, 마조히즘)의 궁합도 맞아야 하고.

이 글을 쓰는 이 순간에도 내 눈앞에는, 거의 7센티미터 정도까지 길었던 K의 고혹적(蠱惑的)인 손톱의 모습이 망령(妄靈)처럼 어른거린다.

아…… 하루종일 그녀의 길디긴 손톱을 내 눈앞에 바짝 붙여대고 응시해보고 싶다. 그리고 그녀의 긴 손톱을 하염없이 만지작거리고 싶다. 그리고 그녀의 손톱에 칠해진 으리번쩍한 색깔의 매니큐어 냄새를 맡아보고 싶다. 또한 그녀의 길디긴, 그리고 비수처럼 날카로운 손톱으로 내 온몸을 여기저기 찌르게 하고 싶다…….

(2007)

나의 버킷 리스트

내가 죽기 전에 먼저 꼭 해보고 싶은 것은 '진짜 사랑'을 하는 것이다. 지금까지 나는 사랑을 여러 번 해보긴 했다. 그러나 그 사랑들은 진짜로 '겉과 속이 다 야한 여자'들과 나눈 사랑이 아니었다. 배가 고픈 김에, 하는 수 없이 '겉만 야한 여자'거나 '속만 야한 여자'와 나눈 사랑들이었다. 그래서 나는 죽기 전에 '겉과 속이 다 야한 여자'랑 사랑을 깊이 나눠보고 싶다. 사랑에 배가 고프든 그렇지 않든, 내가 푹 빠져들어 얼이 쏙 빠진 상태로 나누는 사랑이 그것이다.

물론 그 사랑이 '짝사랑'이어서는 안 된다. 상사상애(相思相愛)하는 사랑이어야 한다. 그런데 어느덧 내 나이 60. 아무래도 그건 '짝사랑'으로 그칠 확률이 높다. 머리가 다 빠지고 허옇게 센 늙은이를 사랑해줄 젊고 야한 여자가 어디 있으랴. 그래서 나는 지금 정말로 슬프다.

내가 연애하고 싶은 여자를 가리키며 '젊은'이라는 말을 집어넣었다고 나를 염치없는 놈이라고 욕해선 안 된다. 시인 괴테도 70대 나이에 10대 후반의 소녀를 사랑했고, 화가 피카소 역시 그랬다. 이건 병적(病的)인 '롤리타 콤플렉스'도 아니고 그저 그런 당연한 욕구다. 세상에 젊은 여자 싫어할 남자가 어디 있겠는가? 그건 여자 역시 마찬가지일 것이다. 늙은 여자들도 젊고 예쁜 미소년을 좋아한다.

사실 나는 2005년 이후에만도 20대 여인 두 명이랑 사랑을 나누었다. 두 명 다 '속만 야한 여자'들이었다. 그래서 한 명은 내 쪽에서 사랑 나누기를 그만두자고 했고, 한 명은 그쪽에서 이별을 통고해 왔다.

나는 문학사상 쪽으로도 '탐미주의'를 추구하기 때문에 '겉이 야한 여자'에게 마음이 더 쏠린다. 이를테면 화려하게 옷 입고 화장 짙게 하고 섹시하게 생긴 여자들이다. 그런데 사실 그런 여자들은 주변에 남자들이 쌓이고 쌓인 상태다. 그러니 나 같은 늙은이를 좋아할 리 없다.

나는 나이를 먹어갈수록 자본주의 국가인 한국의 현실상, 남자가 나이를 먹은 후에 젊은 여자와 사랑을 나누려면 '능력'이 필요하다는 것을 절실히 깨닫게 되었다. 물론 여기서 말하는 '능력'이란 곧 '금력(金力)'을 말한다. 쉽게 말해서 돈이 많아야 한다는 얘기다. 그러니 나 같은 월급쟁이 선생한테 '겉이 야한 여자' 차례가 돌아올 리 없다.

특히 한국처럼 남녀 간에 연애를 함에 있어 나이를 따지는 사회에서는 자연히 '남자는 재력, 여자는 색력(色力)'의 공식이 적용될 수밖에 없다. 따라서 '겉도 야하고 속도 야한 여자'와의 연애를 바라는 나의 소망은 죽을 때까지 실현될 가능성이 전혀 없어 보인다.

여기서 한 가지만 부연 설명을 해두겠다. '속이 야한 여자'란 명기(名器)를 가진 색녀(色女)인 '옹녀'같은 여자를 말하는 것은 아니다.

나는 나이가 50이 넘은 이후에도 '비아그라'같은 약을 먹고 섹스를 해 본 적이 한 번도 없다. 그렇다고 내가 정력이 센 것도 아니다.

나는 소싯적부터 '생식적(生殖的) 섹스'를 혐오해왔다. 그보다는 '비생식적(非生殖的) 성희(性戲)'를 더 좋아한다. 다시 말해서 '놀이로서의 섹스'를 좋아한다는 얘기다. 그러므로 내게 있어 '속이 야한 여자'란 유희적 성희를 생식적 성교보다 더 좋아하는 여자를 말한다. 또한 남자를 그저 '오르가슴 제공자'로만 보지 않고 다정한 '성희 파트너'로 보아주는 여자를 가리킨다.

그 다음으로 내가 죽기 전에 해보고 싶은 일은, 한국을 '성적(性的) 표현의 자유'가 이루어지는 문화적 선진국으로 탈바꿈시키는 것이다. 헌법에 분명 '표현의 자유'가 명시되어 있는데도 불구하고, 우리나라에서는 성(性)에 대한 표현의 자유가 부정되고 있다. 아니, 부정되는 정도가 아니라 매도되고 처벌받는 열악한 상황에 놓여 있다.

나는 내가 쓴 소설 『즐거운 사라』가 음란하다는 이유로 1992년에 현행범으로 '긴급 체포'되어 감옥살이를 했고, 대법원까지 간 재판에서 결국 유죄 판결을 받은 바 있다. 또한 그것 때문에 직장에서도 해직돼 오랫동안 백수생활을 하기도 했다. '죄'란 '범죄행위'가 있어야만 성립된다. 그런데 내가 겪은 필화사건은 오직 문학적 '상상'이 처벌된 사건이었다. 이뿐만 아니라 나는 2007년에도 다시 내가 쓴 글이 문제가 돼 불구속 기소되고 유죄판결을 받았다(증거로 재판하는 게 아니라 판사의 '마음'으로 재판한다고 생각해 나는 두 번째 필화사건 때는 항소도 하지 않았다). 한마디로 말해서 우리나라에서 '성에 대한 표현의 자유'는 20년 동안 한 발자국도 나아가지 못했다는 얘기가 된다.

그런데 더욱 기가 막힌 것은 이른바 '민주'와 '자유'와 '진보'를 외치는 지식인들마저 이런 상황에 관해서는 입을 다물고 있다는 사실이다. 아니 입을 다물고만 있는 게 아니라 나를 욕하고들 있다. 그들에게는 '성에 대한 얘기를 꺼내는 것' 자체가 타락이나 퇴폐나 범죄로 인식되는 것이다.

지배 엘리트들이 그런 사고방식을 갖고 있는 형편이니 우리나라에서 합리적이고 민주적인 '문화발전'을 기대하는 것은 진정 요원한 일이다.

나는 지금까지 60여 년을 살아오면서 한국이 '문화적 후진국'이라는 사실을 뼈저리게 절감했다. 내가 대학선생이라서 다른 대학교수들을 접할 기회가 많은데, 최고의 두뇌를 가진 대학교수 엘리트 집단이라 해도 성 문제에 대해서만큼은 무식하고 비합리적이고 봉건적인 사고방식의 테두리를 못 벗어나고 있다는 사실을 온몸으로 체감했다.

서구의 지식사회나 이웃나라 일본의 지식사회에 견주어볼 때 한국의 지식사회는 18세기 계몽주의 시대에조차 다다르지 못한 상태에 있다. 아니 성 문제뿐만 아니다. 다른 제반 문제에 대해서도 우리나라 지식사회는 조선조 시대의 수구적 봉건윤리에 그대로 머물러 있다. 이렇게 참담한 형편이니, 우리나라의 성범죄 발생률이 우리가 '변태 왕국'이라고 비웃는 일본의 열 배나 될 수밖에 없는 것이다.

나는 '성에 대한 표현의 자유'가 한국의 문화적 발전에 지렛대 역할을 할 것이라고 굳게 확신하고 있다. 그래서 내가 죽기 전까지라도 그 방면의 발전에 좀 더 일조하고자 하는 것이다. 하지만 지금까지 내가 겪은 일들로 봐서는 내가 죽기 전에 한국의 문화 민주화가 이뤄질 공산이 전혀 없다. 그래서 나는 지금 몹시 절망하고 있다.

그 다음으로 내가 죽기 전에 해놓고 싶은 일은, 앞서 말한 바 있는 '놀이적 섹스(유희적 섹스)'의 이론을 정립해 놓는 일이다. 지금까지의 성 이론은 역시 프로이트에 의존해 있는데, 프로이트의 성 이론은 100여 년 전에 확립된 것이라서 21세기가 된 지금에는 별로 실용성이 없다. 특히 '변태적 섹스' 이론이 더 그런데, 나는 변태적 섹스를 인정하고 싶지 않고 그것을 '특이한 성 취향'이나 '개성적 성 취향'으로 본다.

다른 걸 예로 들 것도 없이, '동성애' 문제만 봐도 그렇다. 이젠 동성애를 도착성욕이나 변태성욕의 결과로 인해 생겨난 것으로 보지 않고 있으며, 성전환자(트랜스젠더)가 떳떳하게 기를 펴고 살 수 있고, 그들을 '성적 소수자'로 보아 사회적으로 보호하려는 분위기로 변해가고 있다. 또한 복장도착자(transvestite)도 마찬가지여서, 그들의 인권을 존중하려는 사회 분위기가 형성되고, 그들이 어엿한 직업인으로 사회활동에 참여하고 있다.

그밖에 SM(sadomasochism) 섹스가 성적(性的) 유희로 인식돼 세계 곳곳에 'SM 클럽'이 늘고 있고, 페티시즘 역시 '페티시(fetish) 카페'가 생겨날 정도로 보편화되고 있다. 최근에 송혜교 씨가 여주인공으로 나온 〈페티쉬〉라는 영화가 국내에서 상영된 것만 보더라도 이젠 '변태성욕'이라는 말 자체가 사라져가고 있는 것이다. 나는 그런 여러 가지 특이한 성 취향을 한데 섞은 '다형도착(多型倒錯)'이 앞으로의 섹스 경향을 주도해나갈 것이라고 본다. 그래서 그런 '미래적 섹스'를 이론으로 정립해보고 싶다.

(2011)

작가 약력

1951년 - 3월 10일(음력), 가족이 한국전쟁 중 1·4 후퇴시 잠시 머문 경기도 수원에서 출생. 본적은 서울.

1963년 - 서울 청계초등학교 졸업. 대광중학교 입학.

1969년 - 대광고등학교 졸업. 연세대학교 국문학과 입학.

1973년 - 연세대학교 국문학과 졸업. 연세대 대학원 국문학과 입학.

1975년 - 연세대 대학원 국문학과 졸업(문학석사).
- 방위병으로 군 복무.

1976년 - 연세대 대학원 국문학과 박사과정 입학.
- 이후 1978년까지 연세대, 강원대, 한양대 등 시간강사 역임.

1977년 - 『현대문학』에 「배꼽에」「망나니의 노래」「고구려」「당세풍의 결혼」「겁(怯)」「장자사(莊子死)」 등 6편의 시가 박두진 시인에 의해 추천되어 문단에 데뷔.

1979년 - 홍익대학교 국어교육과 전임강사로 취임. 1982년 조교수로 승진.

1980년 - 처녀시집 『광마집(狂馬集)』을 심상사에서 출간.

1983년 - 연세대 대학원에서 「윤동주 연구」로 문학박사 학위 받음. 학위논문 『윤동주 연구』를 정음사(2005년 개정판부터 철학과현실사)에서 단행본으로 출간.

1984년 - 연세대학교 국문학과 조교수로 취임. 1988년 부교수로 승진.
- 시선집 『귀골(貴骨)』을 평민사에서 출간.

1985년 - 문학이론서 『상징시학』을 청하출판사(2007년 개정판부터 철학과현실사)에서 출간.

1986년 - 문학이론서 『심리주의 비평의 이해』를 청하출판사에서 출간.

1987년 - 평론집 『마광수 문학론집』을 청하출판사에서 출간.

- 문학이론서 『시창작론』을 오세영 교수와 공저로 방송통신대학 출판부에서 출간.

1989년 - 에세이집 『나는 야한 여자가 좋다』를 자유문학사(2010년 개정판부터 북리뷰)에서 출간.
- 시선집 『가자, 장미여관으로』를 자유문학사에서 출간.
- 5월부터 『문학사상』에 장편소설 『권태』를 연재하여 소설가로서의 활동을 시작함.

1990년 - 장편소설 『권태』를 문학사상사에서 출간(2011년 개정판부터는 책마루에서 출간).
- 장편소설 『광마일기』를 행림출판사(2009년 개정판부터는 북리뷰)에서 출간.
- 에세이집 『사랑받지 못하여』를 행림출판사에서 출간.

1991년 - 1월에 이목일, 이외수, 이두식 씨와 더불어 서울 동숭동 '나우 갤러리'에서 〈4인의 에로틱 아트전〉을 가짐.
- 문화비평집 『왜 나는 순수한 민주주의에 몰두하지 못할까』를 민족과문학사(재판부터는 사회평론사)에서 출간.
- 장편소설 『즐거운 사라』를 서울문화사에서 출간.
- 간행물윤리위원회의 판금 조치로 출판사에서 자진 수거·절판됨.

1992년 - 에세이집 『열려라 참깨』를 행림출판사에서 출간.
- 장편소설 『즐거운 사라』 개정판을 청하출판사에서 출간.
- 10월 29일, 『즐거운 사라』가 외설스럽다는 이유로 검찰에 의해 전격 구속되어 서울구치소에 수감됨.
- 12월 28일 , 『즐거운 사라』 사건 1심에서 징역 8월에 집행유예 2년 판결을 받음.

1993년 - 2월 28일, 연세대학교에서 직위 해제됨.

1994년 - 1월에 서울 압구정동 다도 화랑에서 첫 번째 개인전을 가짐. 유화, 아크릴화, 수묵화 등 70여 점 출품.
- 『즐거운 사라』 일본어판이 아사히 TV 출판부에서 번역·출간되어 베스트셀러가 됨.
- 문화비평집 『사라를 위한 변명』을 열음사에서 출간.
- 7월 13일, '즐거운 사라' 사건 2심에서 항소 기각 판결을 받음.

1995년 - '즐거운 사라' 필화사건의 진상과 재판과정, 마광수의 문학 세계 분석 등을 내용으로 연세대 국문학과 학생회가 쓰고 엮은 『마광수는 옳다』가 사회평론사에서 출간됨.
- 6월 16일, '즐거운 사라' 사건 대법원 상고심에서 상고 기각 판결 받음. 동시에 연세대학교에서 해직되고 시간강사로 됨.
- 철학에세이 『운명』을 사회평론사(2005년 개정판부터 『비켜라 운명아,

내가 간다』로 제목을 바꿔 오늘의 책)에서 출간.

1996년 - 장편소설 『불안』을 도서출판 리뷰앤리뷰(2011년 개정판부터 제목을 『페티시 오르가즘』으로 바꿔 Art Blue)에서 출간.

1997년 - 장편에세이 『성애론』을 해냄출판사에서 출간.
- 문학이론서 『시학』을 철학과현실사에서 출간.
- 문학이론서 『카타르시스란 무엇인가』를 철학과현실사에서 출간.
- 시집 『사랑의 슬픔』을 해냄출판사에서 출간.

1998년 - 장편소설 『자궁 속으로』를 사회평론사(2010년 개정판부터 『첫사랑』으로 제목을 바꿔 북리뷰)에서 출간.
- 3월 13일에 사면·복권되고 5월 1일에 연세대 교수로 복직됨.
- 에세이집 『자유에의 용기』를 해냄출판사에서 출간.

1999년 - 철학에세이 『인간』을 해냄출판사(2011년 개정판부터 제목을 『인간론』으로 고쳐 책마루)에서 출간.

2000년 - 장편소설 『알라딘의 신기한 램프』를 해냄출판사에서 출간.
- 7월에 이른바 〈교수재임용 탈락 소동〉이 국문학과 동료교수들의 집단따돌림으로 일어나, 배신감으로 인한 심한 우울증에 걸려 3년 반 동안 연세대를 휴직함.

2001년 - 문학이론서 『문학과 성』을 철학과현실사에서 출간.

2003년 - 강준만 외 5인이 쓴 『마광수 살리기』가 중심출판사에서 나옴.

2005년 - 에세이집 『자유가 너희를 진리케 하리라』를 해냄출판사에서 출간.
- 장편소설 『광마잡담(狂馬雜談)』을 해냄출판사에서 출간.
- 6월에 서울 인사동 인사 갤러리에서 〈마광수 미술전〉을 가짐.
- 장편소설 『로라』를 해냄출판사에서 출간.

2006년 - 2월에 일산 롯데마트 갤러리에서 〈마광수·이목일 전〉을 가짐.
- 시집 『야하디 얄라숑』을 해냄출판사에서 출간.
- 문학론집 『삐딱하게 보기』를 철학과현실사에서 출간.
- 장편소설 『유혹』을 해냄출판사에서 출간.

2007년 - 1월에 〈색色을 밝히다〉 전시회를 서울 인사동 북스 갤러리에서 가짐.
- 시집 『빨가벗고 몸 하나로 뭉치자』를 시대의창에서 출간.
- 4월에 소설 『즐거운 사라』를 인터넷 홈페이지에 올렸다는 이유로 기소되어 벌금 200만 원 형을 판결 받음.
- 7월에 미국 뉴욕 Maxim 화랑에서 〈마광수 개인전〉을 가짐.
- 에세이집 『나는 헤픈 여자가 좋다』를 철학과현실사에서 출간.
- 문화비평집 『이 시대는 개인주의자를 요구한다』를 새빛에듀넷에서 출간.

2008년 - 문화비평집 『모든 사랑에 불륜은 없다』를 에이원북스에서 출간.
- 단편소설집 『발랄한 라라』를 평단문화사에서 출간.

- 중편소설 『귀족』을 중앙북스에서 출간.

2009년 - 연극이론서 『연극과 놀이정신』을 철학과현실사에서 출간.
- 소설집 『사랑의 학교』를 북리뷰에서 출간.
- 4월에 서울 청담동 '갤러리 순수'에서 〈마광수 미술전〉을 가짐.

2010년 - 시집 『일평생 연애주의』를 문학세계사에서 출간.

2011년 - 장편소설 『돌아온 사라』를 Art Blue에서 출간.
- 2월에 〈소년, 광수 미술전〉을 서울 서교동 '산토리니 서울' 갤러리에서 가짐.
- 에세이집 『더럽게 사랑하자』를 책마루에서 출간.
- 5월에 〈마광수 초대전〉을 서울 삼청동 연 갤러리에서 가짐.
- 화문집(畵文集) 『소년 광수의 발상』을 서문당에서 출간.
- 장편소설 『미친 말의 수기』를 꿈의열쇠에서 출간.
- 산문집 『마광수의 뇌 구조』를 오늘의책에서 출간.
- 장편소설 『세월과 강물』을 책마루에서 출간.

2012년 - 육필 시선집 『나는 찢어진 것을 보면 흥분한다』를 지식을만드는지식에서 출간.
- 3월에 〈마광수·변우식 미술전〉을 서울 인사동 '토포 하우스'에서 가짐.
- 산문집 『마광수 인생론 : 멘토를 읽다』를 책읽는귀족에서 출간.
- 장편소설 『로라』 개정판을 『별것도 아닌 인생이』로 제목을 바꿔 책읽는귀족에서 출간.
- 시집 『모든 것은 슬프게 간다』를 책읽는귀족에서 출간.

2013년 - 소설 『청춘』을 책읽는귀족에서 출간.
- 장편 에세이 『나의 이력서』를 책읽는귀족에서 출간.

나의 이력서

초판 1쇄 인쇄 | 2013년 3월 10일
초판 1쇄 발행 | 2013년 3월 20일

지은이 | 마광수
펴낸이 | 조선우
펴낸곳 | 책읽는귀족

등록 | 2012년 2월 17일 제396-2012-000041호
주소 | 경기도 고양시 일산동구 백석동 현대밀라트 2차 B동 413호
전화 | 031-908-6907
팩스 | 031-908-6908
홈페이지 | www.noblewithbooks.com
트위터 | http://twtkr.com/NOBLEWITHBOOKS
E-mail | idea444@naver.com

책임편집 | 조선우
표지 & 본문 디자인 | O-hoo
표지 & 본문 일러스트 | 마광수

값 13,000원

ISBN 978-89-97863-14-3 03810

※ 잘못 만들어진 책은 구입하신 서점에서 바꿔드립니다.

국립중앙도서관 출판시도서목록(CIP)

나의 이력서 / 지은이: 마광수. -- 고양 : 책읽는귀족, 2013
p. ; cm

ISBN 978-89-97863-14-3 03810 : ₩13000

한국 현대 수필[韓國現代隨筆]

814.62-KDC5
895.744-DDC21

CIP2013000912